KB235210

2012 오늘의 문제 평론

2012 오늘의 문제 평론

맹문재 · 장성규 · 홍기돈 엮음

지난 한 해 동안의 소설이나 시를 일별하고, 중요한 문제성을 지닌 작품들을 선별하는 작업은 다양한 방식으로 진행되어 왔지만, 평론을 대상으로 수행한 경우는 거의 없다.

이는 현재의 한국 문학에서 평론이 차지하는 위상과 연관된 것이라고 생각한다. 큰 틀에서 문학의 지형도를 조감하고, 현실의 변화 속에서 문학의 새로운 징후들을 의미화하며, 나아가 독창적인 목소리를 갈무리하는 평론의 역할이 언제부터인가 급속히 위축된 듯하다. 대신 그 자리에 평론의 이름으로 텍스트에 대한 주석 달기 형식의 해설이나 섣부른 이론 체계로 텍스트의 풍성함을 환원시키는 경향이 아닌가 싶다.

우리는 그럼에도 작년 한 해 동안 문제성을 보인 평론들을 한 권의 책으로 묶기로 했다. 세부적인 관점의 차이에도 불구하고, 위에서 언급한 평론의 역할에 충실하고자 했던 글들을 한 곳에 모음으로써, 보다 생산적인 논쟁과 토론이 가능할 것이라는 기대 때문이다. 물론 우리의 기준 역시 충분히 정치한 논의를 통해 완결된 것은 아니며, 우리가 미처 그 문제성을 읽어내지 못한 중요한 평론들 역시 많을 것이다. 그러나 평론의 본질적 기능 자체가 무화되는 시기, 문제적인 평론들을 묶어내고 그 평론들로부터 새로운 문제 설정을 추출할 수 있는 계기를 만들고자 한 시도 자체는 나름대로 의미를 지닌다고 생각한다.

한 권의 책을 묶는 과정에서, 우리는 완결된 정답보다는 새로운 질문을 던지는 평론들의 가능성에 주목하고자 했다. 지금 한국 문학에 필요

한 것은, 텍스트들의 징후들을 의미화하기 위한 문제 설정의 모색이라
는 생각에서이다. 그 결과 현재 한국 문학의 중요한 현상들을 고찰한 평
론은 물론, 문제적인 작품들로부터 문학의 진화 방향을 읽어내려는 평
론들, 나아가 게임과 문학의 관계나 독서 문화의 변화를 다룬 평론들에
이르기까지 다양한 질문을 담은 평론들을 묶게 되었다.

　책의 1부에서는 일종의 총론 형식의 글들을 담았다. 김종훈의 글은
2000년대 이후 시를 둘러싼 평론들의 주된 특징들과 논점들을 일별한
글이다. 현재 한국 문학 평론의 좌표를 잘 드러내주는 글이라는 생각에
책의 앞에 담았다. 임태훈의 글은 기존 평론에서 다소 간과되어 온 독자
의 위상을 새롭게 탐색한 글이다. 그의 글은 텍스트 분석 위주의 평론의
관습을 벗어나는 새로운 실험을 보여준다. 김성곤의 글은 문화-미디어
의 확산 속에서 문학의 경계를 확장하려는 문제의식을 담은 글이다. 특
히 점차 그 영향력이 크게 대두하는 게임과의 관련성을 정치한 이론적
사유를 통해 해명하고 있다.
　2부에는 작년 한 해 문학의 중요한 징후들을 의미화하려는 일종의 주
제론 형식의 글들을 담았다. 박수연의 글은 최근 논점으로 대두한 시의
전복성이라는 개념에 대해 문학사적 접근을 수행하고 있다. 서영인의 글
은 2000년대 이후 급증한 소설에서의 환상적 성격을 현실과의 관련 속에
서 해명하고 있다. 오연경의 글은 시와 정치를 둘러싼 논쟁에 대해 김수
영의 사례를 들어 중요한 참조점을 제공하고 있다. 최현식의 글은 이른
바 '감성의 분할' 을 둘러싼 논쟁에 대해 김기림과 황지우의 시론을 들어
보다 진전된 논의를 제안하고 있다. 묶는 과정에서 시와 정치를 둘러싼
글들이 다소 많다는 느낌이 들기도 했으나, 이 문제가 작년 한 해 한국
문학의 중요한 논점이었다는 점을 반영한 것이라고 생각한다.
　3부에는 구체적인 작품으로부터 현재 한국 문학의 방향을 모색하려는

일종의 작가, 작품론 형식의 글들을 모았다. 강동호의 글은 김윤이, 이제니, 정한아 등 젊은 시인들의 작품을 통해 이른바 미래파 '이후'의 시의 좌표를 탐색하고 있다. 권채린의 글은 2000년대 후반 소설에서 두드러지는 '분노'의 양상을 김사과와 구병모의 작품을 통해 고찰하고 있다. 이경재의 글은 용산참사 이후 젊은 작가들의 현실 대응적 양상을 장강명과 손아람의 작품을 통해 고찰하고 있다. 장성규의 글은 김사이, 백무산, 황규관의 작품을 통해 새로운 노동시의 가능성들을 탐색하고 있다. 장은석의 글은 황병승과 김행숙, 심보선의 작품을 시적 에로스라는 개념으로 분석하고 있다. 조영일의 글은 신경숙의 작품을 둘러싼 평론들에 대한 비판적 시각을 드러내는 논쟁적인 성격을 지닌다.

막상 작년 한 해에 발표된 문제성을 지닌 평론들을 한 권의 책으로 묶어놓고 나니 여러 가지 흠결이 보인다. 예컨대 대중문학(혹은 장르문학)에 대한 논의들이나 문단 시스템에 대한 메타적 사유를 담은 글들을 미처 담지 못한 것 등이 그러하다. 그리고 다루고 있는 대상 작품 역시 다소 젊은 작가들에게 편중된 감이 있기도 하다.

이런 한계에도 불구하고 평론의 위상이 급격히 위축된 시기, 새로운 평론의 가능성을 모색해보려는 기획 자체는 의의를 지닌다고 생각한다. 도발적인 문제 설정과 날카로운 논쟁의 과정이 소거된 현재 한국 문학 평론의 상황을 고려한다면 더욱 그러하다. 이 묶음이 부디 문학을 둘러싼 발랄한 질문들을 풍성하게 만드는 계기로 작동할 수 있기를 기대한다.

2012. 2

맹문재, 장성규, 홍기돈

머리말 • 5

제1부

제2부

제3부

제1부

비평의 회귀와 지양

— 2000년대 시 비평에 대하여

김종훈

1972년 서울에서 태어나
2006년 『창비』 신인평론상으로 평론 활동을 시작했다.
저서로 『한국 근대 서정시의 기원과 형성』이 있다. 현재 상명대 교수이다.

비평의 회귀와 지양

김종훈

1. 2000년대의 비평

문학은 그 자체에 후일담의 요소를 가지고 있음에도 불구하고 1990년 대에 당대의 문학을 후일담 문학이라고 표 나게 내세운 데에는 그만큼 1980년대의 거대 담론이 사라진 것에 대한 아쉬움이 들어 있는 것은 아닐까. 저항의 문학이기도 한 1980년대 문학의 여파는 그 이후 비평 담론에도 영향을 끼쳤다. 거대 담론이 남긴 공백의 지대에 비평은 먼저 후일담 문학이라는 말로 이에 대응하였고, 또한 같은 크기의 담론으로 그 자리를 메우려 했다. 여성과 일상과 생태와 도시는 1990년대 문학의 수식어로서 민족과 민중 문학을 대체하고자 제시되었던 또 다른 거대 담론의 키워드였다. 2000년대 문학 비평의 전반적인 흐름을 규명하고자 하는 시도는 이와 같은 대체 거대 담론의 성격이 사라진 데에 주목하는 것에서 비롯한다.

2000년대 주목을 받았던 비평 담론은 '문단 권력', '미래파', '문학의 종언', '디아스포라', '시와 정치' 등이다. '미래파' 논쟁을 제외하고는 당대 창작물의 성격을 규정하려는 시도가 겉으로 드러나 있지는 않다. 텍스트를 분석하며 담론을 생성하는 것이 아니라 담론 생성의 장이 편중되어 있는 것에 이의 제기를 하거나, 제출된 텍스트의 성격을 규정하는 것이 아니라 앞으로 도착할 텍스트의 성격을 모색하고 있는 것처럼 보이는 것이 2000년대 비평의 특성이다. 물론 '문학의 종언'과 관련된 논의는 2000년대 문학을 규정하는 성격이 짙다. 하지만 그것은 한국의 문학 현장이 아니라 일본의 문학 현장을 대상으로 촉발된 논의였으며 거대 담론을 이끌었던 문학의 소명을 부정하는 성격을 띤 논의였다. 현장의 문학을 규정하려는 시도가 드물다는 것은 곧 당대의 문학을 규정하는 거대 담론의 부재를 뜻한다. 2000년대의 비평은 그와 같은 문학의 소명에서 벗어났다고 할 수 있는 것이다. 따라서 이 자리에서 2000년대 비평의 성격을 한꺼번에 규정하는 일은 부질없어 보인다. 그와 같은 일은 2000년대 비평 그 자체가 효용성에 의문을 제기했던 거대 담론 설정 방식의 범주에 속하는 것이기 때문이다. 지난 10년이 마감된 지 얼마 되지도 않아 얼마큼 적절한 규정이 있을지도 의문이지만, 그와 같이 규정하는 일이 얼마나 쓸모있는지도 의심스럽다.

거대 담론이 부재한다고 해서 2000년대 문학 비평이 당대의 문학 텍스트를 외면했다는 뜻은 아니다. 현장의 비평은 현장의 목소리를 파악하는 큰 틀을 제시하지는 않았으나 그 목소리를 기반으로 해서 비평적 논의를 펼쳤다. 거대 담론을 설정하지 않은 까닭은 그와 같은 담론 설정의 효용성이 떨어졌다고 판단했기 때문이다. 새로운 목소리, 새로운 주체들의 출현에 대한 기대와 걱정은 2000년대 비평에 스며들어 있다. '미래파' 논의는 말할 것도 없고, 심지어는 '문학의 종언' 논의도 그 종언을 암시하는 한국 문학이 있었기 때문에 그만큼 활발히 진행되었다고 할 수 있다.

2000년대 문학은 각 담론의 찬반 양론의 논거가 되었다. 그렇다고 해서

2000년대의 비평 논의를 정리하는 이 자리에서 찬반 양론의 어느 한쪽을 편드는 것은 뒤늦은 일이라 할 수 있다. 이 글은 2000년대 비평 담론의 성격을 규정하거나 그 비평 논의에서 갈라졌던 의견 중 어느 한 편을 들지 않는다. 2000년대의 비평이 예견했던 미래의 모습이 어떻게 귀결되었는지, 2000년대 비평 담론을 전대의 성격과 갈라놓았던 원인은 무엇인지 탐색해 볼 뿐이다. 담론의 성격을 하나하나 다시 조명하기보다는 그 담론이 어떠한 토대에서 형성되었는지 그 토대의 특성을 조명하거나 그 뒷모습을 보고자 하는 것이다.

2. 외국 문학 전공자의 소외와 외국 이론에 대한 경도

1990년대 비평과 2000년대 비평의 차이는 비평가들의 변화에서 비롯했다. 일군의 젊은 비평가가 젊은 작가 시인의 목소리를 분석하고 평가했다. 그들은 탄탄하게 다진 외국 이론을 토대로 자신의 의견을 개진했다. 2000년대 비평계를 거쳐 간 외국 이론가는 한두 명이 아니다. 들뢰즈를 기점으로 해서 지젝, 아감벤, 바디우, 랑시에르, 유행처럼 이들은 2000년대 비평계에 도착했고 떠나갔다. 이들의 견해는 2000년대 비평이 기대었던 중요한 참조틀이다.

주목할 것은 이들이 비평의 장에서 직접 소개되기보다는 주로 번역물로 소개되었다는 점이다. 이전에는 외국 문학 전공자이기도 한 비평가가 그들이 주목하는 외국 이론들을 직접 소개하는 과정도 비평의 과정에 포함되었으나, 지금은 그와 같은 과정이 배제되었다고 할 수 있다. 이 점은 몇 가지 이전과는 다른 결과를 야기했다. 첫 번째는 정보 독점이 사라졌다는 것이다. 외국 언어에 서툴더라도 외국 이론을 참조할 기회가 늘어났다. 실제로 외국 이론을 참조하며 비평 담론에 참여했던 신진 비평가의 대부분이 한국 문학 전공자였다. 둘째 한국 비평의 장에 외국 문학 전공자가 출현하지 않고 있다는 점이다. 이를 두고 외국 문학 전공자들은 번역이라는 전문적인 영역에 참여하고 있기 때문이라고 진단할 수도 있다. 하지만 번역에 대한 처우가 매우 열악하다는 점을 염두에 두면 그와 같은 추측은 설득력이 떨어진다. 또한 2000년대의 한국 시와 소설이 그들에게 흥미를 주지 못했기 때문일 수도 있다. 하지만 그렇게 추정하기에는 2000년대의 문학은 주목할 만한 전대와의 차이를 생성해냈다. 이 차이는 외국 문학이론과 한국문학이 접목하여 산출한 비평이 스스로 입증하고 있다. 학문의 영역과 비평의 영역이 겹치는 한국 상황은 다른 원인들을 가늠하게 한다.

비평가들은 대개 학자이기도 하다. 학자의 업적을 계량화해서 관리하는 곳은 예전의 학술진흥재단, 지금의 한국연구재단이다. 2000년대 들어 연구재단의 권위는 높아졌다. 연구재단은 학술지를 등재지와 미등재지로 나누고, 연구기관과 대학들은 등재지 항목의 학술지에 한정하여 연구 성과로 인정하고 있다. 연구자들은 적정선의 연구 성과 지표에 맞추기 위해 역량을 집중하고 있다. 일반 문예지에 발표하는 글은 그들의 평가 대상에서 대개는 제외된다. 학술 논문으로 인정받지 못하기 때문에 그만큼 또는 그보다 더 공력이 드는 비평문을 쓰는 데 상당히 부담을 느끼게 된다. 현장의 문학이 언젠가 전공 대상이 되는 한국문학 전공자들은 부담을 느끼면서도 비평 현장에 참여한다. 외국 문학 전공자들에게 학술 논문 작성과 한국 현대 문학은 직간접적으로 연관이 없다. 그들에게는 자의반 타의반 한국 비평의 현장에 참여하는 길이 차단되었다.

외국 이론과 관련하여 벌어진 2000년대의 현상들은 일견 모순된 모습으로 나타난다. 비평 현장에서 외국 문학 전공자들의 목소리가 사라졌다. 그런데 외국 문학 이론은 상당한 영향력을 끼치고 있다. 빠른 주기로 소개되었고, 또 빠른 주기로 대체되었다. 이 빠른 주기의 소개와 대체의 과정은 검증할 만한 시선의 부재를 환기하는 것은 아닐까. 번역물이었기 때문에 쉽지만 잘못 소화될 수 있는 가능성을 내포하는 것은 아닐까. 이는 번역에 대한 철학적 테제에 골몰하고 또한 번역물 자체에 대해 검증하고 있는 소수의 외국 이론 전공자와 철학자들의 최근 작업과 연관된다.

3. 근대문학의 종언

2000년대 국내 인문학자들은 '인문학의 위기'를 선언했고, 가라타니 고진은 '문학의 종언'을 선언했다. 위기라는 말에는 극복의 의지가 내포되어 있으나 종언이라는 말에는 단념의 뉘앙스가 짙게 배어 있다. 일본에서 비롯한 종언 선언이 한국 문단에 반향을 일으킨 까닭은 그 말이 지닌 파괴력 때문이기도 하지만 한편으로는 그와 같은 결론이 한국 문단의 상황을 참조하여 도출된 것이었기 때문이다. 가라타니 고진은 문학 비평에서 사회적 실천으로 활동의 장을 옮긴 한국의 평론가 김종철의 예를 들어 문학의 근대적 사명이 끝났고, 이제는 오락의 기능밖에 남지 않았다고 했다. 한국의 반응은 문학의 본질적 속성을 환기하며 그와 같은 주장을 부정하거나, 아니면 인정하되 오락으로서의 문학에 대해 숙고하는 것이었다.

부정하건 숙고하건 그 주체는 대개 작가가 아니라 비평가들이었다. 실제로 종언 선언으로 가장 큰 타격을 받은 이들은 비평가였다. 근대 문학이 끝났다는 것을 받아들이며 하던 일을 멈추고 다른 일을 시작한 이는 고진이건 김종철이건 작가가 아니라 비평가였다. 작가는 문학이 오락으로 전락한 것에 대해 아쉬워하며 계속 시와 소설을 쓰면 된다. 하지만 텍스트에서 의미를 추출하고 그 의미들의 가치를 헤아리는 일을 하는 비평가는 가치가 없다는 종언 선언 앞에서 글을 쓸 이유를 찾기 힘들게 된다.

문학의 종언은 실제로 비평의 종언이었다. 이 사실을 인근 장르인 영화 비평의 실상은 선명히 보여준다. 문학이 종언 선언을 들었을 때 영화는 종언을 체감하고 있었다. 관객의 사랑은 여전히 받고 있지만 예전과 달리 비평이 설 자리는 점점 축소되고 있었던 것이다. 몇몇 잡지의 폐간과 맞물려 담론을 생성할 만한 지면이 확보되기 힘들었다. 간단한 리뷰나 프리뷰가 영화 분석을 대신했고 미학적 가치는 별점이 대신했다. 당시 비평가들은 이와 같은 현상에 대해 걱정했으나 수년이 지난 지금 상황이 나아진 것 같지는 않다. 문학 비평도 종언 선언을 통해 그와 같은 운명을 걱정했던 것 같다.

종언 선언이 있은 후 수 년이 지났다. 여전히 작품은 생산되고 있으며 비평 또한 꾸준히 발표되고 있다. 하지만 비평글은 일반 독자뿐 아니라 같은 비평가에게도 잘 읽히지 않고 있다. 같은 주제는 여러 필자들이 같은 결론을 내며 공진하는 경우가 많으며 하나의 텍스트 해석을 두고 의견이 첨예하게 대립되는 경우는 찾기 힘들다. 서로의 글을 잘 읽지 않는 상황을 고려하면 비평은 점점 각자 왜소화되고 있고 점점 서로 돌보지 않는 것 같다.

고진이 말한 '근대문학의 종언'이 사실은 근대 소설의 종언을 뜻하기 때문에 근대시와는 관련 없다고 말할 수도 있다. 시는 근대 소설이 누렸던 그 영화를 누리기도 했으나 그와 같은 영화는 언제나 예외적인 것이었다. 시는 '가난하고 외롭고 높고 쓸쓸한' 모습을 띠며 시류를 타지 않고 언제나 창작되었고 읽혔다. 그러므로 '근대'와도 상관없어 보인다. 그러나 저 '근대문학의 종언'을 '근대 비평의 종언'으로 고쳐 읽을 때, 문제는 시가 아니라 시 비평이라는 것이 부각된다. 한국 문단에서 소설 비평과 시 비평이 점점 포개지지 않는 것은 전문 영역의 심화로 읽을 수 있기도 하지만 한편으로 각 분야의 고립을 뜻하는 것이기도 하다. 각 장르의 비평이 연대하고 함께 문학의 종언을 고민할 때, 이 비평의 종언, 혹은 비평의 위기에 대해 숙고할 수 있을 것이다.

4. 미래파

'미래파' 논쟁은 문학사에 남을 것이다. 황병승, 김행숙, 김민정, 이민하, 장석원, 이근화 등의 시인은 미래파로 호명되었다. 이와 같은 호명은 그들의 의지와는 상관없는 것이었다. 그들에게는 결속력이 없었으나 각자 새로운 주체의 모습을 시에 보여주었다는 공통점이 있었다. 새로운 목소리는 동시 다발적으로 출현하였다. 시 비평은 이들을 끌어안든지, 거부하든지 선택의 기로에 놓여 있게 되었다. 소통과 자폐 사이를 오갔던 여러 해석이 결국 감정적인 목소리를 내며 일단락되었을지라도 이들의 시는 전대의 실험시 계열처럼 일시적인 현상으로 정리되는 것에 저항하였다. 1950년대의 후반기 동인, 1990년대의 환상시 계보의 운명과 이들을 포개 놓기에는 이들의 개성은 뚜렷했다. 그 차이는 시의 핵심 기제이기도 한 일인칭의 목소리를 일컫는 개념의 변경을 요청한 것으로 드러난다.

이들 시의 출현은 시의 일인칭을 일컫는 용어인 '시의 화자'의 쓰임에 제동을 거는 역할을 했다. 대체 개념은 '시적 주체'였다. 이 이행은 '서정적 자아'에서 '시의 화자'로 바뀌었던 과거의 점진적인 변화를 환기한다. '서정적 자아'는 상상된 일인칭인 '자아'를 목소리의 주인으로 설정했었다. '서정적 자아'는 텍스트를 관장하는 목소리의 권위를 충실히 대변했으나 솟아올랐다 사그라졌던 불안 등의 일시적인 감정들까지도 나타내기는 힘들었다. 감정의 균열이 보이지 않는 매끄러운 자아는 곧 권위 있는 자아이다. 서정적 자아는 처음에 불안을 감추고 있으면 끝내 불안을 들추어내지 말아야 하고, 한번 저항하면 끝내 저항의 마음을 놓지 말아야 한

다. 자아는 애써 조성한 분위기를 깨는 목소리를 담아내는 데 부담을 느
낀다. 경건한 분위기에서의 욕설, 뉘우침 속에서의 자부심 등의 예가 그
러하다.

　서정적 자아의 권위가 흔들리면서 '시의 화자'가 그 자리를 대신했다.
목소리를 내는 사람이라는 뜻의 화자는 다분히 중립적인 성격을 지녔다.
자아에 균열을 일으키는 목소리가 나와도 화자는 목소리를 내는 사람이
라는 뜻이기 때문에 타격을 받지 않는다. 하지만 중립적인 뜻을 가졌다고
하더라도 '시의' 화자이기 때문에 그것은 단일한 일인칭의 목소리를 전
제로 한다. 한 편의 시에 여러 목소리 주체가 등장할 때 이 '시의 화자'는
그 개념에 혼란을 겪는다. 자아에서 화자로 바뀔 때에도 그 정조의 변화
를 인정했을 뿐, 복수 화자를 인정한 것은 아니었다. 하지만 2000년대의
새로운 목소리들은 여러 주체들의 목소리를 한 편의 시에 드러냈다. 중립
적인 개념이라고 하더라도 '시의 화자'가 감당하기는 힘들었다.

　'시적 주체'는 2000년대의 시들과 함께 등장했다. 주체는 위치를 일컫
기 때문에 특정한 일인칭을 상정하지 않는다. 주체의 자리에는 어떤 것도
들어설 수 있으며 또한 빠져나갈 수 있다. 언술 구조 위에서 그것은 대격
과 위치를 바꿀 수 있으나 언술 구조 바깥에서 그것은 타자와 바뀔 수 있
다. 여러 목소리를 시에 불러들일 뿐만 아니라 불가해한 목소리까지도 텍
스트에서 환기할 수 있다. 2000년대의 새로운 목소리가 나타나지 않았다
면 이와 같은 개념도 등장하지 못했을 것이다. 새로운 목소리에 대한 찬
반 입장이 기존의 비평 담론을 바탕으로 표명된 견해라면 시적 주체에 대
한 개념은 기존의 비평 담론을 재편하는 견해라고 할 수 있다.

　그러나 이 '시적 주체'라는 말이 등장했기 때문에, '서정적 자아'가 그
랬던 것처럼 '시의 화자'가 쉽게 일인칭을 뜻하는 지위를 놓지는 않을
것 같다. '주체'는 그 수식어 '시적'의 힘을 받아 자신이 놓인 곳이 시라

는 것을 환기하고 있으나, 그 자체에 담겨 있는 여러 목소리를 용인하는 것으로 시가 지닌 일인칭의 힘을 부정하기도 한다. 시와 주체는 양립할 수 있는 것인가, 일인칭으로 대상의 힘을 끌어들이는 인력과 목소리의 위치 이동을 용인하여 그 힘을 약화시키는 척력은 양립할 수 있는가. '시적'과 '주체'의 결합은 긴장을 일으키는 것인가, 임시방편의 봉합인 것인가. 이러한 질문이 앞으로의 시와 비평이 풀어나가야 할 과제로 판단된다.

5. 미래파 이후

'미래파'에 속한 시인들은 계속 시를 발표했다. 이후에 발표된 시에 대해 평가하는 것 역시 아직은 성급한 일이다. 하지만 그들의 목소리가 어떤 경로를 거쳐 출현했고 그 다음에는 또 어떤 경로를 밟았는지에 대해 말하는 것은 어느 정도 의미가 있을 것 같다. '미래파'라고 불리는 시인들의 첫 시집은 시인들이 시집을 내고 싶은 출판사에서 나오지 않았다. 시집을 출판한 곳은 시집선에 한정해서 생각한다면 시집을 발간하고 싶어 하는 곳이 아니었다. 그곳은 시집선이 계속해서 발간될지 걱정이 되는 곳이기도 했다. 실제로 황병승의 『여장남자 시코쿠』(2005)나 김경주의 『나는 이 세상에 없는 계절이다』(2006)를 발간한 '랜덤하우스 시집선'은 출판을 중지하였다가 '문예중앙 시인선'으로 바뀌어 최근 다시 시집을 발간하기 시작했다. 김민정의 『날으는 고슴도치 아가씨』(2005)나 이민하의 『환상수족』(2005)을 발간한 열림원의 '문학 판' 시리즈 역시 그 후에 뜸하게 시집을 발간하다가 최근 다시 단행본 시집 시리즈를 기획하고 있다고 한다. 김이듬의 『별 모양의 얼룩』(2005)을 낸 '천년의시작'은 그 당시 시집 시리즈로는 후발 주자라고 할 수 있다. 문지나 창비로 대변되는 주류 출판사에서 첫 시집을 낸 시인은 『아나키스트』(문지, 2005)의 장석원 정도였다.

이는 그들의 첫 시집 원고가 주류 출판사에 들어갔으나 발간이 유보되었다는 것과 그로 인해 한 동안 출판사 이곳저곳을 떠돌아다녔음을 환기시킨다. 이들의 시집을 낸 출판사는 주류 출판사와 견주어 차선책의 성격이 짙다. 이 차선책의 시집들이 2000년대 시 지형도의 여러 굴곡을 만들어 냈다. 한편 많은 시인들이 출판하고 싶어 하는 출판사는 시집 발간을 거절하는 것으로 그 주류의 성격을 보존했다. 주류 출판사의 선택이 패착이라는 것을 입증이라도 하는 듯 이들의 두 번째 시집은 모두 같은 출판사에서 출간되었다. 황병승은 『트랙과 들판의 별』(문지, 2007), 김경주는 『기담』(문지, 2008), 김민정 『그녀가 처음 느끼기 시작했다』(문지, 2009), 이민하는 『음악처럼 스캔들처럼』(문지, 2008), 김이듬은 『명랑하라 팜 파탈』(문지, 2007), 장석원은 『태양의 연대기』(문지, 2008), 이근화는 『우리들의 진화』(문지, 2009).

이들의 목소리가 두 번째 시집부터 주류의 목소리로 바뀐 것은 아니다. 지금은 시의 성격이 아니라 시집 출판사에 대해 말을 하고 있다. 이는 결국 새로운 목소리가 낯익은 시집선의 지면을 통해 들리게 되었다는 것을 뜻하며, 새로운 목소리를 담았던 새로운 시집선의 중단 또는 폐지와 연관된다는 것을 뜻한다. 전통의 부정은 짧은 역사를 지니고 부정의 전통은 긴 역사를 지닌다. 시집 출판사에 한정해서 말한다면 시단은 다시 굴곡 없이 평평해졌다. 차이에 주목하는 시 비평이 상대적으로 이들의 두 번째 시집에 적극적으로 발언하지 않은 것은 이 평평함 때문은 아닐까.

현재 다시 시집 출간 출판사는 재도약을 마련하고 있다. 시집을 소홀히 다루었던 주류 출판사도 시집 출간에 공을 들이고 있고, 또 새로운 출판사도 자신의 역사를 축적하고 있다. 그곳을 새로운 목소리를 담아내는 장소라고 여길 수 있을까. 2000년대 초반의 상황이 2010년에 다시 열리는 것은 아닐까. 이제 많은 새로운 목소리를 내는 시인과 그것에 주목하는 시 비평으로 다시 넘어갔다.

6. 시와 정치

'시와 정치'에 관한 논의는 왜 시작되었을까. '미래파'를 비난한 표현을 빌려 2000년대 시의 자폐성이 한계에 부딪쳐 시인들이 바깥 세계로 눈을 돌린 결과인가. 일견 타당해 보이지만 이는 사실과는 많이 다른 판단이기도 하다. '미래파'의 시들이 자폐적으로 보일지는 모르겠으나, 문학의 자율성에 기대어 그 안에서 안주한다고 보기는 어렵다. 결속력이 약한 그들의 어떤 시는 새로운 하위 주체들의 목소리를 시에 선보였고, 어떤 시들은 정치적인 것과의 조우를 힘껏 모색하기도 했다. '시와 정치'의 제휴에 대한 논의 반대편에 미래파 시를 설정하는 것 자체가 사실과 부합하지 않는다는 것이다. '시와 정치'와 관련된 논의는 당대의 시 담론 내부에서 파생된 것이 아니라 시 바깥쪽의 상황과 연결되어 촉발된 것이다.

'시와 정치' 논의는 문학은 무엇을 할 수 있는지를 논의하는 과정 중에 출현하였다. 이 질문은 '문학은 쓸모없기 때문에 쓸모 있다'의 명제의 반대편에 있다. 현실이 불만족스럽다는 느낌이 강해질수록 질문의 효력은 강화된다. 현실을 개선하기 위해, 문학은 쓸모 있어야 한다. 이 논의가 다양한 시각을 유도하며 한 동안 지속된 까닭은 질문의 형태가 낯선 것이었기 때문이라기보다는 그 안에 담긴 개념 자체가 이전의 것과 차이를 보였기 때문일 것이다. 시와 정치의 '정치'는 이전의 현실 정치의 뜻을 벗어났고, 이 논의와 맞닿아 있는 시와 윤리의 '윤리'도, 시와 현실의 '현실'

도, 시와 타자의 '타자'도 예전의 것이 아니었다.

랑시에르의 말을 빌려 진은영은 기존의 정치라고 여겨졌던 개념을 '치안'으로 바꾸고 기존의 인식 체계를 재편하는 것을 '정치적인 것'으로 설정하며 문제를 제기했다. 정치적인 것에 대한 판단은 재편 여부와 관련이 있다. 시간이 지나봐야 알 수 있는 것이기 때문에 정치적인 것의 여부는 사후적이다. 이는 시와 정치가 제휴된 시의 모습을 담론 내에서 제시하지 못했다는 것을 뜻한다. 기존의 인식을 재편할 새로운 주체, 새로운 목소리를 요구했으나 그 새로운 것들이 아직 현실에 도착한 것은 아니었다.

시와 정치에 관한 논의가 진행되던 중에 정치적인 것도 중요하지만 치안도 중요하다는 보충 논의가 뒤따랐다. 불만족스러운 현실을 개선하는 데 시는 어떠한 역할을 해야 하는가, 시와 정치를 함께 고려하게 된 원인을 되짚어 보면 이와 같은 지적은 처음의 문제제기를 다시 한 번 환기하는 것으로 의미가 있다고 할 수 있다. 치안적인 것을 외면할 때 이 문제는 문학의 자율성 영역 내부에서 휘발될 수 있기 때문이다. 중요한 점은 문학의 자율성을 보존하면서 동시에 치안적인 것을 고려하는 이 불일치의 현상 자체가 시대적인 요구에서 왔다는 것이다.

이를 문학의 타율성과 자율성 중 어느 한 편을 택하게 했던 예전 논의의 반복이라고 말하기는 어렵다. 2000년대 후반 한국의 현실 정치는 정치적인 것을 다시 고민하게 유도했으되, 새로운 주체와 새로운 목소리를 지닌 시들은 거대 담론으로 그것을 규정하지 못하도록 막고 있다. 시와 시 비평의 장 안에는 이전과 비슷한 논제를 다르게 생각하도록 유도하는 기제가 조성되어 있다. 시 비평은 모순을 끌어안은 채 구체적인 형상을 기다리고 있다. 시와 정치가 제휴하는 시를 찾기 힘들다는 사실은 이 점에서 아쉽기도 한 것이지만 한편으로는 미덥기도 한 것이다. 풀어나가야 할 과제는 미지의 영역에 놓여 있다. '시적인 것'도 미지의 영역에 놓여 있다. 시와 정치에 관한 논의는 회귀가 아니라 지양의 과정을 따른다.

7. 그리고 2010년대

2000년대 비평 중 '근대 문학의 종언', '미래파', '시와 정치' 담론을 아울러 살펴본 이 글은 그 안에서 전대의 비평을 계승하는 한편 극복하는 모습에 주목했다. 문학의 자율성에 기대고 있으나 다시 문학의 참여를 고민하고 있는 최근의 시 비평은 일견 반복과 회귀의 모습을 띠고 있는 것 같다. 그러나 토대의 변화와 당대의 문학은 이를 지양의 과정으로 이해하도록 이끌었다. 문학의 영역은 점점 축소되고 있으며, 비평의 영역은 더욱 왜소해졌으나, 그것을 한계로 인식하고 극복하고자 하는 모습이 2000년대의 시 비평에는 담겨 있다.

하지만 이 시대의 시 비평에서 아쉬운 것이 없지만은 않다. 앞에서 말한 것처럼 2000년대의 시 비평은 담론을 대상으로 이견을 보이는 경우는 많았으나 시 분석을 대상으로 이견을 보이는 경우는 적었다. 1950년대 서정주와 김종길과 김동리 등이 김소월의 「산유화」의 한 구절 "저만치"를 두고 해석의 차이를 보이거나, 김지하의 「무화과」를 대상으로 한 김현의 분석에 대해 이견을 보이거나, 2000년대 전후 정지용의 「비」를 두고 최동호와 장경렬과 이상숙이 각자의 의견을 개진한 경우 등을 최근에는 찾기 힘들다.

당대의 시를 대상으로 하나의 구절에 집중하여 각자의 의견을 드러낸 뒤 이에 대해 서로 다른 의견을 경청할 만한 여유가 부족해진 것일까. 정치가 정치적인 것으로, 거대담론이 미시담론으로, 새로운 목소리가 새로운 토대로, 눈에 띄지 않지만 점진적인 변화가 일어나고 있다. 이와 같은 요청에 대한 응답 또한 반복과 회귀의 과정에 포함되지는 않을 것이다. 같은 시대에 살고 있는 타인의 말을 경청하는 일은 초라해 보이지만 실제로는 고귀한 시와 시 비평의 가치를 증명하는 첩경이다.

(『서정시학』, 2011 겨울호)

책과 노이즈의 바다

임태훈

성균관대 박사 과정을 수료하고,
1999년 삼성문학상 희곡부문 수상, 2000년 올해의 연극 작품상,
2006년 대산대학문학상 평론부문 당선,
2009년 추리소설작가협회 신인상 등을 수상했다.
성공회대, 세종대와 세명대에서 문학을 가르치고 있다.

책과 노이즈의 바다

임태훈

1. 책이 낯설다

서점을 찾을 때마다 새삼 확인하게 되는 일이 두 가지 있다. 날로 책의 디자인은 새로워지고 있다는 것과 19禁 책의 진짜 매력은 비닐 포장을 뜯지 않을 때가 정점이라는 것이다. 상상력을 불러일으키는 표지 사진과 띠지의 광고문구, 19세 미만 구독 불가를 알리는 빨간 스티커, 팽팽하게 표면을 휘감은 비닐의 광채 모두 흥미롭다. 내 나이가 여태 중학생에 머물러 있다면 이 마음은 좀 더 울렁거렸을 것이다. 그러나 책을 덮은 껍질을 벗기고 속을 펼치면, 안에 드러난 내용은 시시하고 흔해 빠진 것이기 십상이다. 나이가 들수록 이 시시함은 더해만 가니 좀 서글프기도 하다. 그나마 이 바닥에서 독자를 홀리는 간계는 순진한 편이고 책의 판매량 역시 저조한 수준이다. 출판사 입장에서도 기왕이면 19금 판정 따윈 받지 않으려 한다.

베스트셀러야말로 속 내용보다는 겉껍데기의 치장이나 마케팅에 의해 탄생하는 경우가 허다하다. 이런 유의 베스트셀러 구입은 사실상 독서의 시작이라기보다는 끝이다. 독자는 이미 광고나 미디어 보도를 통해 접한 메시지에 나름 감동한 뒤고, 독서는 그것을 재환기하는 역할에 그친다. 방향제를 뿌리듯 필요할 때 펼쳐보는 게 작금의 베스트셀러다. 오늘은 『시크릿』 조금, 내일은 『아프니까 청춘이다』 이만큼. 하루 이틀 된 세태가 아니다. 이런 현상에 대해 마땅히 비판적이어야 하는 게 비평가의 역할일 테지만, 그나마 조금이라도 문명이 있는 비평가들은 하나같이 출판사에 소속돼 일감을 받고 있는 형편이어서, 업무 분담은 있어도 마케팅과 당당히 경쟁하는 비평은 찾아보기 어렵다. 주례사 비평 논쟁이 있던 십여 년 전보다 상황은 여러모로 더 나빠졌다. 엎친 데 덮친 격으로 그때보다 출판시장은 훨씬 더 불황이다. 이런 현실을 경멸하는 비평가들도 당연히 있다. 그들로서는 동료 비평가들의 비루한 부역이 못마땅하기 짝이 없지만, 그에 못지않게 출판사의 바보 같은 마케팅에 속아 넘어가는 독서 대중의 행태도 참아 넘기기가 쉽지 않다. 그나마 요즘은 사람들이 책도 잘 안 읽는다.

학부에서 내 수업을 듣는 한 학생이 한 편의 리포트를 제출했다. 등하굣길에 전철을 타고 다니면서 사람들을 유심히 관찰한 결과물이었다. 몇 년 전만 해도 전철에서 책을 읽는 사람은 많다고는 할 수 없어도 지금처럼 씨가 마른 수준은 아니었다. "일주일 동안 책 읽는 사람은 네 명밖에 못 봤어요." 다들 손 위에 스마트폰이나 태블릿 PC를 올려놓고 웹과 파일 더미를 뒤적거린다. 그렇다고 전자책을 들여다보고 있는 것도 아니었다. 안타깝게도 전자책은 한국에서 인기가 형편없다. 도무지 읽을 게 없다는 게 오늘날 한국의 전자책 시장에 대한 대체적인 평판이지만, 내 생각으로는 전자책 플랫폼의 설계 자체에 '책'에 미달할 수밖에 없는 결핍이 있다고 판단된다. 기술 혁신이나 마케팅에 자본과 시간을 투자한다고 해서 해결될 문제도 아니다. 무엇보다도 책에 대한 의식 변화부터 선행되어야 한다. 하지만 바로 그게 제일 어렵단 말이다. 출판계에 조금이라도 애정이 있는 사람이라면 이 모든 상황이 환멸의 도가니로 느껴질 것이다. 그러나 이대로 주저앉아 점점 더 자극적인 수위의 불평불만만 쏟아내는 일은 또 다른 환멸을 낳는 공회전에 불과하다. 거기서 빠져나올 방법을 어디서 구할 수 있을까? 이 질문에 나는 어떤 대답을 할 수 있을까? 장 뤽 고다르의 말이 떠오른다. "큰 선 위에서 마주 보고 대립하는 두 진영만이 중요한 것이 아니다." 덧붙여 큰 선으로부터 튀어 오르는 파선(波線)도 있는 법이다.

나는 19금 책을 덮은 팽팽하고 반들반들한 비닐 포장을 좋아한다. 표지에 붙은 알록달록한 띠지도 싫어하지 않는다. 거기 적힌 허풍선이 문장을 믿진 않아도 귀여워해 주는 편이다. (이를테면 어떤 문학상 수상작의 띠지. "이 소설은 파격인가? 도발인가? 아니면 고발인가?") 출판사 마케팅에 홀린 독자들을 바보라고 생각하고 싶지도 않다. 전자책도 부디 제발 그럴듯한 수준을 갖춰 지금처럼 후지지 않았으면 좋겠다. 그러나 무엇보다도 한 권의 책의 의미를 판매량, 베스트셀러 등극, 대박과 쪽박, 작가와 작품에 대한 평가로 환원하거나, 책 한 권을 사이에 두고 평론가들끼리 피아(彼我)를 나누는 일 같은 건 단호히 거절하고 싶다. 나를 제일 흥분시키는 주제는 '책'을 지금까지와는 다른 방식으로 가능한 한 낯설고 신선하게 만나는 일이다. 특히 이런 순간이 소중하다. 누군가 페이지 귀퉁이에 적어놓은 낙서가 모두가 아는 그 책을 낯설게 만든다. 나는 충분한 시간을 들여 그 낙서를 이해하고, 책과 미지의 누군가를 잇는 성좌를 기억하고 싶다. 이것이 이 글에서 전개될 나의 입장이다. 다시 '책'에서 시작하고 싶다.

얼마 전 재밌는 책을 구경할 수 있었다. 한 패션 잡지가 화장품과 슬리퍼를 부록으로 붙여 내놓았는데, 애써 준비한 부록이 독자에게 제대로 전달되지 않을까 걱정해서 비닐포장으로 어찌나 단단히 둘러쌌던지, 멀리

서 봤을 땐 얼룩덜룩 둥그스름한 것이 책이라는 걸 알아보기도 난감했다. 이에 비하면 전자책은 너무나 평준화되어 있다. 무엇보다도 이런 과잉이 가능하도록 설계되어 있지 않다. 예측할 수 없는 형태로 솟구쳐 오르지도 않고 어처구니없는 무엇인가로 변신하지도 않는다. 그냥 전자책일 뿐이다. 전자책이 더 새롭게 혁신되길 바란다면 무엇보다도 책이 어떻게 그 많은 잡스러움을 수용할 수 있는 매체인지 사유를 시작해야 한다. 전자책에서 운영되는 소프트웨어 역시 이질적인 정보와 뒤섞일 수 있는 좀 더 유동적인 상태로 조정되어야 한다. 전자책 플랫폼의 패러다임 자체가 기능적 잡스러움이나 정보의 불안정성을 지양하는 것을 목표로 설정되어 있다는 것을 안다. 하지만 이 패러다임은 이제 뒤집어 생각해 볼 때가 되었다. 관련 엔지니어들은 이런 주장을 납득하기 쉽지 않을 것이다. 이미 전자책은 책이 할 수 있는 기본적인 기능은 다 갖추고 있다. LCD 창 안에 텍스트와 이미지를 담을 수 있고, 독자가 원하는 위치에 줄도 그을 수 있으며, 책갈피와 메모도 새겨 넣을 수 있을 뿐 아니라, 심지어 음성지원 기능을 이용해 대신 읽어주기도 한다. 그런데도 요즘 같은 미디어 격변기에 다시 '책'에서 시작하자니, 이거야말로 후져 터진 주장이 아닐까? 한 가지 태도를 분명히 밝히고 싶은 건, 이제 와서 책을 어떤 복고풍의 환원주의나 본질주의의 대상으로 설정하려는 게 아니라는 것이다. 오히려 내가 궁극의 목표로 하는 것은, 전자책이라는 뉴미디어의 한 점에 얽혀 도는 생활의 리듬, 속도, 행동능력의 변용, 사회 문화적 배치와 구(舊) 미디어의 한 점인 책에서 가능한 다른 리듬, 속도, 릴레이 등을 서로 교류시키는 기획이다. 그래서 오늘날의 미디어 환경 격변이 끝없는 가속 상태로 치닫는 것에 대한 자생적 제어능력을 우리 세계에 회복시키려는 노력에 생각을 보태고 싶다. 나는 이것을 '우애의 미디올로지'라는 슬로건 아래 그동안 고민해왔고, '책'에 대해 이야기할 수 있는 기회를 이번에 얻게 되어 무척 다행스럽게 여기고 있다.

이제 확신을 갖고 명상을 시작해보려 한다. 눅눅한 냄새를 풍기는 헌책 한 권이 내가 마주한 첫 번째 화두였다.

2. 파라텍스트의 파선(波線)

얼마 전 구입한 현암사 판 『80년대 대표소설』[1]은 헌책이었다. 초판이 1989년 12월 15일에 나왔고, 내가 입수한 것은 1990년 3월 20일에 나온 4쇄 본이었다. 연식이 이십 년이나 된 '헌책'이지만, 이런 유의 선집이 수집광의 눈에 신선해 보이려면 앞으로 몇십 년의 추가 숙성이 필요하다. 충분히 오래되지도 않았고 희귀성도 다분히 떨어지는 아이템이다. 그런 만큼 가격도 원래 정가의 절반의 절반 가격에 지나지 않았다. 나야 특별한 의도를 갖고 이 책을 구입했던 것은 아니었다. 어느 세미나에서 함께 읽기로 한 작품이 이 책에 모두 실려 있었던 탓에 부담 없이 손이 갔던 것뿐이었다.

애서가 가운데는 책에 줄을 긋거나 페이지를 접는 일을 아주 질색해서, 백 년도 더 된 책도 엊그제 찍어 나온 것처럼 완벽하게 보관하는 이가 있다던데, 내가 구입한 헌책의 전 주인(들)은 그런 타입이 아니었다. 굳이 그럴 필요까진 없는 책이라고 여겼을 게 당연하다. 사실상 책 대부분이 이런 취급을 받고 있다. 하지만 애서가를 언짢게 할 그런 무심함 덕분에 책의 우주는 날로 흥미진진해지고 있다.

---

1) 평론가 쉰 두 사람이 선정했다는 작품의 목록과 순서는 다음과 같다. 「원미동 시인」(양귀자), 「밤길」(윤정모), 「아버지의 땅」(임철우), 「소지」(이창동), 「쇳물처럼」(정화진), 「밤길의 사람들」(박태순), 「돈황의 사랑」(윤후명), 「낯선 시간 속으로」(박태순), 「친구는 멀리 갔어도」(정도상), 「깃발」(홍희담), 「새벽출정」(방현석).

이 책에 수록된 소설 가운데 전 주인(들)이 어떤 작품을 즐겨 읽었는지 단번에 티가 났다. 페이지의 위생 상태를 비교해보기만 해도 차이가 확연히 드러난다. 어떤 얼룩은 단번에 원인을 알 만했다. 아마도 이 책의 전 주인들 중 누군가는 윤정모의 「밤길」을 읽다가 젖은 바닥에 책을 떨어뜨렸던 모양이다. 얼룩의 모양에서 기시감을 느낄 수 있었다. 언젠가 나도 동아리방에서 세미나를 하다가 책을 떨어뜨렸는데, 마침 물청소를 한 직후였던 터라 펼쳐져 있던 페이지가 더러워졌다. 이런 얼룩에는 동아리방의 구중중한 바닥에서만 찍힐 법한 독특한 질감과 문양이 있다. 짐작에 확신을 더하는 물증까지 확인할 수 있었다. 내가 입수한 이 책에는 좋은 소설의 요건에 관한 꼼꼼한 육필(肉筆) 발제문이 끼어 있었다. 괜히 동아리방에서의 오염을 떠올린 게 아니었다. 생각이 이쯤에 이르자 나는 헌책에 뒤엉킨 낯선 시간과 사건을 유추하는 일에 빠져들고 말았다.

한 권의 책은 오롯이 저자의 글로만 채워지지 않는다. 그 책을 소유한 사람의 혹은 이 책을 공유했던 이들의 흔적이 책에 가득 새겨진다. 그래서 세상의 모든 책은 책이기만 한 게 아니라 온갖 이질적인 것들의 경이로운 접속 상태라 해도 과언이 아니다. 이 말의 의미를 문학자나 서지학자들보다는 과학자들이 훨씬 잘 이해할 수 있지 않을까? 생물학자들은 한 권의 책을 미생물 집단 거주지로 접근할 수 있다. 지문에서 묻어나온 땀과 기름을 밑천 삼아, 한때 독자(들)의 몸과 공생/기생했을 생물이 새로운 영토(=책)로 이주했을 것이다. 그들은 도스토예프스키도 체홉도 읽지 않는다. 그러나 그들은 '독서'의 목적론으로부터 가뿐히 빗겨나 책을 이용할 줄 아는 '기식자(parasite)'들이다. 그들과 동행하노라면 극한의 트랜스포머처럼 결코 변신을 멈추지 않는 생성의 흐름이 다름 아닌 책이라는 것을 깨닫게 된다. 접히고 펼쳐지고 블록을 이루다가 뜨겁게 달아오르며 모습을 바꾸는 내내, 나의 관심은 하나로 집중된다. 책은 얼마나 더 다른 장소가 될 수 있는가?

　텍스트학의 용어를 빌리면, 그들 또한 파라텍스트(paratext)로 취급되어야 마땅하다.[2] 이때의 'para'[3]를 '곁의 위치(para-site)'라는 뜻을 함축한 접두사로 이해하길 제안한다. 위에서 예를 든 책의 기식자는 책에 관한 통상적인 이해의 틀에서 정의되지 않는다. 그에게 책이란 독자와 저자의 관계에 종속된 장소가 아니기 때문이다. 미생물 기식자는 독자의 피부와 호흡기를 통해 육체와 직접 관계할 수 있다. 기식자인 파라텍스트는 결코 텍

---

2) 파라텍스트(paratext)라는 개념은 제라르 쥬네트에 의해 창안되었고, 이를 '곁다리텍스트'로 번역해 국내에 첫 소개한 사람은 김현이었다. 일반적으로 한 권의 소설책에서 소설 그 자체를 텍스트라 한다면, 소설의 제목, 표지에 두른 띠지, 판권지, 제사(題詞), 주(誅), 삽화 또는 작가의 '일러두기' 등을 통틀어 '파라텍스트'라 일컫는다. 그러나 텍스트의 읽힘에 영향을 주는 것이 파라텍스트라고 할 때, 파라텍스트의 범위는 무척 확장될 수 있다. 좁게는 책의 제목, 서문, 타이포그래피 등이 해당되지만 넓게는 대외적으로 소개되는 서평, 광고, 영업활동, 영화화 여부 등을 비롯한 책을 둘러 싼 거의 모든 외부적 조건이 곧 파라텍스트가 될 수 있다. 쥬네트는 『문턱(seulis)』에서 보르헤스의 말을 인용해 파라텍스트를 다음과 같이 설명한다. "독자에게 안으로 들어갈 것인가 아니면 오던 길을 되돌아 갈 것인지의 가능성을 부여하는 현관이다."(이재룡, 「파라텍스트의 세계-창작과 명명」, 『작가세계』 13호, 세계사, 1992, 255쪽에서 재인용).

3) 'para'는 본래 유사·반대 혹은 옆을 의미하는 접두사다. 위에서 'para-site'를 '곁의 위치'로 해석하는 것은 미셸 세르의 『기식자』(동문선, 2002)에서 배웠다. "위치의 역할을 한다는 것, 장소의 역할을 한다는 것은 관계를 가지는 일이다. 그것은 관계 자체에만 관계를 갖는 것이다. 그것은 관계가 비롯되고, 그것이 나아가고 그것이 지나가는 정거장들과 결코 관계하지 않는다. 그것은 있는 그대로의 대상들과도 결코 관계하지 않으며, 아마 있는 그대로의 주체들과도 결코 관계하지 않을 것이다. 아니 그보다는 관계가 비롯되는 원천으로서의 조작체들로서 그 지점들과 관계하지 않는다. 바로 이것이 기식자(parasite)에서 파라(para)라는 접두사의 의미이다. **그는 옆에 있다. 그는 곁에 있다. 그는 비어져 나와 있다. 그는 사물 자체가 아니라 관계 위에 있다.** 그는 이른바 관계를 가지고 있고, 그것을 체계로 만든다. 그는 언제나 간접적이지 결코 직접적이 아니다. 그는 관계를 지니고, 운하에 연결되어 있다."(72쪽, 강조는 인용자) 물론 이 책에서 세르는 '파라텍스트'를 언급하고 있지 않다. 쥬네트 역시 세르의 『기식자』를 참고하지 않았다. 그러나 둘 사이의 개념적 교차는 충분히 실험해볼 만한 일이었다. 세르의 '초대받지 않는 손님', '다른 유기체 속에서 살아가는 기생물', '소통 회로 속의 잡음'을 뜻하는 '기식자'를 책의 다양체와 함께하는 일원에 포함시켜 'paratext'를 'para(site)text'라는 관점에서 이해해보고 싶었다.

스트의 내적 질서에 사로잡히지 않는다. 다만 그 질서로부터 빗겨져 나와 곁에 위치할 뿐이다. 저자도 편집자도 출판업자도 이런 상태를 의도한 일이 없고, 가능하다면 위생을 위해서라도 말끔히 제거하고 싶어 할 n개의 장소, 즉 파라텍스트(para(site)text)가 책에선 언제나 필연적으로 생겨난다.

그러니 책은 쉽게 봐 넘기던 것과 달리 믿을 수 없이 낯선 다양체(multiplicity)이지 않은가? 미생물 단위의, 그보다 더 미세한 크기의, 눈에 보일 리 없는 무수한 정보체(情報體)가 책이라는 공생자 행성에 독자적인 차원을 형성하고 있다. 크고 작은 이웃이 엇갈리고 얽히고 겹치길 멈추지 않는 무수히 다양한 지평이 이 별을 휘감고 있다. 게 중에는 책과 조화롭게 '공생'하는 대신 악랄한 기생 생활로 일관하는 녀석들도 있다. 1665년 영국에서 출판된 로버트 훅의 『미크로그라피아(micrographia)』에는 현미경으로 관찰한 좀(bookworm)을 다음과 같이 묘사하고 있다. 렌즈 아래 흉측한 디테일을 드러낸 좀의 몸뚱이는 에이리언을 연상케 한다. 페이지 위의 사막에서 이 야수가 당신을 올려다보고 있다고 상상해 보라. 아니, 그 존재가 책과 더불어 변신한 당신의 모습일 수 있다고 생각해볼 순 없는가? 그에 비하면 움직임 없이 엉덩이를 뭉개고 앉아 책을 읽는 인간의 몸뚱이란 그 얼마나 따분한 풍경인지.

몸집이 작고 은백색으로 빛을 내는 벌레 혹은 나방으로서, 책이나 종이에 기생하면서 책의 본문과 표지를 부식시키고 구멍을 내는 존재로 여겨진다. 머리 부위는 크고 두루뭉술하게 생겼고, 몸통 부위는 머리에서 꼬리로 내려 갈수록 점차 가늘어지는 것이 마치 당근처럼 생겼다. …… (중략) …… 또한 머리통 끝에는 기다랗고 뾰족한 두 가닥의 촉수가 곧게 뻗어 있다. 촉수에는 고리 모양으로 생긴 마디들이 나 있고 마디 사이에 거센 털들이 나와 있는데, 그 모습이 마치 습지에 나 있는 두 가닥의 촉수와 매우 유사하게 생겼지만 길이는 그보다 조금 짧은 세 가닥의 촉들이 나와 있다. 다리의 표면에는 비늘 모양의 섬모들이 나 있다. …… (중략) …… 이 미약한 생물(이 또한 시간의

파괴력 중의 하나다)이 얼마나 많은 톱밥과 나무 부스러기들을 자신의 뱃속
에 집어 삼켰을 지를 감안할 때, 나는 이처럼 불같은 소화력을 지닌 자연의
피조물의 위력에 감탄할 따름이다. 위장으로 공급된 물질들은 폐의 활동에
힘입어서 끊임없이 불타오르듯이 활발하게 소화되어 버린다.[4]

굳이 책만을 특정하지 않더라도 인간과 관계하는 어떤 사물이든 침,
땀, 기름, 피가 묻을 수 있을 테고, 미생물이나 좀 따위가 증식하는 일 역
시 흔한 현상이다. 그럼에도 이런 온갖 영락물(零落物, abjection)과 책이 뒤
엉키는 양상을 소설의 문장과 같은 내적 텍스트와 분리하지 않고 한 데
겹쳐 사유하는 일이란 아무래도 익숙해지기가 쉽지 않다. 무엇보다도 왜
그렇게 할 필요가 있는지 공감하는 일부터 어렵다. ("그딴 걸 왜 따지는 거
야?") 이런 식의 접근은 무엇보다도 학제와 학파에서 요구되고 유통되는
일련의 콘텍스트 연결이나 이해에 들어맞지 않는다. 필요 없는 정보나 지
나치게 잡다해진 맥락은 발라내고 정제하는 것이 아카데미의 격식이자
관례다. 가령 어떤 책에 관해 질문목록을 작성했는데, 그 책이 진본(眞本)
인지 이본(異本)인지 궁금해 한다거나, 무엇이 저자의 문장이고 주석가의
해석인가를 구별하는 물음에 그친다면 아카데미는 우리의 기대 이상으로
명료한 해설을 진즉 준비해놓았을 수 있다. 하지만 저자의 서명이나 작품
의 제목만으로 구별하거나 증명할 수 없고, 어느 누구 소유의 문제로 치
환할 수도 없으며, 명료한 해설 따윈 기대하기 어려운 애매모호한 특성들
이 어떤 책을 오직 그 책이게끔 하는 결정적인 단서가 될 수 있다. 우리가
그렇게 더 궁금해 하게 된 것들이 저들이 알 필요가 없다고 판결한 바로
그 쓰레기더미에 (예를 들어, 페이지의 얼룩, 귀퉁이에 적어놓은 전화번호인지 날
짜인지 알 수 없는 숫자, 잡풀처럼 책머리 위로 속속 솟아오르는 알록달록한 포스트

---

4) 윌리엄 블레이즈, 이종훈 옮김, 『책의 적』, 서해문집, 2005, 105~107쪽에서 재인용.

잇, 그밖에 중고책의 감정가를 떨어뜨리는 온갖 결점들) 불과하다면, 우리는 구태여 노련한 교사를 수배해 그것들이 왜 쓰레기인지 재차 설명 받는 대신에, 책의 곁에 위치한 para-site 또 한 겹의 파라텍스트로 우리 자신을 주시해야 한다.

모든 생명이 각자의 특이성(singularity)을 가진 서로 다른 생명체인 것처럼, 모든 책은 다른 책이다. 그렇지만 아카데미에서 가령 문학사를 구성한다 치면 같은 제목과 내용의 책 십만 권의 궤적을 하나의 이름 아래 한꺼번에 묶는 동시에, 각기 다른 십만 개의 책의 생활사(life history)를 외면해 버린다. 책과 당신 사이에 가로놓인 특유의 배치를, 한번 주저앉으면 좀처럼 이동할 줄 모르는 아카데믹한 엉덩이는 염치도 없이 짜부라뜨려 버린다. 필사본 소설 연구에서 그나마 전향적인 방법이 시도되고 있긴 하지만, 사실 그조차도 어느 하나의 특이성을 극한까지 물고 늘어진다기보다는 일련의 필사본들의 공통점을 중심으로 의미체계를 분류하고 기존 연구사의 계통에 관련지어 재배치하는 일에 목적을 두고 있다. 책과 맺어온 너와 나, 그리고 우리의 (생성의) 드라마에 아카데미는 그다지 관심이 없다. 외면받았다 하더라도 책들의 카오스모스가 그 실체를 잃어버리게 되는 것은 아니다. 문학사는 나름의 체계와 논리로 짜인 환상을 뒤집어쓰고 자신에 연결된 무수한 파선(波線)을 몰지각한다. 그러나 음(音)이 소거된 수백만의 『무정』과 수백만의 『태평천하』의 아우성이 문학사의 이면에서 복작거리고 있다. 이전 시대의 필사본 소설에 대해선 더 말할 것도 없다. 그러나 이를 두고 아카데미의 경직성을 추궁하는 일이란 부질없는 짓이다. 이 불만족스러움은 무엇보다도 '자신'의 문제로 절실해지고 봐야 하기 때문이다. 아무도 알려 하지 않고, 접속하려 하지 않는, 다시 말해 욕망하지 않는 정보는 어느 신체에도 기억되지 못한 채 곧장 망각으로 내리꽂힐 뿐이다. 내 삶의 풍요로운 겹들에 관해 가장 무지한 타자가 바로 나 자신일 수 있는 것이다.

왜 다들 유일무이한 '바로 그 책'을 궁구하는 일을 아카데미의 프로세스에 내맡겨 버리는 걸까? 그것이 부디 당신과 나의 언어로 온전히 이야기될 수 있다면. 이 욕망을 권위자의 해석과 손쉽게 맞바꾸려 하지 않고 내 삶의 불가능성 한가운데로 줄을 그어 나갈 수 있는 경험으로 만개할 수 있다면. 우리는 책을 선용하는 방법을 그다지 많이 마련해놓고 있지 못하다. 당장 우리들의 글쓰기만 하더라도 무수한 책의 존재 양상에 감히 대응할 수 없을 만큼 가짓수가 형편없다. 근래 블로그나 SNS의 글쓰기를 주목하는 이들이 많다지만, 인터넷의 글쓰기는 그 폭발적인 전염력에도 실제로 시도되고 있는 모험적 글쓰기는 그리 다양하지 않은 게 현실이다. 이런 수준에 대해 불만족스러워할 필요가 있다. 아카데미나 제도의 글쓰기가 포용할 수 있는 삶의 범위는 한정되어 있고 특유의 경직성 또한 어제 오늘의 고질병이 아니다. 새로운 글쓰기가 삶의 해방을 약속하진 못하지만 삶의 해방은 글쓰기의 영원한 테마가 아닐 수 없다. 한 권의 책에서 시작하여, 사회 전체와 나의 관계를 사유하고 몸부림치는 연쇄가 가능하다. 그러니 더 욕망할 수 있어야 한다. 그 욕망은 다음 단계의 인터넷을 가능케 하는 최첨단의 에너지이기도 하다. 모두가 낡고 한물간 미디어라 부르는 책이 그 복합적인 존재 자체로 우리에게 드러내 보이는 것은, 다름 아닌 우리 잠재성의 예비 증명이다.

누군가 나에게 이렇게 말했던 게 기억난다. "재밌는 생각이긴 한데 논문으로 쓰긴 애매하겠는데." 논문 되기가 어렵다는 이유로 아카데미에서 허무하게 폐기되는 사유는 또 얼마나 많을까? 문제의 해결책은 어떻게든 논문이 되도록 사유를 마름질하는 데 있는 게 아니다. 그런 타협은 지난 세기의 양식에 사유를 끼워 맞추는 일이 되고 말 것이다. 앞으로 나아가기 위해선 지금 여기에 아직 없는 일부터 시작해야 한다. 제도에 훈육되어,

혹은 아카데미즘을 비롯해 온갖 대의제에 중독된 채, 하릴없이 오려내 버렸던 미지의 욕망을 파라텍스트의 파선을 따라 다시 접합하길 권한다.

3. 너와 나의 비(非)문학사

바로 그 모험을 내가 가진 『80년대 대표소설』을 가지고 실험해볼 순 없을까? 문학사의 기계적 프레임을 따라 절단되고 바깥으로 밀려난 것들을 일부만이라도 다시 꿰어볼 수 있는 그런 실험 말이다. 그런데 이 작업이 문학사에서 아직 이야기되지 못했던 것을 재차 문학사가의 언어로 때늦게 재현하는 수준에 그칠 뿐이라면, 애초에 바랐던 여정을 한 걸음도 시작하지 못한 것이다. 발화의 위치가 되지 못한 장소를 찾아 그 자리에서 무엇이든 하고자 바란다면, 그는 우선 지배적 의미의 흰 벽에 핀으로 고정된 주체의 자리로부터 튕겨 나올 수 있어야 한다. 그를 그 자리에 사로잡고 있는 힘은 신체와 언어에 각인된 주체성의 관성이다. 말장난 같은 지옥이 그를 구심점으로 맴돌고 있다. 이를테면 문학사가가 문학사에 대해 문학사가로서 투덜거리고 문학사 안에서 몸부림치기. 이런 그에게 절실한 것은 착란을 일으키는 타자와 마주하는 일이다. 단순히 마주하기만 할 게 아니라 아예 그가 되기 위해 달려들어야 한다.

백인/흑인이나 남성/여성처럼 흔해 빠진 주체/타자의 구도로 짜 맞춰질 수 없는 이상한 타자. 기본적으로 어수선한 성질을 타고났다. 종잡을 수 없게 과잉된 정보로 복작거리다가, 정반대로 존재의 유무만 겨우 확인할 수 있는 수준까지 흐릿해지기도 해서, 컴퓨터 운영 체계를 교란하는 노이즈나 버그처럼 지배적 의미 배치를 교란한다. 하필이면 헌책으로 구입한 『80년대 대표소설』이 이번 실험에 유용했던 이유도 그런 타자가 이 속에 웅크리고 있었기 때문이었다. 이것과 상대하려면 사유뿐만 아니라 내 몸까지 끊임없이 움직이지 않을 수 없었다. 『80년대 대표소설』의 전주인(들)은 몇 안 되는 단서에 의지해 막연히 추측해볼 수 있을 뿐인 가상의 존재다. 이 책으로부터 확장되고 접합하는 파라텍스트의 계열을 따라 그(들)는, 기다랗고 뾰족한 촉수가 머리 위에 뻗은 괴물, 과잉되지 않은 문학적 표현을 고민하는 예술청년 등으로 변신의 변신을 거듭한다. 나 역시 그들과 더불어 숨 가쁘게 변신한다. 그때마다 나의 자리도 이 책도 매번 낯설어진다.

이 책을 미지(未知)의 그들과 나 '사이'에서 연거푸 재발견할 수 있었다. 그것을 '비(非)문학사'라 부르긴 하지만 일단은 잠정적인 명명이다. 무엇으로부터 뛰쳐나와 시작된 실험인가를 환기하는 표식의 역할이 이 말엔 담겨 있다. 하지만 그보다 중요한 과제는 '사이'를 가로지르는 선(線)을 잇는 일이다. 이 책을 공유했던 이들이 남긴 흔적으로부터 특유의 강박과 반복을 분리해 내고, 이 단서를 밑그림 삼아 선(線)을 이어나갔다. 선은 책의 바깥 혹은 안을 현관 삼아 때론 경유하고 멀리 뻗어 나가 얽히고 설키기도 하면서 서로 다른 생(生)의 리듬, 속도, 강도(强度)를 교차시킨다. 그리고 애당초 룰 따윈 정해놓고 시작하지 않긴 했지만, 이 실험이 더 흥미진진해질 방법을 찾을 필요가 있었다. 본래 게임의 법칙이란 게임을 더 재밌게 만들기 위한 장치이지 않던가.

첫째, 이 실험은 이 책 특유의 불투명한 애매모호함에 바짝 물러서려는 노력으로 이뤄진다. 둘째, 누구로부터도 온전히 확인받을 수 없기에 더 강렬히 상상할 수 있는 질문 목록을 구성하라. 마지막 룰은 이 책에 내 흔적을 더하는 일을 마다치 않는 것이다. 장래에 이 책을 만나게 될 또 다른 누군가를 예감하며 새로운 실험의 단서를 아낌없이 제공해도 좋다.

이 게임의 룰은 문학사의 방법론과 무엇이 어떻게 다른 걸까? 문학사가는 정보의 노이즈를 몇 번이고 걸러내, 메인 텍스트와 몇 가지 콘텍스트만을 말끔히 추출한다. 그 과정에서 사라지는 것은 너와 나의 시간의 궤적, 그리고 이 책만의 유일무이함의 증거들이다. 그리하여 하나의 문학사가 수천수만의 『장길산』과 『원미동 사람들』의 비문학사를 사라지게 하는 블랙홀이 된다.

반면 오해가 없길 바라는 것이 있는데, 비문학사는 온갖 세세하고 잡스러운 정보를 일일이 기억하길 강요하는 분열증이나 강박증이 아니다. 기억만큼이나 망각은 자연스러운 일이며, 결핍되어선 안 될 일상의 균형추다. 하지만 꼭 그런 의미에서 따져보건대, 문학사는 기억보다는 망각의 체계라 해야겠다. 문학사란 '문학'에 관해 기억해야 할 모든 것(또는 비교적 중요한 것들)의 역사적 집합체이면서, 동시에 망각해버린 것들의 텅 비고 광활한 대기(大氣)를 침묵으로 지시한다. '문학사' 이전을 되짚어 누군가의 '(문학)체험' 속으로 접속하기 위해선 정보의 노이즈로 부글거리는 리얼한 세계 속으로 책을 관통시켜야 한다. 이때 책을 어떤 사건의 배치에 사용하는가에 따라 서로 다른 계열의 파라텍스트(para(site)text)가 파생한다. 이 글에서 구상하는 '비문학사'란 그 무수한 계열선 중의 하나를 쫓는 과정이다. 이것은 노이즈의 바다에서 솟아오르는 한 줄의 멜로디를 확인하는 일과 비슷한데, 여기서 중요한 것은 단 하나의 선, 한 줄의 멜로디에 한정되는 것이 아니라, 동시에 무수히 다른 선과 음악을 산란(散亂)하는 우리 세계의 카오스모스, 잠재성으로 가득 차 있는 끝없는 지평의 실체일 것이다.

이제 직접적인 내 실험의 기록을 이야기할 차례다. 우선 페이지마다 남겨져 있는 메모를 따라 읽은 게 첫 번째 작업이었다. 『80년대 대표소설』의 전 주인(들)은 윤정모의 「밤길」과 이창동의 「소지」, 정화진의 「쇳물처럼」을 가장 표나게 읽었다. 전 주인 그(녀)는 좋은 소설의 미덕은 무엇보다도 표현이 과하지 않도록 썼을 때 달성될 수 있다고 믿는 사람이었다.

페이지 귀퉁이에 적혀 있는 메모마다 이런 원칙이 일관되어 있었다. 메모의 빈도는 이창동의 「소지」가 가장 높았다. "너무 서두 암시"(81쪽), "장소 불일치"(82쪽), "작위적 인간관계 갈등조장"(83쪽), "쓸데없는 인물설정"(83쪽), "지나친 허구적 비약"(84쪽), "지나친 감정 분출"(97쪽) 그리고 '그녀는' 이 부자연스럽게 반복되고 있는 문장에 밑줄에 괄호까지 덧붙여 표시해놓았다. 이상은 모두 「소지」에 표시된 메모다. 책에 끼워져 있던 발제문에는 '작품을 보는 태도'로 네 가지를 정리하고 있는데, 필체의 유사성으로 미뤄보건대 「소지」에 메모를 남긴 사람과 동일인으로 추측된다. '작품을 보는 태도'에 관하여 그(녀)는 이렇게 정리하고 있다. 이 글에서도 과잉된 표현을 싫어하는 그(녀)의 결벽을 확인할 수 있다. 문학 해설서에서 그대로 옮겨 적었다기보다는 작품을 읽는 자신만의 태도를 정리한 것으로 보인다. ① 심리적 기대, 두려움을 없애는 일, ② 사람과 사람 사이의 표현과 의미 전달, ③ 우리의 일상적 언어와 경험을 바탕으로 차근차근 느낀다, ④ 문학의 몰이해는 지나친 의미 탐구에서 생김. 이중 ④는 확실히 그(녀)다운 판단이다. 그(녀)는 일면식도 없는 미래의 내가 이 글을 읽게 될 거라고 상상이나 해 봤을까? ①에서 ③까지의 정리는 우리들의 교감을 예감하는 문장처럼 느껴졌다.

정화진의 「쇳물처럼」에도 "한 인간의 연대기적 서술 과잉정보"(105쪽)라는 메모가 있었다. 그리고 "임꺽정이가 호랑이 등뼈를 움켜쥔 형태"(105쪽)라는 문장의 양 끝에 괄호 표시가 되어 있었다. 재밌는 표현이라고 생각했던 것일까? 아니면 이것 역시 과하다고 지적한 것일까? 「쇳물처럼」은 「소지」에 비해 메모의 숫자가 적다. 그래서 그(녀)가 이 작품에 대해 어떤 생각을 품었을지 추측할 수 있는 단서가 많지 않다. 순전히 메모의 빈도만 놓고 본다면 그(녀)는 이 책에서 단 세 작품만을 공들여 읽은 모양이다. 그 이유는 뭘까? 이 책의 전 주인이 남자였는지 여자였는지,

한 명인지 그 이상이었을지 알아볼 단서도 끝내 발견하지 못했다. 알 수 없는 것들의 목록이 늘어날수록 이 책에 대한 궁금증도 강렬해졌다. 나에겐 무엇보다 이 강렬함이 중요했다.

그리고 나는 이 책이 내 손에 들어오기 직전에 있던 장소를 찾아갔다. 귀신 들림 혹은 그에 못지않게 궁금증에 강렬히 전도된 신체 역시 파라텍스트의 확장일 것이다. 이쯤 되면 이 책을 둘러싼 노이즈의 양과 강도는 극한에 이른다. 이 책과 관련지을 수 있는 책은 세상의 모든 책일 수도 있고, 반대로 그 무엇도 도움이 되지 않을 수 있었다.

이 책은 동대문의 한 헌책방에서 구했다. 이 책을 어떻게 만났는지 첫 기억을 더듬어보고 싶었지만, 나도 헌책방 주인도 그 순간에 대해선 별로 기억나는 게 없었다. 하지만 또 다른 『80년대 대표소설』이 책장 구석에 꽂혀 있는 것을 발견했다. 그리고 이 책과 양옆으로 나란히 꽂힌 책에 시선을 사로잡혔다. 하나는 1984년 풀빛 출판사에서 나온 코모부찌 마사아키(菰淵正晃)의 『자본주의 경제의 구조와 발전』(이하 ‘자구발’)이었고, 다른 하나는 1983년 샘터에서 나온 『E.T』였다. 『80년대 대표소설』—『E.T』—『자본주의 경제의 구조와 발전』. ‘80년대’라는 기호로 연결되는 새로운 파선이었다.

코모부찌 마사아키의 책은 ‘자구발’이라는 애칭으로 통했던 80년대 운동권 새내기들의 필독서였다. 90년대 말 학번인 나로선 소문으로만 접했던 책이었다. 『80년대 대표소설』처럼 이 책에도 뭐든 메모가 있지 않을까 기대했지만, 종이가 누렇게 퇴색했다는 것만 빼면, 표지에서 본문까지 희미한 연필 밑줄 하나 찾아볼 수 없는 상급품이었다. 『자구발』은 특유의 문체와 리듬감이 인상적인 책이었다. 힘 있게 좔좔 읊는 리듬감의 이런 대목.

　　또한 동시에 인플레이션의 원인은 노동조합의 임금인상에 있다고 하는 책임 전가론과 결부하여 인플레이션은 독점자본에 책임이 없을 뿐만 아니라 오히려 바람직하다고 하는, 다시 말해서 그 본질을 은폐하는 견해가 활발하게 주장되기도 한다. 그러나 우리는 이러한 견해가 얼마나 기만적인가 하는 것을 이제는 분명히 파악할 수 있을 것이다.[5]

가차 없이 단호한 판단력을 드러내는 말투다. 이런 게 그 시절 '386 레닌 보이' 들의 말투일지도 모른다는 생각도 들었다. 그런데 이 책은 읽으면 읽을수록 김이 새는 면이 없지 않았다. 『자구발』이 한때 보안법 단속의 대상이기도 했던 운동권 입문서였다는 게 믿어지지 않을 만큼, 내용은 평이한 경제학 교양서의 수준을 넘어서지 않았다. 맑스주의적 관점이 이 책의 강점이라고는 해도, 그렇다고 정색하고 좌경을 논할 만한 정도도 아니었다. 일본 세무학회에서 1977년에 출판된 이 책의 원본 『資本制経済の構造と発展』은 일반인을 대상으로 한 교양서였다. 그러나 이 책이 80년대 한국 운동권 문화의 자장 안에 재배치되면서 원본보다 급진적인 정치색이 덧칠된다. 따라서 이 책이 운동권에 수용됐던 당대의 맥락, 특히 운동권 독자의 생활 감각을 이해할 자료가 더 필요했다. 다행히 인터넷에는 '자구발' 에 대한 회고의 글이 상당수 공개되어 있었다. 지금은 장년이 된 386세대의 글이었다.

　　이 두 개의 세계, 이 두 개의 그림 중 어느 것이 더 정확한 것인지 그의 머리는 혼란스러웠다. 그의 생각을 흔들어 놓은 "해전사"(해방전후사의 인식), "자구발"(자본주의의 구조와 발전)과 입학하면서 읽고 있었던 E. H. 카의 "20년의 위기", 아담 스미스의 "국부론"은 충돌을 일으켰다.

　　　　　　　　　출처 : http://www.snup.or.kr/?article_srl=12983&sid=65

---

5) 코모부치 마사아키, 신석호 옮김, 『자본주의 경제의 구조와 발전』, 풀빛, 1984, 203쪽.

간단한 일본어 교육을 받은 뒤, 처음 읽은 일본어 책이 일명 '자구발'로 운동권에 널리 알려졌던 '자본주의의 구조와 발전'이란 책이었다. 이 책은 칼 마르크스의 '자본론'을 쉽고 단순하게 설명한 책이었는데, 세상의 진리의 모든 핵심은 이 책에 있다고 착각(?)했었다. 읽고 또 읽어서 거의 암기할 수준까지 읽었다.

출처 : http://www.newdaily.co.kr/news/article.html?no=27249

나는 이들의 이야기에 등장하는 책의 이름을 눈여겨봤다. 『해방전후사의 인식』 - 『자구발』 - 『20년의 위기』 - 『국부론』 - 『자본론』 - 운동권 일본어 교재. 그러나 그들이 어떤 책을 『자구발』과 함께 읽었던가의 사실보다 중요한 건 각자의 삶의 맥락들이었다. 가난과 권위주의, 부패에 대한 증오, 선후배 사이의 갈등, 그리고 '지금, 여기'의 인터넷. 『80년대 대표소설』에서 시작된 선은 점점 더 복잡하게 부풀어 올랐지만, 그건 정신적인 혼란만 자아내는 복잡함이 아니었다. 오히려 책을 둘러싼 세계의 리얼함에 강한 공감대를 느낄 수 있었다.

가난이 싫고 미웠고 저주스러웠다. 궁색함도, 미래를 위해 현재를 희생하는 근검절약도, 촌지를 받으며 대학을 가야 한다고 너불대는 고등학교의 담샘도 증오스러웠다. 돈을 중심으로 돌아가는 자본주의 사회에의 반감은 대학을 들어가자마자 나를 데모꾼으로 만들었다. 자구발 하나만 읽고도 나는 완벽히 맑스주의자가 되었다.

출처 : http://blog.jinbo.net/hunshin/148

86년, 한달 간의 여름공부에 들었을 때 자본주의 경제의 구조와 발전(코모부찌 마사아키, 풀빛, 1984)을 공부하면서 긴 논쟁을 벌이다 언니는 밖으로 나가버렸어. 그날 밤, 점선의 금기를 깨고 다른 선배가 이 논쟁을 해결하기 위해 찾아왔지!

출처 : http://blog.naver.com/PostView.nhn?blogId=67jjkang&logNo=100120624203

이들의 문장을 읽으면서 '비문학사'의 게임이 거미의 사냥술 같다고 생각했다. 거미는 보지도 듣지도 냄새 맡지도 못한다. 그래서 거미줄에 먹이가 걸리면, 몸에 전해지는 진동에 의지해 온몸으로 사유한다. 비문학사의 게임이 진행되는 동안 진동은 사방에서 전달됐다. 하지만 어느 방향으로 향하더라도 더 옳거나 틀리지 않는다는 걸 알 수 있었다. 다음 행선지가 『E.T』로 이어진다 하더라도.

80년대에 대한 정치적 콤플렉스가 없는 세대와 그렇지 않은 세대의 감성을 나누는 갈림길이 이 책이 아닐까? 『E.T』가 놓인 그 자리에서 나는 '자구발'의 말투와 독자들의 회고를 내 세대의 감성에서 바라볼 수 있었다.

스티븐 스필버그의 〈E.T〉는 미국에서는 1982년에 개봉했지만, 한국에서는 1984년에서야 정식으로 개봉하게 된다. 『E.T』는 국내 개봉 1년 전에 1983년 2월에 샘터사에서 나온 영화소설이었다. 1983년은 E.T의 해이기도 했다. 그 해 롯데 삼강과 빙그레는 '이티(ET)콘'과 '이트(Eat)콘'의 상표권을 놓고 한바탕 법정 시비를 벌였고[6], 어린이용 E.T 연극이 한 해 4편이나 공연되면서 'E.T 연극 과열 현상''에 대해 연극계에서 자성의 목소리[7]를 내기도 했다. 원작 영화가 수입 안 된 상황에서 극장에선 국산 E.T 만화영화까지 개봉했다. 이영수 감독의 1983년작 〈황금연필과 외계소년〉, 그리고 다음 해에는 조민철 감독의 1984년 작 〈UFO를 타고 온 외계인〉이 개봉했다. 샘터 판 『E.T』도 1983년의 E.T 특수를 노린 기획 상품이었다. 그런데 이미 1982년에 거암출판사에서 정성호 번역의 『E.T 외계인』을 출간한 상태였던 터라, 뒷북을 친 샘터는 판매량에서 별 재미를 보지 못했다. 참고로 거암 출판사판 『E.T 외계인』은 1983년 교보문고 집계

---

6) 「롯데삼강 · 빙그레 아이스크림 E.T전쟁」, 『동아일보』, 1983.4.14.
7) 「예술성도 교육도 없는 아동극(兒童劇)」, 『경향신문』, 1983.5.11.

그 해의 베스트셀러 3위까지 올랐다.[8]

　어쨌거나 시간의 흐름을 따라 돌고 돌아 이 책은 동대문 헌책방의 책장 한쪽에서 『자구발』, 『80년대 대표소설』과 바짝 몸을 붙이고 있었다. 그러나 이 책은 곁에 있는 이웃만큼이나 느리게 흐를지언정 결코 멈춰 있는 것은 아니었다. 나는 이런 속도, 리듬이 우리 시대에 좀 더 섬세하게 사유될 필요가 있다고 생각한다.

> E.T는 혼자가 되었다.
> E.T는 두려웠다.
> E.T는 자기의 별에서 무려 3백만 광년이나 떨어진 이 지구에 혼자 남게 된 것이다.[9]

　『E.T』의 외계인은 홀로 지구에 남겨진 상황을 두려워하지만 이내 새로운 친구를 만나게 된다. 세상의 모든 책도 외따로 고립되는 법 없이 복잡다양한 관계의 성좌를 이룬다. 그리고 책의 광막한 카오스모스를 가로지르며 선을 이어나가는 아찔한 숫자의 삶. 나는 진정 궁금했다. 이 둘을 굳이 구분할 필요가 있을까? 앞으로 다가올 책의 미래는 그 경계 없음을 우리가 어떻게 필요로 하고, 선용하려 하는가에 달라지지 않을까?

4. 책과 확률공명

　'확률공명(確率共鳴, stochastic resonance)' 이라는 개념이 있다. 사전적 정의는 최적의 노이즈 강도에서 주기신호가 최대로 증폭되는 현상을 말한

---

8)　한기호, 『베스트셀러 30년』, 교보문고, 2011, 43쪽.
9)　윌리엄 카츠윙클, 샘터출판부 옮김, 『E.T』, 샘터, 1983, 17쪽.

다. 상식적으로 생각하면, 노이즈가 들어갈수록 입력신호를 검출하기가 어려워지는 게 당연해 보인다. 하지만 비선형계(非線形系)에서는 오히려 노이즈가 응답을 강화시킬 수 있다고 한다.[10]

일반적으로 뉴런(neuron, 신경세포)은 한계 값 이하 강도의 입력에 대해서는 전혀 응답하지 않는다. 하지만 노이즈의 도움으로 입력이 한계 값을 초과할 수 있게 된다. 대표적인 예가 기억이다. 뇌과학에서는 서당에서 학동들이 몸을 좌우로 흔들면서 천자문을 외는 것을 두고, 입력신호(한자)에 신체의 노이즈를 섞어 기억의 회로를 강렬하게 하는 과정이라고 설명한다. 마찬가지로 영감이나 지성 역시 노이즈와의 네트워킹을 통해 더욱 강렬히 뇌에서 생성한다.

나는 아직 우리 시대에 도착하지 않은 전자책의 새로운 이종(異種)을 확률공명 메커니즘의 적용을 통해 구상할 수 있다고 생각한다. 앞서 이야기했던 비문학사의 게임도 사실은 이런 구상의 일환이다. 기존의 전자책은 어디까지나 내적 텍스트에 종속된 도구, 메인 텍스트를 중심에 배치하고 입출력하는 미디어였다. 그러나 내가 제안하는 이종의 전자책은 텍스트를 휘감고 소용돌이치는 정보의 노이즈와 파라텍스트의 파생을 추적하는 비선형적 네트워킹의 도구가 될 수 있다. 이 새로운 장치는 책에서 작품만을 읽게 하는 것이 아니라, 우리에게 책 그 자체를 매번 낯설게 질문하도록 인도한다. 노이즈의 바닷속에 가라앉은 책의 존재의미를 찾는 소나(sonar)에 더 가까울지도 모르겠다. 무엇보다도 이 기술의 핵심은, 신자유주의 미디어 격변기를 주도하는 태블릿 PC나 스마트폰과 달리, 손바닥 위의 차가운 플라스틱 장치가 아닌 우리 신체에 최종적인 구심점을 둔다.

---

10) 브라이언 마수미, 조성훈 옮김, 『가상계 – 운동, 정동, 감각의 아쌍블라주』, 갈무리, 2011, 397쪽 참고.

다시 말해 이 기술은 대기업의 연구실이 아니라 우리의 삶과 신체에서 계발될 수 있다는 말이다. 세계의 불확실성을 기쁘게 선용할 줄 아는 삶의 기술을 구하고 갱신하는 일이야말로 우리 시대가 추구해야 할 미디어 격변기의 바른 행로가 아닐까. 그 모험을 다시 책에서 시작하고 싶다.

(『리얼리스트』, 2011 하반기호)

문학과 게임:
리얼리티의 확장과 인식의 변화

김성곤

1949년 전주에서 태어나 1990년 『세계의 문학』으로 평론 활동을 시작했다.
평론집으로 『뉴미디어시대의 문학』 『퓨전시대의 새로운 문화읽기』
『글로벌 시대의 문학』 『하이브리드 시대의 문학』 등이 있다.
제18회 김환태평론문학상을 수상했다.
현재 서울대 교수이고 한국문학번역원장이다.

문학과 게임 :
리얼리티의 확장과 인식의 변화

김성곤

1. 사물의 경계해체

　모더니즘이 쇠퇴하고 포스트모더니즘이 시작되던 20세기 후반에 전지구적으로 일어난 가장 중요한 변화는 아마도 사물의 경계해체일 것이다. 엘리트와 대중, 전문가와 아마추어, 예술과 일상, 순수문학과 대중문학, 진실과 허위, 선과 악, 동양과 서양, 문학과 게임, 그리고 현실과 허구(가상현실) 사이의 경계소멸은 그 대표적인 예가 될 것이다. 그 결과, 오늘날 사람들은 모든 것을 양분해 옳고 그름으로 나누는 이분법적 단순논리에서 벗어나 두 겹의 복합적인 시각으로 사물을 바라보게 되었다. 그리고 그러한 현상은 우리의 사고와 인식의 지평을 현저하게 넓혀주었다.

1. 문학과 게임

모든 매체를 문화 텍스트로 보는 문화연구(Cultural Studies)가 부상함에 따라, 우리는 지금 이제는 게임도 문학과 동등한 위치에 놓이는 시대에 살게 되었다. 그러나 순수문학을 주장하는 사람들은 여전히 게임이 문학의 반열에 놀라오는 것을 용납하지 않는다. 워렌 로비넷은 이렇게 말한다.

모두들 바이올린 연주자와 지휘자와 작곡가만이 진정한 예술가이고, 소설가와 시인과 극작가만이 진정한 작가이며, 화가와 사진작가와 영화제작자만이 진정한 예술가라는 것을 알고 있다. 그런데 비디오 게임 디자이너? 그게 과연 예술이기나 한 것인가? 제도권 예술에는 유명한 상도 있고(그래미상, 퓰리쳐상, 아카데미상), 대학의 전문학부도 있다(음대, 미대, 영문과). 또 그들에게는 신적인 존재들도 있고(베토벤, 셰익스피어, 피카소), 대천사나 살아 있는 거장들도 있다(매카트니, 보네것, 스필버그)

그러나 너드(nerds)들이여 아직 절망할 필요는 없다. 때로는 쥐 같은 하찮은 존재가 공룡을 이길 수도 있다. 시대는 변하고 있다. 새로운 형태의 예술이 등장하고 있다. 예전에 시인이나 소설가나 극작가가 없었고, 다만 스토리텔링과 음유시인만 있던 시절도 있었다. 그 때 새로운 테크닉이자 새로운 문학 형태인 글쓰기가 등장하자, 음유시인 시인들은 그것도 문학이냐며 비웃었다. 그러나 그 후 어떻게 되었는가? [1]

과연 시대는 변하고 있고, 앞으로는 문학과 게임이 혼합되고 심지어는 3D와 AR(증강현실) 테크놀로지가 적용된 새로운 형태의 문학작품이 등장할는지도 모른다.

사람들은 흔히 문학과 게임은 전혀 상관이 없는 두 개의 각기 다른 장르라고 착각하기 쉽다. 그러나 문학은 기본적으로 게임의 속성을 갖고 있다. 특히 다소간 추리소설적 성향을 띠고 있는 문학작품들은 시대를 막론하고 거의 예외 없이 게임의 법칙을 원용하고 있다고 보아 크게 틀리지 않는다. 예컨대 19세기 초중반 작가 에드가 앨런 포의 단편들이나, 19세기 말 20세기 초 작가인 헨리 제임스의 작품들(「나사의 회전」), 또는 20세기 중반 작가 블라디미르 나보코프의 소설들(「세바스천 나이트의 진짜 인생」)이나 20세기 후반 작가인 로버트 쿠버(「우주의 야구협회」)의 소설들은 모두 게임의 기법을 차용하고 있다. 그래서 체스를 잘 하는 사람들이나, 컴퓨터 게임에 익숙한 세대는 그런 문학작품을 더욱 흥미 있게 읽을 수 있다. 문학작품과 게임에는 언제나 언어의 유희, 고도의 두뇌회전, 그리고 수수께끼를 풀어나가는 재미와 모험 등이 들어 있기 때문이다.

노아 워드립－프루인과 팻 해리건은 『퍼스트 퍼슨: 스토리로서의 뉴미디어, 공연과 게임』이라는 책에서 다음과 같이 말하고 있다.

---

1) Mark J.P. Wolf and Bernard Perron, ed., *The Video Game Theory Reader*(London: Routledge, 2003), viii.

문학과 게임은 비 전자시대에도 늘 같이 잘 지내왔지만, 요즘은 컴퓨터를 기본으로 서로 긴밀한 관계를 구축하고 있다. 그것들은 현실세계에서 '새로운 미디어'로 공존하고 있다. 오늘날 컴퓨터게임 시장(휴대폰, 아케이드 게임, PC 게임, 콘솔 게임)은 관습적인 게임들(카드게임, 보드게임, 테이블 탑 롤 플레잉 게임)을 누르고 크게 부상했다. 반면 컴퓨터 문학시장은 존재하지 않는 것처럼 보인다. 그러나 과연 그럴까? 가장 인기 있는 컴퓨터 게임(비컴퓨터 게임시장보다 수입이 훨씬 클 뿐만 아니라, 인기 영화시장과도 당당하게 경쟁하는)은 분명히 스토리에 의존하고 있다. 2000년대에 히트한 컴퓨터 게임은 더 이상 추상적 게임인 〈테트리스〉의 후예가 아니라, 교외에 사는 사람들의 이야기인 〈심스(The Syms)〉였다. [2]

위 두 학자의 주장에 의하면, 컴퓨터 게임은 오늘날 종전에 문학이 하던 일을 대체하고 있거나, 그 자체가 또 다른 형태의 문학이 되어가고 있다. 이제 게임과 문학은 서로 밀접하게 연관되는 불가분의 관계를 맺게 된 것이다.

문학과 게임의 접목은 오늘날 교육현장에서도 활발히 일어나고 있다. 사람들은 엄숙해야할 교육과 경박한 놀이인 게임은 별 상관이 없다고 생각하기 쉽다. 그러나 게임과 놀이가 교육에 대단히 효과적이라는 것을 모르는 교육자는 없다. 아이들은 게임과 놀이를 통해 어려운 것을 쉽고 재미있게 배운다. 더욱이 컴퓨터 게임이 보편화됨에 따라, 요즘은 성인들도 게임에 익숙해져 있어서, 현대인의 그러한 성향을 이용하면 대학의 어문학과에서도 문학교육을 보다 더 효과적으로 수행할 수 있다는 것이 정설이 되었다. 예컨대 게임에 익숙한 요즘 학생들은 과제와 도전과 모험(원정), 그리고 성공적인 임무성취 후 주어지는 보상과 레벨업이라고 부르는

---

2) Noah Wardrip-Fruin and Pat Harrigan, ed., *First Person: New Media as Story, Performance, and Game*(Cambridge: The MIT Press, 2004), xi.

단계격상을 당연시하는데, 그러한 과정 또한 교육과정과 크게 다르지 않다. 그래서 게임 스터디스 전문가이자 대학 글쓰기 주임교수인 뉴욕주립대학교의 알렉산더 리드는 『글쓰기와 게임』이라는 글에서 다음과 같이 말한다.

> 그러나 완성된 "도전"(과제)마다 학생들에게 "점수"를 부여함으로써, 학생들이 충분한 점수를 얻었을 때 그들을 "레벨 업"(보다 나은 학점을 얻음) 시켜주는 것 또한 글쓰기 과목의 "게임화"라고 볼 수 있는 것이다. [3]

그와 동시에 내용 면에서도, 문학과 게임을 접목시키거나, 학생들로 하여금 문학작품 속에 내재해 있는 게임의 속성을 발견하도록 유도하면 두 배의 교육효과를 얻을 수 있을 것이다. 특히 신화를 가르칠 때에는 더욱 게임과의 연관성이 두드러지는데, 예컨대 올림퍼스 신들의 게임에 의해 좌우되는 트로이 전쟁을 다룬 「일리어드」나 10년 동안의 항해와 방랑 끝에 고향에 도착하는 모험담을 다룬 「오디세이」는 그 자체가 하나의 훌륭한 게임이라고 할 수 있을 것이다. 또한 황금양모를 찾아 원정을 떠나는 제이슨과 아르고 전사들의 이야기, 헤라클레스의 열 두 개의 시련, 테세우스와 크레타의 미궁 이야기, 페르세우스와 메두사의 이야기, 괴수 키메라를 퇴치하는 벨레르폰 이야기 등은 모두 게임의 속성을 갖고 있으며 게임의 법칙과 긴밀하게 연관되어 있다.

'사이버 드라마'라는 용어를 처음 만들어낸 자넷 머리(Janet Murray)는 「게임－스토리에서 사이버 드라마로」라는 글에서, 게임과 스토리는 두 가지 내용상의 공통점을 갖고 있는데, 하나는 라이벌과의 경쟁이고 또 하나는 퍼즐이라고 말하며, 그것이 곧 인간경험의 기본이라고 말한다. 그녀

---

3) Alexander Reid, 「*Composing Games: An Object—Oriented Approach*」, 『21세기문학』, 2011년, 겨울호.

는 또 게임-스토리는 현실세계가 아닌 온라인상에서 이루어지고 있으며, 그것이 영화나 연극과도 닮았기 때문에 컴퓨터 게임을 '사이버 드라마'로 격상시킨다. 그녀에 의하면 사이버 드라마는 온라인 스크린 속에서 스토리를 통해 우리의 삶을 다각도로 다루고 있다.[4]

2. 현실(reality), 가상현실(virtual reality), 증강현실(augmented reality)

AI(인공지능 (artificial intelligence)라는 용어와 함께, 요새는 리얼리티에 대한 새로운 개념인 AR(augmented reality) 또는 AV(augmented virtuality)라는 용어가 부상하고 있다. 조종사가 야간 비행 시 리얼리티와는 다른 착시현상을 일으킨다는 점에 착안해 1990년 보잉 항공사의 토머스 코델(Thomas Caudell)에 의해 처음 만들어진 이 용어는 한글로는 '증강현실'이라고 불린다. 야간 비행 시 조종사는 간혹 바다를 하늘로 착각해 추락하기 때문에, 눈에 보이는 리얼리티를 증강해 보여 주거나, 리얼리티의 보이지 않는 부분을 보여주기 위해 만들어진 것이 바로 '증강현실(AR)'이다. 다시 말해 현재 보이는 리얼리티에다가, 주위 환경에 대한 인공정보를 오버랩해서 한 단계 더 업그레이드 된 리얼리티를 창출해낸다는 것이다.

'증강현실'은 텔레비전의 스포츠 중계에 이미 사용되고 있다. 예컨대 미식축구에서 마지막 라인을 넘어 터치다운을 했는지, 또는 유럽식 축구에서 골인을 했는지가 카메라가 보여주는 앵글로는 보이지 않을 때, 불완전한 리얼리티를 컴퓨터 이미지로 보강해주는 증강현실 프로그램이 사용되는 것이다. '증강현실'은 또한 플레이스테이션 3나 닌텐도의 3D 게임에서도 활발히 원용되고 있다. 그래서 요즘에는 아예 AR 카드가 내장된

---

4) *First Person*, 2~3.

컴퓨터 게임기들이 출시되고 있다. 증강현실은 우리의 현실인식을 보다 더 선명하게(enhance)해주는 역할을 하고 있다. 그러므로 '가상현실'이 현실을 대체하는 개념이라면, '증강현실'은 현실을 보완해주는 개념이라고 할 수 있다.

'증강현실'의 개념은 1997년 로널드 아주마(Ronald Azuma)에 의해 「증강현실의 개관」이라는 문헌에서 학문적으로 정리 되었으며, 이후 브라운 대학의 마크 스쿠워렉(Mark Skwarek)에 의해 활발하게 발전해나가고 있다. 마크 스쿠워렉은 최근 '증강현실' 기법을 사용해 판문점의 살벌한 분단 풍경을 평화로운 통일 한국의 모습으로 바꾸어 보여 주어 주목을 받기도 했다.

'증강현실'은 그것이 불완전한 리얼리티를 지우고 감춘 후, 컴퓨터 이미지나 그래픽이나 사운드를 사용해 보다 나은 리얼리티로 바꾸기 때문에, 결국은 리얼리티를 조작하는 것이 아닌가라는 비판을 받을 수도 있다. 그러나 증강현실 옹호자들은 문학이라는 것도 결국은 불완전하고 모호한 리얼리티를 보다 선명하고 보다 더 나은 리얼리티로 바꾸어 보여주는 것이기 때문에, 궁극적으로는 문학이 하는 일을 증강현실도 하는 셈이라는 반론을 편다. 사실, 리얼리티와 허구 사이를 오가는 문학창작에서 가상현실을 넘어서는 또 다른 리얼리티로의 확장 가능성이 '증강현실'

테크닉을 통해 가능해졌기 때문이다. 앞으로 문학, 특히 소설장르는 '증강현실'의 개념에 크게 의존하게 될 것이며, 그 결과 새로운 형태의 소설문학이 태동하리라는 것이 시대를 앞서가는 비평가들의 예시적 견해이다. 과연 AR은 요즘 AI 및 3D와 더불어 텔레비전과 게임기기의 필수 사양으로 자리 잡아가고 있으며, 머지않아 문학창작에도 적극 원용될 전망이어서, 새로운 양식의 소설 출현이 기대되고 있다.

3. 인터넷의 장점과 문제점

필립 딕의 『블레이드 러너』가 그 대표적인 예지만, SF 작가들은 장차 머지않은 미래에 인간과 똑같은 사이보그들이 인간들 사이에 섞여서 살게 될 것이며, 인간과의 구분이 거의 불가능하리라고 예견하고 있다. 그러나 그 이전에 요즘에는 우선 컴퓨터가 걸어오는 전화 목소리가 인간과의 실제 전화대화와 구분이 되지 않고 있다. 요즘 홈 디포 같은 미국의 대형마트에서 물건을 주문하면, 중간 중간 컴퓨터가 휴대폰으로 전화를 걸어 언제 그 물건이 점포로 들어 올 예정인지, 또 물건이 언제 들어 왔다든지 하는 등의 정보를 알려준다. 문제는 그 목소리가 기계적인 컴퓨터 합성어가 아니라 실제 인간의 목소리이기 때문에, 전화를 받는 사람은 사람이 전화를 거는 줄로 착각하고 말대꾸를 하며 짧은 대화를 나누게 된다는 것이다. 그러면 그 녹음된 목소리가 잠깐씩 정지되면서, 마치 그 상점직원이 이쪽 말을 듣고 있는 것 같은 느낌을 준다. 예컨대 물건 배달 한 시간 반 전이면, 컴퓨터는 자동으로 소비자에게 전화를 걸어 배달시간을 알려주게 프로그램 되어 있다. 그래서 오전 8시 30분부터 배달이 시작되면 컴퓨터는 오전 7시에 소비자에게 전화를 걸게 된다. 미국사회에서 사람들은 아침 7시에 남의 집으로 전화를 하지 않는다. 그러나 컴퓨터는 미국인이 아니기에 시간에 구애받지 않고 전화를 걸어, 그런 메커니즘을 모르는 사람들을 놀라게 한다.

인터넷은 세계를 하나로 연결하는 놀라운 세상을 창조했으며, 사이버 공간이라는 또 하나의 현실공간을 제공해주었다. 그러나 인터넷은 편리함에 따른 부작용 또한 초래했다. 예컨대 인터넷은 전 세계로 통하는 커뮤니케이션의 수단이면서 동시에 삽시간에 전 세계로 퍼져나가 다른 컴퓨터를 마비시키는 수많은 바이러스의 통로를 마련해주었다. 컴퓨터 바이러스의 존재는 인터넷의 효용가치와 문제점을 논할 때 대단히 설득력 있는 상징으로 다가온다. 왜냐하면, 인터넷은 잘 사용하면 더 없이 유용한 문명의 이기지만, 반대로 남용하거나 오용하면 인류에게 치명적인 해악을 끼칠 수도 있다는 것을 컴퓨터 바이러스가 상징적으로 보여주고 있기 때문이다. 우리가 이메일을 사용하지 않고 인터넷을 열지 않으면 바이러스로부터 안전할 수도 있을 것이다. 그러나 그러기 위해서는 외부와의 교류단절이라는 극단적인 상황을 감내해야만 한다.

인터넷은 또 아무나 글을 쓰게 하고 익명을 허용함으로써, 여과되지 않은 표현이나 검증되지 않은 소문, 또는 중상모략이나 허위사실 유포 등이 가능하다. 모름지기 글에는 책임이 따르는 법이며, 자신이 비판하는 상대방의 인격을 모독하는 글은 써서는 안 되는 데도 불구하고, 인터넷에는 익명으로 올리는 무책임한 글들이 난무하여, 충격을 받은 사람들로 하여금 자살까지 하게 만드는 해악을 끼치는 경우도 적지 않다. 아무리 90퍼센트가 칭찬이라 할지라도, 10퍼센트의 비판이 감정적이고 인격 모독적이면, 사람들은 기분이 나쁘고 마음에 상처를 입게 되는 법이어서, 그 10퍼센트의 해악은 이루 다 말할 수 없다. 그런데도 사람들은 언론의 자유를 들어 인터넷 실명제에 반대한다. 그러나 자기 이름을 떳떳하게 밝히지 못할 정도의 무책임한 글이라면 차라리 쓰지 않는 편이 더 나을 것이다.

인터넷의 또 다른 문제는 신분노출과 도용이다. 인터넷 쇼핑몰이나 각종 홈페이지는 우리의 개인 정보를 수집하는데, 때로는 해킹을 통한 사고로, 또 때로는 돈을 받고 고객의 정보를 넘겨주는 일부 나쁜 직원들에 의해 신분도용을 가능하게 만드는 문제점을 갖고 있다. 제프리 디버(Jeffrey Deaver)의 최근 소설 『브로큰 윈도우(*The Broken Window*)』에서는 컴퓨터에 능한 범법자가 컴퓨터 정보를 조작해 다른 사람의 신분으로 강도, 강간, 및 살인을 저지른 다음, 그 사람에게 모든 죄를 전가한다. 우리는 날마다 인터넷을 신뢰하고 우리의 사적인 정보들을 입력한다. 그러나 컴퓨터 윈도우가 깨지고, 나쁜 사람이 우리의 사적인 공간으로 들어온다면 그건 심각한 문제가 된다. 정보가 나쁜 사람의 손에 넘어간다면 끔찍한 일이 일어날 수도 있기 때문이다.

한국사회에서 특히 인터넷이 문제가 되는 것은 인터넷 게임 중독 때문이다. 통계에 의하면 한국 청소년의 12.4%가 인터넷 게임 중독인데, 그들은 PC 방에서 현실을 떠나 판타지 속에서 며칠씩 게임을 하는 것으로 드

러났다. 이는 대략 10명 중 1명이 게임 중독이라는 것이어서 참으로 우려할만한 심각한 상황이 아닐 수 없다. 그래서 장난기 많은 외국인이 세계지도를 그린 다음, 각 나라에 별명을 붙이면서 남한은 '스타크래프트 좀비,' 북한은 '그냥 좀비(regular zombie)'라고 붙이기도 했다. 과연, 한국사회의 젊은이들 중에는 현실에서는 무능력자이지만, 인터넷 상에서는 엄청 유능한 사람으로 변신하는 사람들이 상당수 있다. 또 중독증상이 심하기 때문에 현실과 환상을 구분하지 못하는 사람들도 생겨났다. 김민영의 소설 『팔란티어』는 바로 현실과 게임을 착각한 사람이 저지르는 살인사건을 다루고 있다.

4. 인터넷: 사이버 민주주의인가, 사이버 전체주의인가?

『포스트모던 모험(The Postmodern Adventure)』에서 저자인 스티븐 베스트(Steven Best)와 더글라스 켈너(Douglas Kellner)는 인터넷을 사이버민주주의가 가능한 바람직한 공간으로 제시하고 있다. 그들은 인터넷을 통해 사람들을 모으고, 결집되고 조직된 그룹을 동원해 대중의 집합적 저항을 불러올 수 있다고 말한다. 그런 의미에서 그들에게 있어서 인터넷은 지배문화를 전복할 수 있는 민주적 힘을 갖고 있는 아크로폴리스 같은 곳이다. 베스트와 켈너는 "인터넷은 사람들의 근본에 관계없이 다문화주의의 정치적 상승을 허용한다."고 말하며, 인터넷의 유용성을 높이 평가한다. 그들은 또 인터넷은 테크노자본주의에 의해 극단적으로 물화된 이 세상에서 그래도 아직은 비 물화된 공간이라고 말하며, 인터넷을 찬양한다. 그러나 인터넷이야말로 동시에 자본주의 광고와 쇼핑몰로 가득 찬 테크노자본주의의 본산이라고 할 수 있을 것이다.

좌파학자들답게 그들은 자본주의와 포스트모더니즘을 비판하며, 다음과 같이 포스트모더니즘의 대부 작가인 토머스 핀천을 비판한다.

그러나 다른 많은 포스트모던 작가들처럼, 핀천 또한 조직된 그룹과 사회
운동을 통해서 보다는, 개인적 저항과 단절된 반발을 통해 사회변혁을 추구
한다.

아마도 철학자들인 저자들은 잘 모르겠지만, 문학에서는 집단이나 사
회보다는 개인의 고뇌와 저항을 중요시하는 것이 기본이자 상식이다. 공
산주의 국가에서 이데올로기에 복부하고 있는 작가나 정치 선동가가 아
니라면 그 어느 위대한 작가가 개인의 깨달음과 고뇌가 아닌, 집단연대와
단체 시위를 통한 사회변화를 추구하겠는가? 그러므로 그들의 핀천 비판
은 별 설득력이 없다.

1920년대 초에 이미 헤밍웨이는 개인의 고통에 귀 기울이는 것이 얼마
나 중요한가를 지적하고 있다. 그의 유명한 단편 「인디언 캠프」는 아이가
거꾸로 나오려고 해 산고에 시달리는 인디언 여자를 마취제도 없이 제왕
절개 수술하는 백인의사의 이야기이다. "아빠, 저 여자가 소리 지르지 않
게 약을 주면 안 되나요?"라는 아들 닉의 질문에, 의사인 아버지는 이렇
게 답한다 — "저 여자의 비명은 중요하지 않아. 그래서 나는 비명소리를
듣지 않는단다." 의사에게 중요한 것은 새로운 생명의 탄생일 것이다—
마치 사회주의자들에게 개인의 고통 완화보다는 변혁과 혁명을 통한 새
로운 사회의 도래가 중요하듯이. 그러나 그 여자의 비명소리는 중요했다.
마취제 없이 수술을 당하는 아내의 비명을 견디지 못한 남편이 자살한 것
이다. 그 때야 비로소 마취제 없이 환자를 수술하고 낚시 줄로 상처를 봉
합한 자신의 의술에 자만하던 의사는 비로소 여자의 비명이 중요했다는
사실을 깨닫는다. 사회주의 혁명을 통한 사회변혁만 중요하고, 개인의 고
통은 그 과정에서 일어나는 부수적인 피해라고만 생각한다면 그건 분명

잘못된 생각일 것이다.

베스트와 켈너가 인터넷
을 무조건 좋아하는 것만은
아니다. 그들은 인터넷의
정치적 유용성은 인정하
되, 시각적인 것—현란한

이미지들, 유혹적인 사운드, 그리고 매력적인 웹사이트들—은 자본주의
적이라고 해서 일괄 매도한다. 그들은 "물화와 유명인사 문화를 찬양하
고, 대중의 아이돌을 물신화하는 환경, 현란한 이미지, 그리고 빛과 음악
의 메타—성적욕망이 뒤섞여 만들어내는 시뮬레이션"을 싫어한다. 그렇
다면 베스트와 켈너에게 있어서 가장 최상의 사이버 공간은 언어의 토론
공간인 것처럼 보인다. 베스트와 켈너는 결국 인터넷의 정치적 유용성만
인정할 뿐, 이 멀티미디어의 시대에 오직 구식의 보수적인 언어의 공간만
을 고수하고 중요시한다고 볼 수 있다. 그렇다면 그들은 경계의 소멸이
나, 사물의 하이브리드 화 같은 정작 중요한 인터넷의 특성은 잘 모르고
있거나 아니면 의도적으로 무시하고 있는 셈이다.

베스트와 켈너는 자기들이 '메가스펙타클' 이라고 부르는 현란한 자본
주의의 유혹에 넘어가지 않으려면, 대중들이 '테크노 의식적' 이거나 '미
디어를 잘 알아야만 한다.' 고 말한다. 그러나 어떻게 해야 그런 의식과 지
식을 가질 수 있는지에 대해서는 별 말이 없다. 또한 베스트와 켈너는 인
터넷에서 행해지는 자본주의 메가스펙타클의 세뇌와 조종에 대해서는 신
랄하게 비판하면서도, 공산주의나 사회주의 이데올로기의 세뇌와 조종
가능성에 대해서는 이상하게도 침묵하고 있다. 그러한 태도의 근저에는

‘우리가 하는 일은 다 옳기 때문에 문제가 되지 않는다.’라는 스스로 의롭다(self-righteous)고 생각하는 심리상태가 자리 잡고 있는 것처럼 보인다.

인터넷에서 사람들은 숨어 있는 매스터마인드에 의해 쉽게 세뇌되고 선동되며 조종된다. 예컨대 네이버나 다음에서 사람들은 누군가가 선택하고 편집한 신문기사들을 읽고 그걸로 현실상황을 파악하게 된다. 보이지 않는 편집자가 보수주의자이면 독자들은 주로 보수주의 기사들을 읽게 되고, 편집자가 진보주의자면 아무래도 진보주의 기사들을 주로 읽게 된다. 보이지 않는 통제자들은 우리가 읽을 것을 정해주고, 자기들이 원하는 방향으로 우리를 이끌어간다. 때로는 자신들이 고른 것을 읽히기 위해 선정적이거나 수수께끼 같은 제목을 붙이는데, 막상 그 기사를 열어보면 제목하고는 별 관계가 없는 것들도 많다. 그러므로 우리는 인터넷에 쏟아지는 정보의 홍수 속에서 정보들을 정리하고 파악해서, 가짜 데이터와 허위 정보를 판별할 수 있는 능력을 갖추어야만 할 것이다. 또한 인터넷을 논할 때, 우리는 두 겹의 시각으로 상황을 인식하고, ‘이것 아니면 저것’이 아닌 ‘이것도 그리고 저것도’의 정신을 가져야만 할 것이다. 그리고 적대적 대립보다는 차이와 다름을 포용하는 자세를 가져야하며, 자본주의는 나쁘고 마르크시즘은 좋다” 또는 “마르크시즘은 나쁘고 자본주의는 좋다.”라는 식의 이분법적 사고방식 또한 버려야만 할 것이다. 문학이 우리에게 늘 깨우쳐 주는 것도 바로 그와 같은 열린 시각/열린 태도이기 때문이다.

5. 인간과 기계 사이의 경계해체

문학을 하면서 두 겹의 시각으로 사물을 보아야 하는 또 다른 분야는 바로 인간과 기계 사이의 경계해체이다. 아이작 아시모프(Isaac Asimov)는 그 문제에 대해 오래 천착해온 작가이다. 편집자로부터 미국이 건국 200주년을 맞은 해를 기념으로 SF 소설을 써달라는 부탁을 받고 쓴 중편소설 「바이센테니얼 맨(*The Bicentennial Man*)」은 인간이 되고 싶어 하는 로봇의 이야기이다. 마틴 가문에서 구입한 가사 도우미 로봇 앤드류는 점차 인간의 감정과 지능을 갖게 되고, 책을 읽어 자유와 독립에 대한 개념을 알게 된다. 드디어 앤드류는 자유를 찾아 독립을 선언하고 마틴 가를 나와 홀로서기를 한다.

오랜 세월이 지난 후, 다시 마틴 가를 찾은 앤드류는 예전에 자기에게 잘 해준 마틴 가의 딸 리틀 미스의 손녀딸인 포샤를 만나 사랑에 빠진다. 그녀와 결혼하고 싶은 앤드류는 자신의 장기를 인간의 장기로 바꾼 후 세계 위원회(world congress)에 자신을 인간으로 인정해줄 것을 요청한다. 그러나 위원장은 앤드류의 인간등록을 거부한다. 다음 두 사람의 대화는 대단히 상징적이고 감동적이다.

> 위원장: 앤드류, 당신은 인간과 비슷하지만 인간이 아닙니다. 당신은 인간의 장기를 가졌지만 불사의 몸이지요. 인간은 질투심에서 그것을 용납하지 않을 것입니다.
> 앤드류: 하지만 인공장기를 이식한 인간들은 무엇인가요? 그리고 위원장님도 인공 신장을 이식하지 않으셨나요? 그렇다면 위원장님도 일부분은 기계라고 할 수 있지 않나요?
> 위원장: 그렇습니다.
> 앤드류: 그렇다면 저도 일부분은 인간입니다.

이후 앤드류는 포샤와 결혼하고 인간이 되기 위해 인간의 피를 수혈함으로써 몸속의 인간 장기가 부패해 죽어가는 길을 택한다. 마지막에 세계위원회는 앤드류의 인간 등록과 결혼을 인정하고, TV 중계로 그 장면을 보면서 앤드류는 200세에 죽어간다.

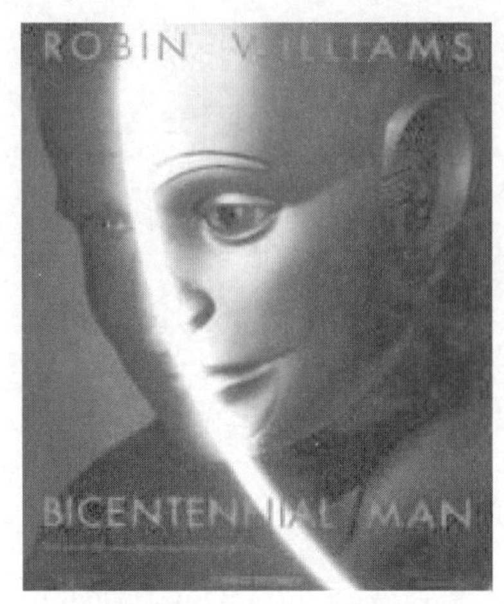

〈블레이드 러너〉라는 제목으로 영화화된 필립 딕(Philip K. Dick)의 『앤드로이드는 전기 양을 꿈꾸는가?(*Do Androids Dream of Electric Sheep?*)』에는 외모로는 인간과 구분이 불가능하고, 인품에서는 인간보다 더 인간적인 앤드로이드들이 등장한다. 그리고 그런 앤드로이드를 추적해서 죽이는 인간이 오히려 기계인간보다 더 비정하고 잔인하게 묘사된다. 독자들은 인간 보다 더 나은 기계도 있을 수 있고, 기계보다 더 비정한 인간도 있을 수 있다는 사실을 깨닫게 된다. 이 작품에서 따뜻한 휴먼과 비정한 기계라는 이분법적 구분은 소멸된다. 이러한 주제는 기계가 인간을 위해 자살하거나 죽음을 택하는 〈터미네이터 2〉와 〈트랜스포머〉같은 헐리웃 영화에서도 반복해 나타나고 있다.

그렇다면 인간과 기계는 상호배타적이 아니라, 상호보충적인 관계라고 할 수 있을 것이다. 예컨대 아무리 기계를 싫어하고 목가적 삶을 추구하는 사람이라 할지라도, 자동차나 버스나 전철을 타지 않고서는 이동이 불가능하며, 심지어는 자동차를 바람직하지 않게 생각하는 환경주의자들이 타는 자전거조차도 사실은 기계이다. 또 가슴에 심장 박동기를 단 사람도 몸속에 기계가 들어 있는 셈인데, 심박기는 인간의 수명을 수년간 연장해 준다고 알려져 있다. 그렇다면 기계는 인간의 적이 아니라, 오히려 인간과 조화를 이룰 수 있고, 또 유한한 인간 신체의 확장이 된다고 볼 수도 있을 것이다.

위대한 아르헨티나 작가 보르헤스는 "안경은 눈의 확장이고, 호미는 팔의 확장이며, 지팡이는 다리의 확장이다. 그러나 책은 상상력의 확장이다."라고 말했다. 만일 게임을 문학의 확장으로 생각하고 포용한다면, 작가들은 새로운 시대가 요구하는 새로운 형태의 문학 장르를 태동시킬 수도 있을 것이다.

21세기에 문학은 배제와 고립보다는 경계를 넘어 포용과 확장을 선택하게 될 것이다. 자신의 영역을 넘어 다른 것과 섞이는 데에는 언제나 위험이 따르기 마련이다. 그러나 그렇게 해야지만 혼합 이후에 생성되는 그 다음 세대가 좋은 유전인자를 갖고 태어나게 될 것이다. 과학자들은 같은 종끼리만 근친교배(inbreeding)를 하면 결국 기형이나 정신박약아가 나오기 쉽다고 경고한다. 문학도 이제는 경계를 넘어 과감히 다른 장르를 포용해야만 할 것이다.

(『21세기문학』, 겨울호)

제2부

문학의 불온성에 대해

박수연

1988년 『서울신문』 신춘문예로 평론 활동을 시작했다.
저서로 『문학들』, 『말할 수 없는 것과 말해야만 하는 것』 등이 있다.

문학의 불온성에 대해

박수연

1

   천진난만함과 단순미의 시인 천상병을 요설체와 난해의 시인 김수영과 대비해보려는 것이 이 글의 목적이다. 두 시인의 시세계를 시적 전복성이라는 논점으로 분석해보기 위해서이다. 시의 전복성이란 무엇일까? 논의가 한창이다가 최근에 잦아든 이른바 미래파 시의 경우, 시적 전복을 충분히 수행하고 있는 것일까? 일반적인 경우, 시적 전복은 난해시의 의장을 운명적으로 걸치게 되는 것일까? 전복은 기존의 관행과 시각을 충분히 넘어설 수 있는 동력을 가지고 있는 것일까?

   시적 전복이 시적 불온성 내지 시적 부정의 정신과 긴밀하게 연관된다는 것이 하나의 상식이라면, 그 '불온성'과 '부정'에 대해 논의하는 김수영과 천상병의 글을 예로 들어보는 것이 의미 있는 출발점이 되겠다. 두루 알다시피, 김수영은 이어령과의 불온시 논쟁의 와중에 쓴 글 「실험적인 문학과 정치적 자유」(1968.2)에서 "모든 전위문학은 불온하다. 그리고 모든 살아 있는 문화는 본질적으로 불온한 것이다. 그것은 두말할 것도 없이 문화의 본질이 꿈을 추구하는 것이고 불가능을 추구하는 것이기 때문이다.”라고 쓴다. 이 불온성을 문학의 영역에 적용한다고 해서 김수영이 문학 외적인 정치성을 외면하고 있는 것은 물론 아니다. 그는 4 · 19 당시의 ‘정치 삐라’ 같은 문학을 비판하고 문화를 정치사회의 이데올로기와 동일시하는 문화인을 비판하는 이어령의 관점에 대해 ‘지극히 소아병적인 독단’에 지나지 않는다고 강조한다. 그 이유는 현실의 부자유야말로 문학을 왜소하게 만드는 가장 직접적인 원인이기 때문이다.

천상병은 「4 · 19와 문학적 범죄」에서 4 · 19를 전후한 시기의 한국 작가들이 비현실적인 자세로 일관한 것에 대해 속죄의 자세를 가져야 한다고 썼다. “나는 문학의 정치성을 송충이보다도 더 기피합니다. 그러나 이것은 결코 문학의 공리적인 문제가 아닙니다. 현실에 대한 문학 기능의 문제도 아닙니다. 문학의 근본적인 의미 그 존재 이유에 우리가 눈을 가린 것이었습니다. 물론 여기에는 아까 말한 바처럼 현대 한국문학이 현실적이 되지 않게 하는 역사적 장벽이라는 구실의 일면의 진리도 있지만 이런 구실로 우리들의 작가적 양식의 회한은 가라앉지 않을 것입니다. 그러면 우리는 우리들의 비현실적 성격을 어떻게 하면 극복해 나갈 수 있을 것인가라는 내일의 문제와 결투하지 않으면 안 될 것입니다.” 요컨대 한국문학의 과제로 제기되는 것은 문학의 영역에 정치적 현실을 어떻게 결합시키는가의 문제라고 할 수 있다. 물론 그 정치적 현실성이 문학적 불온의 문제와 직결될 수 있는 것은 아니다. 한국 현대문학은 오히려 주어진 현실의 모순에 대한 외면의 태도로써 더 정치적 폭력을 행사했다고 할수 있다. 그 폭력이 곧 천상병이 말하는 바의 “한국문학이 현실적이 되지 않게 하는 역사적 장벽”과 관련되는 일일 터이다. 따라서 문학적 불온이란 그 장벽에 저항하는데서 자신의 행로를 찾는 일이라고 해야 한다. 이

행로가 때로는 지독하다 싶을 정도의 난해의 장막으로 드러나는 경우도 있고 때로는 문학적 의장의 틀을 깨뜨림으로써 의외의 지경을 펼쳐주는 경우도 있을 것이다. 천상병을 천진난만함과 단순미의 시인이라고 평하는 일이 일반적인 동의를 얻을 때, 독자들은 기존의 문학적 관성을 넘어서는 그의 시세계를 읽어내는 순간에 도달한다고 할 수 있다.[1] 그리고 이 관성 너머의 세계야말로 모든 불온성이 목표로 하는 세계임이 분명하다. 김수영과 천상병에게 그 불온성은 어떤 차이를 갖는 것일까?

2

문학적 불온이 난해성과 관련된다는 점을 고려하면서 우리는 천상병이 김수영의 시에 대해 내렸던 평가 하나를 떠올려볼 수 있다. 「내부감각의 함정」(『현대시학』 1966.4)에서 그는 김수영의 「어느 날 고궁을 나오면서」에 대해 상당히 긍정적인 평가를 한다. 주지하다시피 이 시는 상당히 요설투로 이루어져 있다. 이해를 위해 천상병의 진술을 짧게 인용하면, "그(김수영)는 시를 '버린 것이다.' 그러나 그는 '버리는 수속'을 바로 시로 만드는, 막힐 때까지 막힌 골목에서, 그래도 자기를 정립한다. 캐리커처의 정신이 비로소 생기를 발하는 까닭이다."라고 쓰고 있는 것이다. 김수영의 「어느 날 고궁을 나오면서」가 난해한 시는 아니지만 부정정신을 전면에 배치하면서 일상적 의식에 굴곡을 패어놓는 시라는 점에 대해서는 충분히 동의할 수 있을 것이다. 이 점과 관련해서 보면, 「나는 거부하고

---

1) 이경수는 "천상병 시인이 만신창이가 된 몸으로 끌어안고 긍정할 수밖에 없었던 이 세계는 어떤 면에서 시를 넘어선 곳에 존재한다고 할 수 있다"고 쓴다. 이경수, 「천상병의 시에 나타난 '가난'의 의미와 형식」, 고영직 편, 『천상병 평론』, 답게, 2007. 96쪽 참조.

반항할 것이다―내일의 작가와 시인」(『문예』 1953.1)에서, 쉬움의 태도가 갖기 쉬운 순응성과는 달리, 인류 발전의 이념으로 '부정정신' 을 꼽고 있는 천상병의 문학적 태도가 주목되어야 할 듯싶다. 더구나 천상병은 위의 글 「내부 감각의 함정」에서 김수영에 대한 논의에 이어 김종문의 『신시집』을 평하면서, 이 시집의 "난해는 그 이율배반적인 내부 붕괴에 대하여 조금씩은 저항했던 그 아니 남길 수 없었던 흔적이 아닐까"라고 진술한다. 난해시에도 그 나름의 이유가 있다는 사실을 그는 인정하고 있는 셈이다.

천상병의 문학관이 이렇다면, 그의 '쉬운 시' 에 대해서는 좀더 찬찬히 구명해볼 필요가 있겠다. 비평의 차원에서는 시의 모든 가능성을 열어두면서도 왜 그는 창작의 차원에서는 쉬운 시만을 고집하는 것일까? 한 편의 글을 더 인용하면서 그 이유의 한켠을 해명해 볼 수 있을 것이다. 역시 김수영에 대한 평가이다. 「자유와 조국에 대한 관념」이란 글에서 그는 이렇게 말한다. "김수영 「거미잡이」, 「아리조나 카우보이」, 「파밭가에서」 등의 작품은 한결같이 김수영 씨의 특성인 해학을 노출한 것들이었다. 시인에게 있어서 가장 중요한 현실은 실제 현실이 아니라 내부에 실재하는 현실이다. 김수영 씨는 왜 이 내부 현실에 눈을 감고 있는지 모르겠다." '내부 현실에 눈을 감고 있다' 는 지적은 김수영의 시가 '외부 현실에 묶여 있다' 는 의미를 가질 것이다. 그런데, 김수영이 그 외부를 지시하는 언어를 사용하면서도 언제나 그 외부의 이면을 들춰내는 시적 역설에 능한 시인이었다는 사실을 상기할 필요가 있다. 그는 외부 현실을 다루되 그것의 시적 변용을 거쳐 다루고 있는 것이다. 그런데 이 변용이 천상병에게는 내부 현실이 아니라 외부 현실로 이해되고 있는 것이다. 그렇다면 천상병에게는 그 시적 변용 이외의 언어 과정이 중요했다고 할 수 있다. 그것이 '생활 주변' 에 대한 무변용의 언어 표현으로 연결되는 것이라면,

결국 천상병의 시는 생활주변의 세계를 주관적 의식의 변용 없이 그대로 언어화하는 것이라고 하겠다. 그의 이른바 '쉬운 시'는 바로 이런 언어적 형식화의 과정과 관련되는 셈이다. 언어적 수사가 객관적 대상에 대한 주관적 변용이라는 점을 감안한다면, 그 수사학을 거의 사용하지 않는 천상병의 시는, 그가 「나의 시작의 의미」에서 진술하듯이, 객관적 대상을 있는 그대로의 "사실에 치중하여 그것을 시에 반영"하는 것인 셈이다.

그런데 김수영은, 천상병에게 쉬운 시의 근거로 작용했던 객관적 대상의 리얼리티의 문제와 관련하여 또다른 태도를 보여준다. 김수영에게 그 리얼리티의 추구는 60년대 이후의 시편들 중 세속적 삶을 대상으로 하는 일상시의 경우로 대표될 수 있다. 특히 자학적인 자기 비하의 시편들은 삶의 세속적 국면에 대한 정밀한 표현으로 여겨지거니와 「죄와 벌」 등 아내와의 갈등을 표현하는 시들은 그 속화된 삶의 한 순간에 대한 확대경적 구성에 해당된다. 김수영에게는 그 극단적 사실성이 정치 권력의 문제와 직결되는 것인데, 그의 「신귀거래」 연작, 그 중에서도 「격문」, 「등나무」, 「술과 어린 고양이」, 「모르지」와 같은 작품들이 그것이다. 기표들의 단순 재반복이나 무의미한 기표들의 나열로 이루어지는 이 시들은 분류하고 길들이는 권력에 의해 삶이 주형 된다는 사실을 암시하는 동시에 그 삶을 극단적으로 단면화하고 확대해서 오히려 그 삶이 산산히 흩어진 형태로 존재한다는 것을 암시한다. 그래서 그 삶은 주형된 삶이 탈주되는 하나의 점이 된다. 현실에 대한 이 극단적 표상의 세계가 말년의 김수영에게 와서 "만세! 만세! 나는 언어에 밀착했다. 언어와 나 사이에는 한 치의 틈사리도 없다."는 문장으로 표현되고 있다는 점을 주목해야 할 것이다. 이 진술은 시의 리얼리티적 충만함과 그 과정에서의 표현적 발견을 동시에 드러내고 있는 경우이다. 시를 보자.

눈이 온 뒤에도 또 내린다

생각하고 난 위에도 또 내린다

응아 하고 운 뒤에도 또 내릴까

한꺼번에 생각하고 또 내린다

한줄 건너 두줄 건너 또 내릴까

폐허에 폐허에 눈이 내릴까

— 「눈」(1966) 전문

들뢰즈/가타리는 기억에 의지하여 대상을 정확히 그려내는 문제를 '낡은' 지각작용이라는 말로 설명한다.[2] 낡은 지각작용은 예술에 별로 도움이 되지 않는 것이다. 그것은 오히려 인간적 주체의 영역에 머물러 있음으로 해서 순수한 감각적 구성물로서의 예술의 존재 방식에 장애물이 된다. 그래서 설령 기억이 작용한다 하더라도 그 기억을 현재적 감각으로 만들어 놓는, 인간으로부터 분리된, 자족적 지각과 정서가 중요하다. 작가마다 이런 감각을 구성하는 방법이 달라질 것이고 그것이 바로 스타일이다. 이때 예술은, 기억을 재료로 사용할지라도 그 기억이 스스로 존재하는 생성이 된다. 김수영이 「눈」을 쓰고 위의 「시작노트」에서 그 시에 대해 행한 "낡은 형의 시"라는 규정은 바로 자신의 스타일을 지적하는 것인데, 그것은 곧 "사실주의적 문체"의 스타일, 대상을 정확히 재생하는 것으로서의 스타일을 뜻한다. 이것이 그에게는 "동일하게 되고자 하는 挺身의 용기"[3]와 관련되는 문제였다. 시의 첫행과 둘째 행은 지각 대상

---

2) 들뢰즈, 가타리, 조한경 역, 『소수집단의 문학을 위하여』 문학과지성사, 1992, 240쪽.
3) 김수영, 「시작노트」(1966), 『김수영전집 2』, 민음사, 1981, 303쪽.

에 대한 동일화의 욕망이 모든 수사를 벗어버린 상태를 보여준다. 시적 대상과 동일하게 되려는 언어가 있는 것이다. 그리고 그렇게 되자마자 시에 변모가 나타난다. 시의 세 번째 행부터는 '내린다—내릴까'의 연쇄를 통해서 눈이 꼬리를 물고 내리는 것처럼 시적 창조 과정에 언어들이 꼬리를 물고 나오는 것을 정확히 표시한다. 이것이 '변모의 표현적 발견'일 것이다. 그것은 보이는 것으로서 보이지 않는 것을 표현하는 것이다. 이것이 요컨대 리얼리티의 변모로써 그 리얼리티에서 해방되는 길이다. 그리고 이것이 묶인 삶에서 벗어나는 길이다. 시는 지각과 정서를 통해 시를 읽는 사람들에게 스스로 그 해방의 삶을 경험하도록 한다. 해방은 고정된 형태로 주어지지 않는 것이니까, 해방의 삶이 무엇인가가 중요한 것이 아니라 해방의 경험이 중요할 것이다. 김수영의 말을 빌면 "그대는 사실주의적 문체를 터득했을 때 비로소 비사실에로 해방된다."4)고 할 수 있다. 이 해방의 과정에 "내린다"에서 "내릴까"로 변모하면서 리얼리티의 변모를 형식화하는 언어 표현이 있다. 시는 "내릴까"의 의문형으로 끝난다. 이것은 주체의 관점에서 보면 희망보다는 절망에 속한다. 그런데 왜 김수영은 언어에 밀착했다는 희열에 잠기는 것일까? 절망이 곧 희망의 출구이기 때문이다.

이렇게 절망과 희망이 함께 있는 방식을 김수영의 시가 보여준다. 이 방식은 그의 시 전체에 있어서도 그렇고 경우에 따라서는 시 한 편 안에서도 그렇다. 후자의 경우는 가령 「절망」(1965)을 예로 들 수 있다. "절망은 끝까지 그 자신을 반성하지 않"지만 동시에 "구원은 예기치 않은 순간에 오"는 것이었다. 그 구원은 주체와도 객체와도 무관한, 언어 표현의 감각이 스스로 생성해내는 미래의 영역에 속한다는 사실, 김수영은 이미

---

4) 위의 글, 301쪽.

1962년의 「절망」에서도 그 사실을 보여주었다. "나의 시는 영원한 미완성"(「절망」(1962))이라는 말은 시의 완성이라는 구원이 예기치 않은 미래로 유예된다는 말과 같다. 그것이 언제일지 알 수 없지만 그럼에도 불구하고 그 미래로 끝없이 달아나고 '자유의 이행'을 감행해야만 시는 완성될 것이다.

이로써 우리는 천상병과 김수영의 모종의 차이를 읽어낼 수 있다. 객관적 대상에 대한 집중과 그것의 언어적 표현이 천상병과 김수영에게 동일한 언어 표현 방식이었다면, 그를 통해 그들이 도달하려고 했던 목표지점은 어디였을까? 천상병에게 그것이 이 세계에 대한 긍정의 태도와 관련된다면, 김수영에게 그것은 부정의 태도와 관련된다. 이 판단은 표면적으로는 정확히 반대되는 세계에 대한 판단이지만, 이면적으로는 아슬아슬하게 연결되어 있는 세계에 대한 판단이다. 이것은 천상병이 보여준 긍정의 세계가 김수영이 보여준 일상에 대한 집중과 미묘하게 겹치고 있기 때문인데, 이를 살펴보기 위해서는 다시 천상병의 초기 비평으로 돌아가보아야 한다.

3

천상병의 문학적 불온성과 관련하여 우선 고려되어야 할 글은 그의 비평 「나는 거부하고 반항할 것이다—내일의 작가와 시인」이다. 『문예』(1953.1)에 발표되면서 그를 비평가로 문단에 나오게 한 글이다. 그는 이 글에서 문학적 세대 교체의 필연성을 일종의 오이디푸스적 상상력을 동원하여 설명한다. "제너레이션 교체가 때로는 육친학살을 때로는 파멸과 파괴를 때로는 최악의 악덕을 피할 수 없었다는 것은 제너레이션 교체의 엄숙성을 말하는 것"이라는 그의 진술은 그의 문학적 부정정신이 근거하는 지점을 명확히 보여준다. 그것은 전통에 대한 반항으로 이어지고 그래서 "전통에 대한 반항은 반항 자체의 전통화 이외일 수는 없는 것"이라는 말은 그의 문학적 시대 규정이 '반항'이라는 단어에 의해 집중된다는 사실을 알려준다. 그 반항이 부정이며, 그 부정이 "전부를 거부하고 기성에 대한 용감한 도전에서 내일을 형성"하는 동력이라는 진술도 새겨둘 만하다.

　이 전통부정의 태도는 「문화의 재건」(1961)에서 '새 시대를 준비하는 역사적 이념으로 5·16'을 이해하고, 이를 통해 '주체의 재건→문화의 재건'이라는 주장을 가져온다. 여기에는 분명히 현실에 대한 착종된 의식이 있다. 한국문학은 근대 이후 서구적 질서의 만연 속에서 자아를 상실하였으며 그것이 '무성격자 집단'을 양상하는 계기가 되었다는 천상병의 판단이 조국을 통일된 역사적 이념으로 묶어 세울 국가의 긍정으로 이어지는 대목은 분명 비판적으로 평가되어야 할 부분이다. 그런데, 『사상계』 등에 발표된 당시 지식인들의 논의가 5·16을 상당히 긍정적으로 평가한다는 사실을 고려한다면, 천상병의 그러한 현실 인식이 전혀 의외의 것은 아닌 셈이다. 우리가 숙고해보아야 할 것은 그 글의 '고전 발견'이라는 항목에서 "민족의 영원한 의지와 영혼"을 담고 있는 것으로서의 고전을 강조하는 태도이다. "만일 민족의 영원한 의지와 영혼이라는 새로운 고전을 우리가 발견해낸다면 우리는 그것으로 모든 전통악과 상살해 버리면 된다. 그리고 그것은 반드시 있다. 우리들 개개인의 의지 속에 그 새로운 고전은 명백히 존재하고 있다. 이 고전에 의하여 미래에의 위대한 가능성을 보장받는다면 전통악의 괴로운 중압을 초극 못할 것은 없다."고 그가 쓸 때, 그는 명백히 민족주의자의 태도로 현실의 문제를 넘어서려는 자세를 견지하고 있다고 할 수 있다. 이 자세가 「불교사조와 한국문학」이라는 글과 관련되고, 한국문학의 전통의 재정립을 위해 "고전은 언제나 싸우고 있다"는 명제를 성립시킬 것이다.

이 자세가 5·16의 긍정과 연결된다면, 이것은 국민주의적 보편주의의 문제와 맥락을 함께하는 것일 수밖에 없다. 천상병의 또다른 글 「독자성과 개성에 대하여―좋은 면도 있으나 이런 면이」는 그의 시세계 전반과 관련하여 풍부한 암시를 준다. 한 대목을 보자.

> 내가 보기에는 현대의 모든 유능한 작가들의 공통적으로 지닌 독자성의 뚜껑을 열면 거긴 '현대의 불안'이라는 공허한 백지가 떨어져 있을 뿐인 것이다. 외국의 예를 들지 않아도 손창섭, 김성한, 장용학, 전봉건, 송욱, 김춘수, 김구용 등에게서 오는 인상은 나는 한국문학에 있어서의 독자성의 동일성[5] 혹은 '현대'의 정신의 미분화적 상황 밖에 느끼지 못한다. '현실적 합리적 생활'의 정신적 가담자가 되고 안 되고에 전연 무관심한 상태 즉 '현실적 합리적 생활'이 근본적인 정신적 심저에 있어서 객관화되고 있는 상태가 아닐까. 그것을 노래하면 된다는 생각뿐이요 그것에 책임을 진다는 작가적 양심이 희박한 것이다. 막연히 독자성에만 의존하고 있으면 그가 그에게 배반된다는 것이 아닐 수 없다.

천상병이 말하는 '현실적 합리적 생활'이란 진실의 영역과는 거리가 먼 상태의 삶을 가리킨다. 현대작가는 바로 그 현실적 합리적 생활 때문에 불안해진다고 그는 말한다. 그런데 이 현실적 합리적 생활을 벗어나려는 작가의 노력이 독자성의 출현을 가능케 했고, 그 독자성의 문제는 originality의 문제이기 때문에 결국 원죄로서의 original sin이라는 문제와 관련되는 것이다. 그러니까 현대작가의 오리지널리티(독자성)는 인간적 독자성의 영역에 해당되기 때문에 오리지널 신(원죄)과 연관된 기독교적 신앙과의 거리를 표현한다고 천상병은 말한다. 이것은 종교적 보편성으로

---

5) 문학적 불온성과 간접적으로 관련되는 문제라서 밝혀둔다면, '독자성의 동일성'이라는 표현은 현재 한국 시단의 미래파 논의에 접근하도록 하는 한 가지 방법이 될 수 있다고 나는 생각한다.

부터 분리된 인간의 불안을 설명하는 대목이다. 요컨대 현대문학에는 허망함이라는 심연이 가로놓여 있다는 인식이 여기에 있다.

이것은 천상병이 첫 비평문에서 강조했던 부정의 정신과 어떻게 연관되는 것일까? 세대론적 의식을 기반으로 하여 육친적 기성 살해를 통한 문학 건설이 역사적 보편주의를 넘어서려는 의식의 표현이라면 「독자성과 개성에 대하여」에서 표현되는 문학 의식은 그 보편을 다시 긍정하는 문제의식으로 귀결된 사태를 드러내는 것일까?

이 착종된 문제에 대한 또다른 논의를 김수영에게서 볼 수 있다. 그의 「문단추천제 폐지론」이 그것이다. 김수영은 모든 문학 작품은 "자기 나름의 독특한 개성을 살려보기 위해서 독특한 생활방식을 갖지 않을 수 없었기 때문에 시를 쓰고 소설을 쓴"는 결과라고 말한다. 이 새로운 문학은 기성의 문학관으로 보면 문학이 아닌 것이기 십상인데, 따라서 모든 문학은 "오늘날의 시가 무효가 되는 세상"을 지향할 수밖에 없다. 작품의 독자성이란 이런 것이라면, 문학 내부의 영역에서 볼 때 이것은 그것 자체로 '문학적 불온성과 전복성'을 형성하는 문제일 것이다. 문학이 아닌 것이 되면서 문학을 지향하는 것, "기성인들의 어떠한 작품과도 비슷하지 않은 작품"을 만들어내는 것이 독자성의 차원으로 연결된다고 할 수 있다.

그런데, 이 독자성의 차원이 김수영에게서 긍정되고 천상병에게서 부정될 때, 문학적 전복이라는 문제설정과 관련하여 둘 사이에는 넘어설 수 없는 간극이 있는 것은 아닐까? 반드시 그렇지만은 않다는 사실을 지적해두어야 할 것이다. 김수영도 천상병이 논의했던 '원죄'라는 화두에 대해 언급한 글이 있다. 「원죄」라는 제목의 산문이 그것이다. 그는 아내와의 잠자리를 상기하면서 "육체가 욕이고 죄라는 생각을 하면서 희열에 싸였다"고 쓴다. 그 이유는 한 사람의 육체를 맑은 눈으로 "비로소 완전히 객관적으로" 보고 느낄 수 있게 되었기 때문이다. 이것은 대상에 대한 어떤 정신적인 태도와는 거리가 있는 자세의 표현이다. 이를테면, 육체 자체에 직핍하는 자세라고 할 수 있는데, 이것이야말로 인간의 육체라는 보편적 대상을 그 보편 자체로 대하는 것이라고 할 수 있다.

원죄의 문제와 관련해서 추출해볼 수 있는 이 보편주의적 태도가 독자성이나 개성의 차원과 연결될 때 그 착종을 넘어설 수 있는 무엇인가가 필요할 것이다. 그것이란, 문학작품 자체의 독자성으로써 현실의 보편성에 개입하는 태도이다. 우리는 이 글의 앞에서 천상병과 김수영의 문학적 관점이 다분히 현실 관련적 불온성에서 찾아지고 있음을 살펴보았다. 그리고 이 현실 관련성이야말로 시의 난해성을 충분히 소통 가능한 한 가지 방법으로 이해할 수 있는 근거를 제공한다. 이를테면 그것은 궁극적으로는 현실을 재창조하는 문제이지 언어를 재창조하는 문제는 아닌 것이다.

의사소통 가능한 것으로서의 난해성을 실현하기 위해 현실관련성이 적극적으로 추구되어야 한다는 이 생각은 김수영과 천상병의 시에 나타나는 시적 표현의 문제와 관련하여 중요한 시사점을 제공한다. 객관적 대상의 리얼리티를 표현하는데 집중했던 두 시인은 그 리얼리티로써 현실을 넘어선 새로운 세계를 상상하도록 독자를 이끌어준다. 그런데, 그 새 세계가 천상병에게는 현실을 넘어선 시적 세계의 긍정성으로 나아간다면, 김수영에게는 현실을 넘어서기 위한 시적 세계의 부정성으로 나아간다. 요컨대 천상병은 가난마저 긍정하는 태도로 현실을 긍정하고, 그렇게 난해한 현실을 넘어섬으로써 대대적인 긍정을 마련했다면, 김수영은 현실을 넘어서기 위해서, 이를테면 아직 미완성인 현실 긍정을 위해서 시적 세계의 부정성을 마련하는 것이다.

따라서 현실에 여전히 고통받고 있는 존재들에게는 김수영의 시세계가 더 울림이 큰 언어구성체를 이룰 수밖에 없을 터이다. 아마도 어떤 희망을 향한 위로를 경험하기 위해서일텐데, 김수영의 시가 지금 다시 읽히는 것은 절망 속에서 그 예기치 않은 구원의 미래를 희망하는 것과 통한다. 지난 시대의 참여문학이 절망하는 자리에서 김수영의 시가 다시 살아나는 방식, 그것이 김수영의 문학이 참여문학으로 존재하는 방식일 것이다. 그것은 단일한 미래가 죽은 자리에 아직 결정되지 않은 복수의 미래가 살아나는 방식이기도 하고 역사의 단일한 고원이 사라진 자리에 역사의 수많은 고원이 들어서는 방식이기도 하다.

많은 사람들이 김수영의 시를 미완성의 실천으로 이해해 왔다. 그런데 미완성은 미래의 시간에 스스로를 열어놓는 것이기도 하다. 김수영 문학의 현재적이고 궁극적인 의미는 바로 여기에 있다. 그의 시가 90년대에 더 많이 주목받았다면, 그것은 새 삶을 향한 생성의 움직임을 그의 문학이 보여주기 때문이다. 그리고, 새 세계는 현실을 배반하는 것과 통할 것이기 때문에

> 시인은 영원한 배반자다. 촌초의 배반자다. 그 자신을 배반하고, 그 자신을 배반한 그 자신을 배반하고, 그 자신을 배반한 그 자신을 배반한 그 자신을 배반하고…… 이렇게 무한히 배반하는 배반자. 배반을 배반하는 배반자…… 이렇게 무한히 배반하는 배반자다.

라는 말은 공연한 수사가 아닐 것이다. 지금의 문학은 저 수많은 과거를 배반하면서 새 삶의 시간을 이어받고 있는 것이다. "사랑에 미쳐 날뛰는 날"(「사랑의 변주곡」)이 될 그 시간을 향해 다른 방식으로 나아가고 있는 것이다.

(『시와시』, 2011 봄호)

탈현실의 문학에서 현실을 묻다

서영인

2000년 『창비』 신인평론상으로 평론 활동을 시작했다.
평론집으로 『충돌하는 차이들의 심층』 『타인을 읽는 슬픔』이 있다.
현재 경북대 강사이다.

탈현실의 문학에서 현실을 묻다

서영인

1. 다시 환상에 관해 말한다면

소설과 환상에 관한 것이라면, 이미 새로운 이야기는 아니다. 장르의 본질이라든가 서사문학의 전통과 관련하여 말한다면, 근대소설 탄생 이전의 고전소설이나 설화로부터 시작하여 근대문학의 역사 속에서도 현실을 초월한 환상의 감각을 거론하는 일은 어렵지 않다. 최근의 문학에 범위를 한정하여 본다고 하더라도 현실의 중력으로부터 벗어난 '무중력의 글쓰기'를 2000년대 소설의 새로움으로 명명한 비평논의[1]가 이미 있었고, 몇몇 계간지가 장르문학의 영향력이라는 주제로 환상의 문제를 전경화하는 기획을 시도한 예[2]도 있다. 최근 한국소설의 특징으로 '서사의 해체현

---

1) 이광호, 「혼종적 글쓰기, 혹은 무중력 공간의 탄생」, 『이토록 사소한 정치성』, 문학과지성사, 2006.
2) 대표적인 예로 『작가세계』 2008년 봄호의 '기획특집—장르문학 혹은 라이트 노블', 『창작과비평』 2008년 여름호의 '장르문학과 한국문학' 특집, 『문학수첩』 2008년 가을호의 '소설의 경계, 혼종의 문법' 등을 들 수 있다.

상' 을 거론[3]한다면 그 세부 항목 중 하나는 환상의 몫이 될 것이다.

소설이 사실주의적 기율에 그 존재의 근거를 둔다는 것은 상식이지만 그 사실주의적 기율이라는 것이 자연적인 세계에서 설명가능하고 확인가능한 구체적 사실만을 대상으로 삼지 않는다는 것도 상식이다. 환상을 사실과 대립하는 것으로 그래서 그 둘은 공존할 수 없는 것으로 마주 놓는 것은 해석의 편의를 위한 과장된 분리법인 것도 분명하다. 그럼에도 불구하고 이 자리에서 환상의 문제를 논하는 이유는 아마도 그것이 최근에 이르러 거의 압도적인 경향으로 드러나고 있기 때문일 것이다. 사실주의적 인과율을 떠난, 전통적 소설문법과는 차별적인 작품세계를 보여 주었던 작가들이 그들의 작품집을 속속 묶어냄[4]으로써 급격히 출몰하는 다양한 환상의 문법들이 새로운 징후라기보다는 지배적 경향임을 보여주고 있으며, 이는 분명 우리 문학이 이전과는 다른 환경에서 다른 서사의 방향을 모색하고 있다는 표지이기도 하다.

돌이켜 보면, 우리 문학은 꽤 오랜 기간동안, 상당한 양의 환상의 용례들을 축적해 왔고 그것은 이제 어떤 계보를 짐작할 수 있을 정도의 수준에 이르렀다. 소설 속의 환상의 문제가 특별히 최근에 급격히 대두된 화제도 아니며, 그러므로 그것을 우리 문학의 새로움으로 성급하게 의미화하는 것을 경계할 필요도 있다. 새로움을 명명하려는 욕망은 자주 과거의

---

3) 「좌담: 한국 소설의 현재와 미래」, 『문학과 사회』, 2009년 봄.

4) 최근에 출간된 작품집 목록을 보더라도 구병모의 『아가미』(자음과 모음), 윤이형의 『큰늑대 파랑』(창비), 황정은의 『百의 그림자』(민음사), 최제훈의 『퀴르빌 남작의 성』(문학과지성사), 염승숙의 『노웨어맨』(문학과지성사), 김중혁의 『좀비들』(창비) 등은 새로운 세대의 개성이라 할 만한 작품세계를 보여주고 있으며 여기에는 환상의 요소가 어떤 방식으로든 중요한 역할을 하고 있다. 이 밖에 편혜영의 『저녁의 구애』(문학과지성사), 김숨의 『간과 쓸개』(문학과지성사), 박민규의 『더블』(창비)을 포함하면, 대충 추려보더라도 현재의 한국 소설에서 환상이 차지하는 비중은 거의 압도적이라고 말해도 될 정도이다.

것과 현재의 것을 단절시킴으로써, 새로움을 근거로 낡은 것/새로운 것의 이분법을 촉진한다. 그렇게 분절된 새로움의 징후들은 다른 새로움의 욕망으로 연쇄되고 그래서 비평담론은 자주 우리 시대의 문학적 고민들을 소비하고 소멸시키기도 한다. 그렇지만 이 환상의 사례들을 통해 우리 문학이 현재 다다른 자리, 고민의 거점들을 살펴보는 일은 충분히 유의미하다고 생각한다. 현재의 우리 문학의 환상을 통해 최근 일어나고 있는 우리 문학의 형질변환을 진단하려는 시도, 그것은 단절의 정치학으로 오해될 가능성이 충분한 조심스러운 작업이다. 이러한 위험성을 경계하면서 여전한 것과 달라진 것의 경계에서 드러난 문학적 곤혹의 한 장면으로 환상을 읽어 보는 일이 가능할 지는 확신할 수 없다. 다만 환상의 문법이 태생적으로 짐지고 있을 수밖에 없는 그림자, 현실의 맥락들을 잊지 않는 것으로 최소한의 안전장치를 찾고자 한다. 그러기 위해서는 우선, 현재의 우리 문학이 보여주는 환상의 문법, 그 행로의 궤적과 거기에서 드러나는 고민의 근거들을 최대한 성실하게 존중해야 함은 물론이다.

2. 이야기는 '책'이라는 창으로부터

도대체 이들에게 무슨 일이 일어난 것일까. 혹은 어느새 우리 문학의 주요경향을 좌우할 정도로 성장한 새로운 작가들이 처해 있는 문학적 환경은, 그리고 그들이 추구하는 문학의 방향이란 어떤 것일까. 글쓰기의 정체성에 대한 질문, 그리고 그것을 통해 자신의 문학세계를 구축하고자 하는 욕망은 작가들에게 있어서는 근원적인 고민에 해당한다. 그러므로 글쓰기에 대한 소설, 소설쓰기에 대한 소설은 작가의 문학적 정체성을 탐색하는 데 있어서 충분하지는 않지만 유용한 자료가 된다. 이를테면 윤이형의 「맘」과 같은 작품을 통해서이다. 시간여행이라는 SF적 요소를 모티브로 삼고 있지만 이 소설은 결국 실종된 엄마의 흔적찾기이며 거기에서 비롯되는 기억과 실재의 괴리, 글쓰기의 불안에 관한 이야기이기도 하다. 이야기는 단순하다. 엄마가 실종되었고 엄마가 이동한 시간을 찾기 위해 딸은 엄마의 흔적을 추적하지만 점점 더 엄마를 알 수 없다는 절망감에 시달린다. 엄마가 과거로 이동했다는 딸의 추정과는 달리 엄마는 미래로 이동하였는데 그 이동의 안내서는 딸이 쓴 소설이었다. 흥미로운 것은 엄마의 과거와 엄마가 이동한 미래라는 대립쌍을 통해 이 작가의 글쓰기가 기반해 있는 전제를 확인할 수 있다는 점이다. 엄마의 평소 생활, 앨범을 통해 본 엄마의 과거, 엄마에 대한 기억을 추적하여 딸이 얻어낸 단서는 세가지였다. 모차르트, 월북한 외할아버지, 그리고 자신을 낳은 산부인 과. 예측은 모두 어긋났다. 엄마는 과거가 아니라 미래로 이동했기 때문이다. 모차르트가 고전적 교양과 취미라면 엄마가 보고 싶어했던 타이거 우즈의 미래는 스포츠산업이 낳은 대중적 관심의 한 상징이다. 딸을 낳은 산부인과가 엄마가 기대고 싶었던 유일한 기억이었을거라는 딸의 짐작과는 달리 엄마는 딸이 낳은 소설, 그것이 그려내는 미래로 이동한다. 그리고 월북한 외할아버지라는 기표는 딸에게는 물론이고 엄마에게도 어떤 기억으로 남아 있는지 알 수 없다. 월북한 외할아버지라는 익숙한 상징이 현재의 엄마를 재구성하는 데 아무런 영향도 미치지 않는 세계, 그것이 중요하지 않아서가 아니라 알 수 없을 뿐 아니라 아무런 감흥을 미치지 않는 세계, 이 세계야말로 이 젊은 작가가 자신의 문학적 기반으로 삼고 있는 세계이지 않을까. 이 세계는 분명 과거의 역사로부터 현재를 구성하고, 그 현재의 삶으로부터 미래를 짐작하는 세계는 아니다. 그래서 이 소설은 이를테면 현실의 표면과 이면을 탐색하고, 그 인과와 상처를 문학의 재료로 삼아 그것을 재현하는 세계와 의식적이든 무의식적이든 결별하고 있다. "인류가 끝없이 어리석은 일을 되풀이하고는 있지만 언젠가는 지금보다 나은 세계를 만들 수 있을 거라고 소현은 믿었다. 회한에 젖어 이미 지나간 과거를 뒤적이기만 한들 무슨 소용이 있단 말인가?"[5] 엄마와 딸, 현재와 미래를 이어주는 유일한 통로는 딸이 쓴 책이다. 기억이나 경험이 아니라 책이 유일한 증거이자 안내가 되는 세계, 기억과 경험을 불신하면서도 책에 대한 신뢰를 거두지 않고 있는 작가에게 텍스트로 둘러싸인 세계는 때로 상상력의 감옥이 될 수도 있다. 그렇지만 확실한 것은 텍스트가 떠받치고 있는 소설의 세계란, 기억과 경험과 실재에 대한 불신, 혹은 불안에서 태어난 세계라는 점이다.

책에 관해서라면 또 한편의 흥미로운 자료가 있다. 최제훈의 「퀴르발 남작의 성」이다. '퀴르발 남작의 성'이라는 가상의 영화와 이를 리메이크한 '도센 남작의 성'을 사이에 두고 대학의 교양수업, 블로그의 리뷰, 리포트, 인터뷰, 비평이 뒤섞여 한편의 소설이 구성되는 과정은 해설에서 지적하는 바와 같이 "난장의 탈주를 통해 다채로운 이질 혼성적 이야기들이 변형 생성"[6]되는 과정이기도 하다. 영화의 모티브와 감독의 착상, 혹은 후대의 평가에 의한 신화화, 그 사이에 개입하는 영화제작의 세속적 메커니즘과 갖은 우여곡절, 분분한 해석의 허구성 등이 조각난 이야기들의 틈새에서 날카롭고 유머러스하게 재구성된다. 원작과 변형, 재창조의 과정에서 '유일한 작품'이라는 예술성은 해체되고 거기에 개입되는 각종의 해석들은 점점 텍스트로부터 멀어져 가거나 혹은 무한히 새로운 텍스트를 만들어낸다. 이 소설은 문화산업과 문화텍스트의 관계, 허구와 현실의 격차, 담론의 허구성과 자의성 등, 예술작품과 그것의 감상, 혹은 제작과 유통, 의미화의 문제에 대한 일종의 견해표명인 동시에 해석과 풍자,

---

5) 윤이형, 「맘」, 『큰늑대 파랑』, 창비, 2011, 310쪽.
6) 우찬제, 「난장의 문화 공학과 그 그림자」, 『퀴르발 남작의 성』, 문학과지성사, 2010, 286쪽.

유희를 섞어 놓은 조롱이기도 하다. 소설의 제작방식에 대해서, 혹은 소설이 지향하는 세계관에 대해서 이 작품은 많은 이야깃거리를 제공하지만, 여기에서는 일단 이 작품 역시 '책'을 구심점으로 모든 이야기가 상상되고 만들어진다는 점에 주목하기로 하자. 물론 '책'이란 일종의 은유이다. 이 작품에서 '책'이란 '퀴르빌 남작의 성'이라는 텍스트를 말한다. 이 텍스트 역시 실재하는 텍스트는 아니다. 사드의 「소돔과 120일」에서 모티브를 얻은 가상의 영화는 또 다른 허구의 사건과 비평과 담론들을 만들어낸다. 영화, 혹은 책이라는 텍스트를 상상과 허구의 근간으로 삼는 태도에는 만들어진 것, 말해진 것으로 둘러싸인 것이 우리들의 삶이며 문학작품 생산의 환경이라는 인식이 전제되어 있다. 언어의 자명성에 대한 회의, 현실의 인식이라는 개념의 무용성 또는 불가능성이라는 포스트모던 시대의 세계관은 이처럼 천연덕스럽고 유쾌한 또 다른 텍스트를 만들어내는 근간이 되는 것이다. 아마도 이즈음의 우리문학에서 거침없이 출몰하는 환상의 문법은 이처럼 텍스트에 의해 중개된 세계를 기반으로 또 다른 이야기를 만들어내는 소설쓰기의 과정과도 연관이 있을 것이다. 요컨대 실물의 세계가 소설의 이야기에 그다지 중요한 의미를 갖지 못하는 상황이 온 것이다. 물론 이러한 소설쓰기가 현실의 무게를 휘발시킨 채 이야기 만들기의 유희에 골몰하는 결과를 낳는다는 비판은 가능하다. 그렇지만 여기에는 이미 개인의 인식으로는 감당하기 힘들 만큼 넘쳐나는 정보와, 거기에서 생산되는 수많은 2차 텍스트들이 우리를 포위하고 있는 환경에 대한 이해가 동반되지 않으면 안된다. 또한 국가와 산업과 미디어와 그 모든 것들이 이미 자동적으로 작동되는 시스템의 망이 우리가 어떤 것을 현실이라 섣불리 부를 수 없도록 우리의 시야를 차단하거나 혹은 흡수해 버렸다는 사실이 충분히 고려되지 않으면 안된다. 환상의 문법을 만들어내는 메커니즘은 어쩌면 여기에서 발원하는 것은 아닐까.

3. 판타지는 또 하나의 관습일까

하나의 사실은 때로 열 개의 담론으로 표상된다. 그 담론 속에 드러난 사실은 모두 제각각이라 어떤 것을 진실이라 말해야 할지 알 수 없다. 그러므로 수많은 담론은 모두 허구이거나 또는 모두 각각의 진실이다. 그러니 흥미로운 것은 우리들의 삶을 지배하고 있는 현실은 무엇인가가 아니라 각각의 현실들이 어떻게 말해지고 있는가이다. 우리 시대를 살아가는 구체적인 삶의 면면 대신 '책'으로 대표되는 텍스트가 작품생산의 원천이 되는 까닭이 여기에 있다. 그리고 환상을 만들어내는 또 하나의 기제, 장르 소설의 문법을 거론해 볼 수 있겠다.

"장르 영화는 친숙한 상황 속에서 친숙한 등장인물들이 친숙한 이야기를 펼치는, 반복과 변주를 통한 상업장편 영화"[7]라는 정의를 참고한다면 장르 소설도 대략 유사한 범주에서 정의될 수 있을 것이다. 즉 장르 소설은 친숙한 관습을 통해 독자와 소통하는 일군의 대중문학을 지칭한다고 일단 정의할 수 있다. '관습'과 '대중'이라는 코드 때문에 비평가들에게 장르문학이 그다지 환영받지 못한 영역인 것은 분명하다. 최근의 비평담론이 장르문학에 이례적인 관심을 표명하는 현상은 '관습'과 '대중'이라는 코드에 대한 불편함이 어느 정도 희석되었으며 나아가 순문학/대중문학이라는 구분 자체가 이전처럼 확실하게 존재하지 않는다는 사실의 증거이기도 하다. 이는 물론 장르문학의 관습을 자신의 개성적인 창작기반으로 활용하고 있는 작가들이 등장한 것과 무관하지 않다. 또한 인터넷이 생활의 일부가 된 현재의 문화환경 속에서 성장한 독자들은 장르의 문법 자체를 익숙한 것으로 받아들이고 있으며 작가들도

---

7) 이상용, 「한국문학 속 장르문학, 장르문화 속 한국문화」, 『작가세계』 2008년 봄, 235쪽.

예외가 아니다. 이미 대중문화와 인터넷 환경을 기반으로 성장하고 이러한 매체들로부터 비롯된 감수성을 자신의 것으로 체화한 작가들에게 장르문학은 더이상 낯설거나 경계해야 할 영역이 아니다. 조금 범위를 확장하자면 앞서 언급한 '책' 혹은 '텍스트'라는 매개는 장르문학의 활용에서도 유사하게 적용될 수 있는 문제가 된다. 이 경우 '텍스트'는 장르문학의 '관습'이 된다. 이를 테면 무협소설의 구조, 호러소설의 이미지, 판타지나 게임서사의 아이템 같은 것들이 그것이다. 장르문학에 익숙한 작가들에게 장르문학의 '관습'은 현실을 중개하고 소설을 만들어내는 또 하나의 원천이다.

예컨대 무협소설의 관습을 차용한 박민규의 「절龍龍」은 그 자체로 무협소설의 관습에 대한 패러디이며 그것을 통해 현실을 간접적으로 드러내는 방식이다. 무협소설에서 부모를 모르고 태어난 주인공은 갖은 시련을 겪지만 절대무공을 연마하고, 마침내 부모의 원수를 갚았으나 복수와 원한의 허망함마저 세상에 놓아둔 채로 표표히 자신만의 세계로 떠나곤 했다. 현실을 초월한 절대무공의 세계는 속악한 현실을 벗어나고 싶어하는 대중의 욕망을 반영한 것이기도 하다. 그러나 그 초월의 세계는 무협의 관습 내에서만 위대하고 경건할 뿐, 현실과 대조되는 순간 황당하고 우스꽝스런 코미디가 되고 만다. 무협의 관습은 다양한 액션물로 변형되어 불패의 영웅을 창조하지만, 자주 황당하고 조잡한 B급 영화의 범주 안에서 재생산되거나 또는 자주 코미디의 소재가 되기도 한다. 무협은 그것의 관습 내부에서는 숭고하지만 일상의 세계에서 본다면 지나친 과장이고 엄숙인, 후카시의 위엄이다. 그리고 박민규의 「절」은 무협의 관습과 속된 일상의 세계를 섞어 놓음으로써 무협물을 코미디로 만들어 놓는다. 무림의 고수들은 고속도로에서 축지법을 쓰다가 교통사고를 당하고 얼치기 폭력배들을 절대무공으로 제압하려다가 폭력사건으로 경찰서에 끌려간다. 이러한 구도에 과거 반독재 민주화투쟁을 하다가 수감된 이정록이 등장했을 때, 반독재 민주화 투쟁의 이상과 대의는 무협소설의 후카시로 전환되고 그가 보는 세계는 속악하고 천박해서 오히려 낯선 곳이 된다. 그것은 단 한번의 주먹으로 상대를 제압하는 권왕이 나와바리를 다투기 위해 회칼을 휘두르는 조폭을 상대해야 했을 때의 아연함과 같은 것이다. 소설이 장르의 문법을 수용하면서 현실은 장르의 구도로 귀속되며 그 과정에서 현실은 단순하게 도식화된다.

윤이형에게 있어서 장르소설의 관습 자체가 소설을 만들어내는 원천적 도구이며 현실을 사유하는 창이다. 절망적이고 암울하며 그래서 공포스러운 현실은 도시를 뒤덮은 좀비떼의 습격으로 전환되며(「큰 늑대 파랑」), 잘 만들어진 세계의 정밀한 시스템을 뚫고자 하는 자유에의 욕망은 공간의 경계를 유영하는 비행선으로 전환된다.(「완전한 항해」) 윤이형이야말로 "인터넷게임 서사나 SF와 같은 장르예술의 경험이 현실적 삶의 경험과 동등한 지위를 주장하고 더 나아가 오히려 그곳에서 현실보다 더한 리얼리티를 발견하는 것이 자연스러운 세대"[8]라고 할 수 있다. 그런데 장르문학의 관습을 스스로 체화한 이 작가가 관습의 세부를 채워 나가는 과정에서 관습과 현실의 교차, 혹은 환상과 현실의 접점들이 종종 발견되곤 한다. 예컨대 「큰 늑대 파랑」에서 현실의 무게를 감당하지 못한 젊음들의 고통이 드러나는 장면이 그렇다. 사이버 공간에서 늑대 파랑을 창조한 4명의 인물들은 재미있는 것, 좋아하는 것으로 삶을 꾸려 나가길 희망했으나 현실은 그렇게 녹녹치 않다. 각자가 원하는 삶을 찾아 직장을 얻고 혹은 생계를 꾸리면서 자신만의 세계를 얻고자 했으나 이상과는 다

---

8) 김영찬, 「한국소설의 장르문학적 상상력」, 『문학수첩』 2008년 가을, 51쪽.

른 현실 때문에 원하지 않는 일들에 허덕이는 인물들은 곧 우리 시대의 청춘이 처해 있는 절망적인 현실에 다름 아니다. 여기에서 좀비들이 출몰하는 공포의 환상은 자신이 원하는 삶을 살 수 없는 인물들의 절망과 겹쳐지면서 현실에 대한 극사실적인 감각으로 치환된다. 그런데 이 소설의 결말은 사이버 공간에서 자라나온 늑대를 타고 손도끼를 손에 들고 사랑을 찾아 떠나는 '아영'의 모습으로 마무리된다. 장르문학의 관습적 결말로 회귀하는 것이다. 그로 인해 나머지 세 명의 인물, 정희, 사라, 진혁의 삶은 좀비가 되어 사라진다. 물론 좀비가 된 인물이란 이 세계에 절망한 청춘들의 분노이자 원한의 다른 모습이기도 할 것이다. 윤이형에게 장르문학의 관습이 세계를 읽는 창이자 소설의 원천적 도구라는 것은 이런 의미에서이다. 환상과 관습을 비집고 출몰하는 현실에 대한 고통스러운 감각조차도 장르문학이라는 관습 안으로 흡수되며, 그래서 소설이 뿜어내는 환상과 현실 사이의 날카로운 긴장은 다시 익숙한 관습으로 회귀한다. 관습을 통해 현실이 사유되기 때문에 관습에서 비껴나가면서 이질적으로 드러나는 현실의 정체를 탐색하는 일은 도중에서 중단되거나 혹은 관념적인 방식으로 비약되는 것이다.

4. 환상의 거울에 비치는 현실의 그림자

이미 만들어진 텍스트의 세계, '책'이거나 '영화'이거나 익숙한 '관습'이거나 한 현실의 대리물들을 거쳐 왔으니, 이제 그 '환상'들이 무엇을 말하고 있는가를 물을 차례이다. 탈현실이든 비현실이든, 혹은 다른 현실이든 '환상'은 언제나 현실의 문제를 환기한다. 예컨대 이미 가공된 텍스트가 작가의 시야를 둘러싸고 있다고 하더라도, 그래서 그 텍스트가 현실과 문학 사이의 거리를 애매하게 만들거나 비틀어 놓는다고 하더라도 작가가 감지한 현실의 어떤 징후들이 그 상상력을 만들어내는 것은 분명하겠기 때문이다. 또는 독자들은 환상의 서사, 환상의 이미지를 통해 자신이 경험한 현실을 유추하는 오랜 습관을 갖고 있기 때문이기도 하다. 그러므로 환상이 이를테면 종래의 문학이 현실을 그려내는 방법에 대해 의식적인 반감을 갖고 있는 증거라 하더라도, 거기에서 현실을 원천적으로 삭제하는 것은 그다지 효과적이지 않다. 문제는 어떤 현실이며, 현실에 대한 어떤 태도인가를 좀더 섬세하게 분별하는 태도이다.

그런데 환상이 현실의 근거로부터 멀리 떨어지면 떨어질수록 그것은 추상화되거나 개인적인 상징으로 주관화되는 경우가 많아서 비평적 분석의 틀로 의미화 해내가기 쉽지 않다. 해석이 불가능하다는 것이 아니라 역시 주관적이고 자의적인 분석이 될 가능성이 많다는 이야기이다. 접근의 편의를 위해 그럴 경우 환상과 그것이 근거하고 있는 현실의 관계가 비교적 뚜렷한 작품으로부터 출발해 보는 것도 방법일 수 있다. 이를테면 또 박민규의 경우이다.

앞서 언급한 「절」의 경우 무림의 四룡은 더이상 그들의 무공을 펼칠 수 없는 세상에 접하여 무림의 비서(秘書)에 따라 다른 세상으로 이동하기로 결정한다. 그것은 소멸을 의미하는 것이기도 하고 다른 차원을 찾는다는 의미이기도 하다. 四룡이 모여 이 세계로부터의 소멸을 결의하고 이정록의 의사를 묻는다. 자네는 어쩔텐가.

> 뜨고 싶은 세상이기도 했고, 할 일이 더 많아진 세상인 듯도 했다. 부패를 못 막으면 발효라도 시켜야 할 거 아닌가. 움막에서 들었던 검제의 일언도 다시금 머릿속에 오롯이 떠올랐다. 하릴없는 마음으로 이정록은 전화기를 꺼내 들었다. 잠결의 딸이 쉰 목소리로 전화를 받았다. 그 목소리에, 문득 사별한 아내가 그리운 마음이었다.

민주니?

오, 뭐야 아빠. 이 시간에.

미안하구나… 급히 좀 할 말이 있어서 말이다.

글세뭐냐니깐?

민주야… 만일 말이다… 아빠가 사라지면 너 어떻게 살래?

나 원, 별 걱정을 다 하네… 언제 아빠가 경제 책임진 적 있어?

그래, 할 말이 없구나…

그래도 민주야… 경제가 전부는 아니잖니.

몰라. 어려운 얘기 하지도 마. 난 돈이 전부야. 또 이상한 사람들하고 같이 있지?

그게 무슨 말이냐.

아, 몰라 끊어. 그리고 아빠… 제발 개량한복 좀 입지 마! 나 쪽팔려 죽겠어.[9]

무협의 언어와 현실의 언어가 적나라하게 부딪치는 순간, 무협의 비장함은 일순 공허해지며, 그와 동시에 현실 역시 어찌할 도리 없이 막막한 것이 된다. 이미 절대무공의 눈으로 현실을 읽어 온 이후의 일이기 때문이다. 그것은 이를테면 권왕의 주먹이 조폭들의 패싸움과 대비되고, 천마의 축지가 고속도로를 질주하는 유학파의 페라리와 대비되며, 혹은 四룡의 무공이 삼성의 절대권력과 비교되는 것과 같은 방식이다. 판타지의 눈으로 바라본 현실세계는 한심하며 비루한데 도무지 막무가내라서 어떻게 해 볼 수가 없는 세상인 것이다. 그래서 이정록이 딸과의 통화를 통해 확인하는 이 실물의 세계는 도저한 허무로 가득차 있다.

판타지의 세계와 현실의 세계를 병치시키는 방법은 박민규가 자주 사용하는 방법[10]인데, 이를테면 전작 『카스테라』에 실린 소설들 역시 그렇

---

9) 박민규, 「절」, 『더블 side B』, 창비, 2010, 115~116쪽.

10) SF적 문법에 의거한 「크로만, 운」같은 작품이나 장편 『죽은 황녀를 위한 파반느』같은 작품도 이에 해당한다. 「크로만, 운」은 자신만의 우주를 만들기 위해 시련을 겪는 크로만의

다. 「그렇습니까? 기린입니다」에서 마지막에 아버지가 기린이 되어 나타나는 장면이 대표적일 텐데, 아버지가 기린이 되는 환상은 푸쉬맨이라는 직업이 상징하는 비인간적인 도시생활, 시급과 노동과 거기에서 비롯되는 자존감의 상실과 세계에 대한 절망감에서 기인하는 것이다. 그런데 「절」에서 판타지가 현실로 전환하는 장면과는 반대의 순서를 따르는데, 기린의 환상이 견딜 수 없이 압도하는 세계의 무게에 대응하는 주체의 반응이라면 절대무림의 환상은 이미 도무지 이해할 수도 살아갈 수도 없는 세계에 대한 무력감과 그로 인해 증폭되는 허무에 연결된다. 현실의 인과가 환상을 설명하는 방식과 이미 환상의 형식으로 휘발된 현실에 대한 무력감은 조금 다르다. 「절」이 겨냥하는 세계가 절대무공의 허구적 환상인지 아니면 엉망진창인 이 세계인지를 알 수 없는 까닭도 이 때문이다. 절대무공의 판타지가 허망한 것과 마찬가지로 이 세계에서 살아가는 일 역시 허망하다는 인식, 그래서 환상도 현실도 모두 허공에 있다.

굳이 말하자면 황정은의 『百의 그림자』는 기린의 세계의 연장이라고 볼 수 있다. 철거 직전의 용산전자상가를 배경으로, 거기에서 살아가는 사람들이 이 소설을 끌고 나가지만 실제로 이 이야기의 주인공은 그림자이다. 인물들은 그림자가 일어선다거나 그림자를 따라간다거나 하는 말을 자주 하는데, 일어서거나 홀로 가 버리는 그림자는 현실에서 일어날 수 없는 환상이지만 또한 그 현실로부터 비롯되는 현실의 다른 얼굴이다. 평생을 선량하게 지켜온 일터를 얼마간의 보상을 받고 내 주는 것이 당연

피투성이 모험이 사실은 밑바닥 인생을 전전하는 빈스가 전재산을 털어 만든 가상의 세계였다. 가상의 세계조차도 도무지 어떻게 해 볼 수가 없는 현실의 막막함과 거기에서 무기력한 인물들의 허무와 동일하다는 결론은 박민규의 소설세계가 도저한 허무주의에 입각해 있음을 알게 한다. 한편으로 그것은 쓸쓸하고 고통스러운 현재에 대한 냉정한 적시이지만, 또한 미리 판단된 허무에 의한 현실 이탈이기도 하다.

한 절차인 이 세계의 법은 일종의 무례이거나 폭력인데 그 무례와 폭력에 상처받은 마음, 존엄, 고통이야말로 그림자의 실체이기 때문이다. 그래서 그림자는 고독이고 모멸감이고 때로 두려움인 우리들의 분신이다. 모두 그림자 하나씩 안고 살아간다. 누군가는 경제적 불평등에 대한 분노로, 누군가는 인간으로서 참을 수 없는 모욕으로, 누군가는 그래도 살아갈 수밖에 없는 일에 대한 절망감으로, 또 누군가는 그러므로 살아가는 일의 한없는 막막함과 두려움으로, 어느 순간 벌떡 일어나 다른 세계로 가 버리려는 그림자를 억누르면서 겨우 살아간다. 겨우 살아갈 수밖에 없는 세계의 고통과 막막함이 그림자의 환상으로 현현하고 있는 것이다.

그래서 언제나 나와 함께 움직이는 나의 분신이지만 빛의 양과 위치에 따라 늘어지거나 짙어지거나 비껴서 있는 그림자는 우리가 살고 말하고 생활하는 세계 이면에 다른 무엇들이 존재하고 있음을 알게 한다. 그것은 철거와 보상과 이주의 법절차로 말할 수 없는 삶이거나 기억이거나 사랑일 터이고, 경찰과 업체와 상인이나 주민이라고만 말할 수 없는 삶의 다른 총체이기도 할 터이다. 그래서 그림자는 보다 근본적인 것에 대해 묻는다. 이렇게 살아가는 것이, 혹은 이렇게 살아갈 수밖에 없는 우리의 세계는 옳은 것이냐고. 이를테면 다음과 같은 '무재'의 말이다.

사람이란 어느 조건을 가지고 어느 상황에서 살아가건, 어느 정도로 공허한 것은 불가피한 일이라고 생각했거든요. 인생에도 성질이라는 것이 있다고 말할 수 있다면, 그것은 본래 허망하니, 허망하다며 유난해질 것도 없지 않은가, 하면서요. 그런데 요즘은 조금 다른 생각을 하고 있어요.
어떤 생각을 하느냐고 나는 물었다.
이를테면 뒷집에 홀로 사는 할머니가 종이 박스를 줍는 일로 먹고산다는 것은 애초부터 자연스러운 일일까, 하고.
무재씨가 말했다.
살다가 그러한 죽음을 맞이한다는 것은 오로지 개인의 사정인 걸까, 하고 말이에요. 너무 숱한 것일 뿐, 그게 그다지 자연스럽지는 않은 일이었다고 하면, 본래 허망하다고 하는 것보다 더욱 허망한 일이 아니었을까, 하고요.[11]

결국 그림자의 세계가 말하는 것은 허망함이다. 그 허망함은 인간이란 본래 허망하다라고 할 때의 허망함이 아니라 도무지 자연스럽지 않고 부당하기 짝이 없는데도 불구하고 아무 일도 없었다는 듯이 앞으로 나아가고 있는 이 세계의 허망함이다. 최근의 문학에서 출몰하고 있는 환상들은 바로 이 허망함을 말하고 있는 것은 아닐까. 괴물이 되어 버린 이 세계의 불구성, 그럼에도 불구하고 어떻게 할 수 없어서 그림자를 억누르면서 그저 살아갈 수밖에 없는 불가항력의 세계에 대한 허망함 말이다. 물론 『百의 그림자』는 그림자를 억누르며 함께 살아가고 있는 사람들의 삶이 있어서, 그림자를 따라가지 않도록 서로의 손을 잡아주는 사랑이 있어서 아직은 겨우 견딜 수 있다고 말하고 있지만, 그것은 선량한 사람들이 만들어낸 동화와 같은 세계이다.

5. 미성년의 동화, 혹은 노년의 비가(悲歌)

『百의 그림자』가 동화의 세계라고 하는 까닭은 인물들이 하나같이 선량해서 서로의 그림자를 알아봐주고 그 그림자에 서린 우울과 고독과 고통을 이해하고 있는 반면에 그들의 그림자를 일어서게 하는 이 세계의 위해는 직접적으로 드러나지 않기 때문이다. 그래서 이 소설은 용산 전자상가를 배경으로 하고 있지만 해설에서 밝히고 있는 바처럼 용산참사와 직

---

11) 황정은, 『百의 그림자』, 민음사, 2010, 144쪽.

접 관련된 소설은 아니다[12]. 철거와 폭력과 분노와 싸움의 현장에서 일어나는 현실의 언어들이 이 소설에는 개입되지 않는다. 당연하고 자연스럽게 여겼지만 사실은 어이없이 부당한 이 세계의 불구성은 이 선량한 눈 덕분에 아주 낯선 방식으로 환기된다. 그런 한편으로 이 동화같이 아름답고 선량한 세계는 현실의 직접적 불구성과 섞이지 않음으로써 여전히 불안한 위안으로 아름답게 보존될 가능성도 있다.

그렇게 본다면 이 소설의 세계는 성장을 멈춘 미성년의 세계라고도 할 수 있을 것인데, 물론 이 미성년의 언어는 다분히 의도적인 것이다. 왜냐하면 성장을 통해 진입할 성년의 세계란 민주화 투쟁의 경력을 발판삼아 정치인이 되거나 변호사가 되는 세계(박민규 「절」)이며, 기업의 이미지를 높이기 위해 외국인 노동자밴드를 이용하는 세계(윤이형, 「큰 늑대 파랑」), 늘어나는 자살률을 줄이기 위해 어딘가 탐사할 곳을 제공하는 국가의 시스템(박민규, 「깊」) 등등과 같은 것일 터이기 때문이다. 그래서 미성년의 동화는 이미 비루한 법이 되어 버린 성년의 세계에 대한 의도적인 회피이고 불안한 외면이기도 하다.[13] 미성년의 언어로부터 성년의 세계에 대한 거리두기 효과가 발생하는 것도 사실이지만 이러한 방식의 반복은 이른바 기성의 세계가 가진 불구성과 폭력성을 '원래 그런 것'으로 보존한다. 거리두기 효과에 기대어 이런 식의 외면을 너무 오래 지속하는 것은 문학의 다양성이나 현실의 탐구라는 측면에서는 오히려 치명적인

---

12) 신형철, 「『百의 그림자』에 붙이는 다섯 개의 주석」, 『百의 그림자』 작품해설, 민음사, 2010, 174쪽.

13) 신형철이 황정은의 소설을 두고 '미성년'이 아니라 '비성년'이라고 말하거나(위의 글, 187쪽), 문학과 사회 좌담에서 미성숙을 '아직 성숙하지 않음'이 아니라 '성숙한 세계에 대한 타자성'이라 정의하는 것(『문학과 사회』 2009년 봄, 좌담 「한국 소설의 현재와 미래」)도 이런 맥락에서일 것이다.

퇴행이 되는 것은 아닐까.

　미성년의 짝패로 노년의 세계도 있다. 일반적인 의미에서 노년이 인생
의 오랜 경험을 통해 우러나는 지혜와 포용의 세계로 받아들여졌다면 박
민규의 소설에서 간혹 드러나는 노년의 세계는 이러한 상식과는 전혀 다
른 곳에 있다. 노년의 인물들을 주인공으로 한 「근처」나 「낮잠」은 박민규
의 소설 중에서는 드물게 사실주의적 작법을 따르고 있는데, 여기에서 노
년이란 피로이며 그로부터 비롯되는 환각이다. 환각이란 지금까지 논의
한 의미에서의 환상과는 다른 것인데, 물리적인 노쇠에서 오는 정신의 이
탈이거나 착각에 가깝다. 간혹 정신을 놓고, 간혹 꿈결처럼 과거와 현재
를 혼동하는 노년의 주인공들에게도 세계는 알 수 없는 것이며 허망한 것
이고 끝없이 밀려드는 피로이기도 하다. 다소 단순화한 감이 없지 않지만
이 즈음의 우리 문학에는 성년의 세계가 생략된 노년의 세계, 혹은 미성
년의 세계만이 존재하는 것은 아닐까. 성년의 세계란 물론 부당하고 폭력
적이며 비정한 곳이라서 진입하고 싶지 않거나 이미 진입했다면 어서 빠
져나가고 싶은, 다시는 돌아보고 싶지 않은 세계이다. 미성년의 꿈, 혹은
노년의 환각처럼 이즈음의 환상이란 사실상 이 성년의 세계를 강력히 환
기하면서도,(구체적이지도 직접적이지도 않은 상징만으로 이 세계를 어
떤 식으로든 떠올리지 않을 수 없는 공통감각이란 것 자체가 이미 섬뜩하
다) 차마 말할 수 없거나 말하고 싶지 않은 정신세계로부터 비롯되는 것
은 아닌가.

　원래 이 글의 목적은 최근의 문학에서 압도적으로 등장하는 환상의 문
법을 비판적인 시선으로 점검하는 것이었다. 그러나 여기에서 환상의 문
법을 적극적으로 비판하는 것은 가능하지도 온당하지도 않은 일이었고
결과적으로 목적에 부합하는 글은 쓰지 못한 셈이다. 현실의 세계를 문학
적으로 재현하는 일이 가능하지도 효과적이지도 않다는 생각이 환상의

서사문법을 만들어낸다는 사실, 거기에는 우리가 살아가는 현실 세계의 불구적인 괴물성이 자리잡고 있다는 의견을 겨우 내 놓았을 뿐이다. 그것이 현실 세계를 부당하고 불구적이며 불가해한 채로 보존하고 지속시키는 것으로 이어질 수 있으며, 혹은 자주 반복된 환상의 상징이나 이미지가 문학적인 다양성의 차원에서도 별로 바람직하지 않다고 생각하지만, 그렇다고 해서 지금의 문학들에게 환상을 놓고 현실을 바라보라고 말하는 것도 적절한 주문은 아니다. 이미 그것이 가능한 시대가 아니며, 그 환상들이 현실적 기반 없이 작가의 상상력만으로 만들어진 것이 아니라는 사실에 대해서도 불충분하게나마 살펴보았다. 만약 비판해야 할 것이 있다면 이 환상들이 만들어지는 기반과 그것이 의미하는 바를 충분히 고민하지 않은 채, 환상과 현실을 격리시키려는 태도[14]가 아닐까. 그러므로 환상들에 차단되고 혹은 회피된 채로 겨우 드러나는 현실의 편린들, 그럼에도 불구하고 압도적으로 부당하고 절망적인 현실을 어떻게 읽을 것인가에 대한 고민이 더욱 깊어지지 않으면 안되지 않을까. 그래서 비판은 비평에게, 문학적 환상이 기반하고 있는 그 현실을 살고 있는 우리들 자신에게 되돌아온다.

(『오늘의 문예비평』, 2011 여름호)

---

14) 환상의 문법을 사실주의적 기율의 허구성을 지적하는 새로움의 표상으로 바라보거나, 혹은 현실의 구체성을 외면하는 추상화에 불구하다고 비판하는 태도는 모두 환상과 현실을 격리시켜 놓고 있다는 점에서는 동일하다.

시시포스의 운명,
사랑의 공동체

오연경

1974년 서울에서 태어나
2009년 『동아일보』 신춘문예로 평론 활동을 시작했다.

시시포스의 운명, 사랑의 공동체

오연경

이천 년대 후반 '문학이란 무엇인가' 라는 고전적 질문에 답하는 것으로 시작된 '시와 정치' 담론은 현장 비평을 넘어 학술적 영역까지 논의의 장을 확대해 가며 현재까지 뜨겁게 진행 중이다. 그것은 한마디로 말해 '직접적으로 정치적이면서 첨예하게 미학적이고 싶다' 는 한 시인의 고백으로부터 시작되었다. 그러나 그것은 한 시인의 고백으로 표출된 시사적(詩史的) 요청에 가까웠다. 문단 내적으로는 이천 년대 중반 서정시의 장르적 정체성을 뒤흔들며 등장한 소위 미래파적 경향에 대한 양극화된 평가가 놓여 있었고, 문단 외적으로는 2008년에 점화된 촛불의 열기와 2009년 용산이라는 정치적 사건이 놓여 있었다. 후자에 대한 대응으로 6·9 작가 선언이 이루어지면서 공동체와 정치라는 화두가 급격하게 떠올랐고, 소통 불능 혹은 자폐라는 혐의와 감각의 혁신이라는 호의 사이에 놓여 있던 미래파에게 '감각의 분배를 통한 정치적 실천' 이라는 가능성이 주어졌다.

감각적인 것과 정치적인 것을 매끄럽게 봉합해 줄 연금술로 랑시에르의 이론이 도입되었지만, 감각의 분배를 통한 정치적 실천과 직접적으로 정치적인 예술 사이에는 여전히 간극이 존재한다는 것이 지적되었다. 랑시에르는 "적절한 정치적 예술은 단번에 이중의 효과—정치적 의미작용의 가독성, 그리고 반대로 기괴함, 즉 의미작용에 저항하는 것에 의해 야기된 감성적 또는 지각적 충격—의 생산을 보장한다"(『감성의 분할』, 도서출판b, 2008)라고 했지만, 실제로 목격하게 되는 것은 "기묘한 감성적 충격을 생산하는 데 몰두했던 시들에서는 정치적 의미의 가독성이 사라지고 정치적 의미의 가독성을 최대화한 시들에서는 기묘함이 실종되는"(진은영, 「감각적인 것의 분배」, 『창작과비평』, 2008년 겨울호) 딜레마의 상황이다. 저토록 무성한 담론들이 욕망하는 '아름다운 동시에 정치적인 시'는 아직 도래하지 않은 것인가.

'모든 것은 한 시인의 고뇌로부터 시작되었다.' 우리 시사는 미학적인 것과 정치적인 것의 긴장과 만남을 논할 때 호명할 수 있는 한 시인을 간직하고 있다. 시와 정치를 고민하는 이천 년대의 시인은 아직 도래하지 않은 이중 효과의 시, 그 불가능한 모험을 김수영에게서 발견한다.(진은영, 「한 진지한 시인의 고뇌에 대하여」, 『창작과비평』, 2010년 여름호) 이 글은 4·19 이후 김수영의 고뇌를 좇아가는 우회로를 통해, 지금 여기의 고뇌에 닿아 보고자 한다.

하산하는 시시포스의 기쁨

4·19를 경계로 김수영의 문학을 나누는 것은 하나의 정례가 되었다. 4·19 이전의 김수영의 시 세계를 한마디로 정리할 수는 없겠지만, 해방 공간의 혼란과 전쟁 및 포로 체험 등의 정치적 현실이 원경으로 물러나 있고 '설움'과 '비애'로 요약될 수 있는 개인적 정서가 전경에 배치된다는 것은 분명하다. 일상성을 수락하는 자아와 그런 자신을 용납할 수 없

는 자아 사이에서 끝없이 갈등하는 주체는 '피로한 주체'로 나타난다. "피로를 알게 되는 것은 과연 슬픈 일이다"(「달밤」, 1959)라는 자기연민에서부터 "나는 왜 이다지도 피로에 집착하고 있는가"(「싸리꽃 핀 벌판」, 1959)라는 반어적 자문(피로에 집착해야 한다는 결의)에 이르기까지 그의 시는 거의 "피로와 피로의 발언"(「광야」, 1957)이라 할 만하다. 변화와 기복 없이 계속되는 시간, 무서운 속도로 모든 것을 빨아들이는 현대의 일상성은 피로한 주체의 '적(敵)'이며, 일상성에 매몰되지 않고 그것을 적으로 느낄 수 있는 심리 상태가 바로 '피로'이다. 피로한 주체에게 필요한 것은 '휴식'이자 '정지'일 것이다.

김수영에게 4·19는 커다란 정지, 일상의 전복으로 다가왔다. 한국 문학사에서 정치적 사건이 한 시인에 의해 이토록 직접적으로 열렬히 받아들여진 경우는 드물다고 할 수 있을 것이다. "4·19 때에 나는 하늘과 땅 사이에서 '통일'을 느꼈소. 이 '느꼈다'는 것은 정말 느껴본 일이 없는 사람이면 그 위대성을 모를 것이오."(「저 하늘 열릴 때」, 1960)라는 시인의 고백은 '정치적 에로스'의 환희 속에서 제2의 탄생을 선언하고 있다. 한나 아렌트에 따르면 주체는 사적 공간에서 탈피하여 말과 행위로 정치 질서에 참여할 때 '제2의 탄생'을 경험하게 된다. 김수영에게 제2의 탄생은 목소리의 변화로 나타난다. 그 이전까지 생활과 시, 일상의 허위와 예술가의 양심 사이에서 부딪히고 갈등하던 여러 겹의 목소리들이 사라지고, 거의 무매개적이라 할 수 있는 단일하고 선명한 목소리가 잠시 동안 등장한다. 그것은 시적이라기보다는 산문적 목소리에 가까웠다. 앞서가는 민중에 비해 지식인의 사적 피로는 한낱 '용감한 착오'이자 '무용한 방해물'이었다고 깨닫게 된 시인은 "까딱 마시오 손 하나 몸 하나/까딱 마시오/눈 오는 것만 지키고 계시오"(「눈」, 1961)라고 자신에게 주문한다. 4·19 직후 얼마간 시인은 정말로 사적인 목소리를 멈추고 눈 내리는 혁명의 풍경에 몰입해버린다. "우선 그놈의 사진을 떼어서 밑씻개로 하자"(「우선 그놈의 사진을 떼어서 밑씻개를 하자」, 1960), "우리가 찾은 혁명을 마지막까지 이룩하자"(「기도」, 1960), "너희들 미국인과 소련인은 하루바삐 나가다오"(「가다오 나가다오」, 1960) 등의 진술은 집단적 주체와 하나가 되어버린 프로파간다의 목소리다.

그러나 프로파간다의 에너지는 혁명 자체에 오롯이 소모되어 버린다. 문제는 혁명 이후의 시간이다. '그 후 행복하게 살았습니다' 로 끝나는 모든 동화의 끝은 이제부터 진정한 고난의 삶이 시작된다는 것을 감추고 있다. 일제 시대를 끝내면 분단이 오고, 이승만 정권을 끝내면 미국과 소련이 오는 것이 혁명의 구조다. "혁명이 끝나고 또 시작되고/혁명이 끝나고 또 시작되는 것은/돈을 내면 또 거둬들이고/돈을 내면 또 거둬들이고 돈을 내면/또 거둬들이는"(「가다오 나가다오」, 1960) 소비 구조처럼 반복적이다. 혁명 이후의 시간은 다시 일상이다. "어서 일을 해요 변화는 끝났소/어서 일을 해요"라고 채근하는 시의 제목은 「시」(1961)다. 감격과 환희의 영원한 휴식은 없고, 시는 고통스럽게 계속되어야 한다.

시시포스는 신들로부터 산꼭대기까지 바위 덩어리를 굴려 올리는 형벌을 받았다. 엄청난 노력을 다하여 돌덩어리를 꼭대기에 올려놓으면 그것은 자기 무게로 인하여 다시 굴러 떨어진다. 그리고 시시포스는 돌아서서 벌판으로 내려온다. 까뮈는 바로 이 하산 행위에서 역설적으로 기쁨을 발견했다. 시시포스의 기쁨은 비참한 운명에 대한 멸시로부터 비롯된다. 멸시로 극복되지 않을 운명은 없다. 이제 시시포스의 바위는 그 자신의 것이다. 시시포스가 자기 바위로 되돌아가는 순간, 인간이 자기 삶을 향해 돌아서는 그 미묘한 순간, 신들을 부정하고 바위를 들어 올리는 고귀한 성실을 배운다. 김수영의 혁명 이후의 주체는 혁명의 실패로부터 혁명의 허위를 배우고, 다시 자기 일상을 끌어안는 '아픈 주체' 로 거듭난다. "먼 곳에서부터/먼 곳으로", "조용한 봄에서부터/조용한 봄으로", "여자에게서부터/여자에게로", "능금꽃으로부터/능금꽃으로……"(「아픈 몸이」, 1961) 끊임없이 바위를 굴려 올리는 시시포스가 되어 "몸이 아프다". 그러나 기쁨 속에서 혁명을 하산하는 주체는 "아픈 몸이/아프지 않을 때까지 가자"라고 스스로를 격려한다. "골목을 돌아서", "또 골목을 돌아서", "또 골목을 돌아서", "또 골목을 돌아서""그 무수한 골목이 없어질 때"(「아픈 몸이」, 1961)까지 계속해서 아픈 몸을 굴린다. 혁명 이후의 아픈 주체는 출구 없는 일상의 무수한 골목들을 온몸으로 앓는다. "온몸으로 밀고 나가는"(「시여, 침을 뱉어라」, 1968) 시는 거대한 바깥의 적이 아니라 나의 일상을 지배하는 "깨꽃같이 작은 자질구레한 일"(「깨꽃」, 1963)을 혁명한다. 그것이 혁명 이후의 진정한 혁명인지도 모른다.

　"혁명은 안 되고 나는 방만 바꾸어버렸다"로 시작하는 「그 방을 생각하며」(1960)는 많은 이들에 의해 문학적 전향선언으로 인용된다. 남진우는 이 시에 대해 "일상을 통한 혁명의 추구라는 새로운 세계로의 진입을 알리는 작품"(『살아 있는 김수영』, 창작과비평, 2005)이라고 지적했다. 실제로 이 시는 혁명의 실패가 아니라 혁명 이후의 깨달음에 대한 고백으로 읽힌다. "실망의 가벼움", "혹시나 역사일지도 모르는 이 가벼움을 나는 나의 재산으로 삼았다"는 것이 깨달음의 내용이다. 혁명이 안 되는 것은 대단한 실패가 아니라 역사의 구조 자체라는 것이다. "실망의 가벼움"은 비참한 운명에 대한 시시포스의 멸시와 통한다. 이 시의 마지막 고백, "이제 나는 무엇인지 모르게 기쁘고/나의 가슴은 이유 없이 풍성하다"는 것이 바로 하산하는 시시포스의 기쁨이다. 혁명의 재산 목록에는 두 가지가 있다. 하나는 혁명의 대상에 대한 깨달음이고, 다른 하나는 혁명의 방법에 대한 깨달음이다. 전자는 '적'에 대한 탐구로, 후자는 '사랑'에 대한 탐구로 나타난다.

적은 꼭 있어야 하느냐?

김수영의 시적 주체는 이미 혁명 이전에 적의 정체를 감지하고 있었다. 「하……그림자가 없다」(1960. 4. 3)는 적에 대한 철저한 조서(調書) 작성기다. 이 조서는 적에 대한 네 가지 진술과 조서 작성 후기로 이루어져 있다.

> (1) 우리들의 적은 늠름하지 않다.
> (1)′ 그들은 선량하기까지도 하다.
> (1)″그들은 말하자면 우리들의 곁에 있다.
> (2) 우리들의 전선(戰線)은 눈에 보이지 않는다.
> (3) 우리들은 언제나 싸우고 있다.
> (4) 우리들의 싸움은 하늘과 땅 사이에 가득 차 있다.
> (4)′ 하늘에 그림자가 없듯이 민주주의의 싸움에도 그림자가 없다.
> (5) 하……그렇다……
>   하……그렇지……
>   아암 그렇구말구…… 그렇지 그래……
>   응응…… 응…… 뭐?
>   아 그래…… 그래 그래.

(1)은 적의 성격에 대한 규명이다. 그것은 적에 대한 선입견을 파괴하는 부정문으로 시작한다. 시시포스의 앞에 놓인 바위 덩어리가 크지도 무겁지도 않다는 진술이다. 이러한 부정문이 두 번 더 반복되면 (1)′의 '선량하기까지도'로 적의 성격이 확장된다. 그 뒤를 이어 적의 선량함을 구체화하는 진술들이 줄을 지어 따라온다. "그들은 민주주의자를 가장하고", "전차를 타고 자동차를 타고", "원고도 쓰고 치부도 하고", "영화관에도 가고/애교도 있다" 등등. 열네 번의 병렬적 진술들은 (1)″의 결론을 확증해준다. 적의 속성을 규명하고 나니 적의 위치가 발각된 것이다. "우리들의 곁"이다. 바위 덩어리는 멀리 있지 않고 나와 온몸으로 맞닿아 있

다. (2)는 (1)″의 논리적 귀결이다. 나와 하나가 되어버린 바위 덩어리는 그것을 대상화할 수 있는 시야가 확보되지 않는다. 그것이 싸움의 어려움의 원인이다. 눈에 보이지 않는 싸움터에서 싸우려면 언제나 싸우는 수밖에 없다. (3)은 싸움의 시간에 대한 진술이다. "아침에도 낮에도 밤에도 밥을 먹을 때에도", "연애를 할 때도 졸음이 올 때도 꿈속에서도" 싸움은 쉬지 않고 지속된다. 싸움의 장소와 시간에 대한 분석을 종합한 최종 결론이 (4)다. 그것은 곧바로 이 시의 제목인 (4)′의 진술로 이어진다. 이제 우리들의 싸움은 '그림자 없는 싸움'이라는 결론에 도달했다. 원래 권투든 레슬링이든 적과의 거리 조절이 승패의 관건이다. 선수들은 적의 그림자를 보고 움직인다. 그러나 시간과 공간을 완전히 꽉 채우고 있어서 그림자조차 없는 적하고는 싸움의 자세가 안 나온다. "하…… 그림자가 없다"의 탄식은 적의 정체와 싸움의 성격을 알고 난 후의 좌절감이다. 이 시의 마지막 연인 (5)에서 시적 화자는 전투적으로 적을 탐구하던 것과 달리 갑자기 말줄임표로 딴청을 피우며 서서히 후퇴한다. "민주주의식으로 싸워야 한다"고 강조했지만, 민주주의답게 언제 어디에나 있는 적은 "응응…… 응…… 뭐?", "아 그래…… 그래 그래" 몇 번 하다보면 언제 어디에도 없다. 일상의 적은 독재자보다 무섭다.

1960년 4월 3일 "아 그래…… 그래 그래"로 패배적으로 끝난 김수영의 시는 4월 26일 이른 아침 "우선 그놈의 사진을 떼어서 밑씻개로 하자"라는 도발적 선언으로 시작된다. 그 사이에 4·19가 있었음은 물론이다. "우선 가까운 곳에서부터/ 차례차례로/ 다소곳이/ 조용하게/ 미소를 띄우면서"(「우선 그놈의 사진을 떼어서 밑씻개로 하자」)라는 시인의 자제 노력에도 불구하고, 강한 청유형의 반복은 새로운 시작에 대한 기대감과 조급증을 잘 보여준다. 하지만 혁명 이후의 주체는 방을 바꾸었고 '새로운 시작'이란 일종의 신화임을 깨달았다. 김수영은 "녹슬은 펜과 뼈와 광기"(「그 방을 생각하며」)를 가지고 다시 적에 대한 질문을 계속한다. 사고의 전환은 새로운 답을 찾는 것이 아니라 새로운 질문을 던지는 것으로부터 시작된다.

> 더운 날
> 적을 운산(運算)하고 있으면
> 아무 데에도 적은 없고
> 시금치밭에 앉는 흑나비와 주홍나비모양으로
> 나의 과거와 미래가 숨바꼭질만 한다
> 「적이 어디에 있느냐?」
> 「적은 꼭 있어야 하느냐?」
>
> —「적」(1962) 부분

시인은 그림자처럼 하늘과 땅을 가득 메우고 있는 적이 마치 공기와 같아서 없는 것이나 마찬가지일 수도 있다는 위험을 이미 알고 있었다. 이제 "적이 어디에 있느냐?"를 묻는 것은 소용없다. 어제의 적은 없어지고 과거와 미래가 숨바꼭질만 한다면, 중요한 것은 '오늘의 적', '지금 이 순간의 적'이다. "적은 꼭 있어야 하느냐?" 그렇다. 적의 필요성은 오늘의 매 순간에 있다. "지금의 적이 제일 무거운 것 같고 무서울 것 같지만/이 적이 없으면 또 다른 적—내일"(「적1」, 1965)이 있다. 적은 시시포스의 바위처럼 계속 밀려온다. 내가 싸워야 할 적, 내가 잊어버리면 안 되는 적은 지금 한 걸음의 적이다. "오늘의 적으로 내일의 적을 쫓"고 "내일의 적으로 오늘의 적을 쫓"는 것은 한 걸음 한 걸음 매 순간의 싸움이다. 그것은 일상이기 때문에, 멀리 있는 거대한 적이 아니라 눈앞의 작은 한 걸음이기 때문에 "우리들은 태평으로 지"낼 수 있다. 그러나 일상의 한 걸음은 멈추지 않고 계속 흘러오기 때문에 "태평"은 싸움의 쉼 없는 치열함에 대한 반어가 된다. 무미건조한 반복적 진술, '오늘'과 '내일'의 연쇄적 자리바꿈 등 「적1」의 진술 방식은 도미노처럼 밀려오는 일상의 적들의 모습과 정확히 호응한다.

시인이 적을 탐구하는 날은 특히 "더운 날", "제일 피곤할 때", "날이 흐릴 때"이다. 시인이 대면하고 있는 적은 매운 채찍을 휘갈기고 서릿발 칼날 위로 몰아가는 거대한 바람이 아니다. 그의 적은 축축하고 눅눅한 피로로 매 순간의 호흡을 장악하는 미세한 입자들이다. 바람에는 멈춤의 순간이 있지만 더위와 피로에는 멈춤도, 빈틈도 없다.

> 제일 피곤할 때 적에 대한다
> 바위의 아량이다
> 날이 흐를 때 정신의 집중이 생긴다
> 신의 아량이다
> …
> 제일 피곤할 때 적에 대한다
> 날이 흐릴 때면 너와 대한다
> 가장 가까운 적에 대한다
> 가장 사랑하는 적에 대한다
> 우연한 싸움에 이겨보려고

— 「적2」(1965) 부분

가장 피곤한 순간에 가장 사랑하는 사람과 해야 하는 것이 이 싸움의 본질이자 어려움이다. 이 시에서 강조되는 것은 마지막 연의 반복 서술어 '대한다'이다. 거리가 확보되지 않는 적, 가장 사랑하는 사람이자 나 자신인 적과 싸우는 자세는 바로 이 '대한다'로부터 나온다. 그것은 적을 망각하지 않고 알아보는 것이다. 시인은 이 시의 3연에서 "시(詩)는…망각의 상기(想起)"라고 말한다. 적에 대한 그토록 끈질긴 탐구 결과 나와 배를 맞붙이고 있는 적, 나와 구분이 안 되는 적을 알아보게 되었다. 시시포스의 바위는 '이성망이 부하들', '미국인', '소련인', '제2공화국'이 아니라 나와 한 몸이 되어 매 순간을 함께 굴러가고 있는 일상 자체인 것이다. 시와 혁명이 "온몸으로 동시에 온몸을 밀고 나가는" 운동인 이유가 여기에 있다.

사랑을 알 때까지 자라라

김수영에게 4·19가 남긴 또 하나의 재산은 혁명의 방법에 대한 깨달음, 곧 사랑이다.

> 어둠 속에서도 불빛 속에서도 변치 않는
> 사랑을 배웠다 너로 해서
>
> 그러나 너의 얼굴은
> 어둠에서 불빛으로 넘어가는
> 그 찰나에 꺼졌다 살아났다
> 너의 얼굴은 그만큼 불안하다
>
> 번개처럼
> 번개처럼
> 금이 간 너의 얼굴은

— 「사랑」(1961) 전문

이 시에서 사랑의 속성은 '불변함'이고 너의 속성은 '불안함'이다. 화자는 너로 인해 사랑을 배웠다고 고백한다. 그렇다면 화자는 찰나적 대상을 통해 불변하는 사랑을 배운 셈이다. 사랑은 어둠과 불빛을 가리지 않고 어둠 속에도 불빛 속에도 어디에도 있다. 하지만 너는 어둠과 불빛의 단절을 뛰어넘기 위해 번개와 같은 불안한 도약을 시도해야 한다. 순간적이고 도약적인 것, 그것은 바로 혁명의 속성이다. 금이 간 혁명은 실패한 혁명이지만, 순간적인 혁명의 불빛은 불변하는 사랑을 가르쳐주었다. 그것은 어둠이 곧 불빛이라는 가르침이다. 이제 번개와 같은 도약은 필요 없다. "가장 사랑하는 적"과 싸우는 방법은 사랑이다. "욕망이여 입을 열어라 그 속에서/사랑을 발견하겠다"라는 「사랑의 변주곡」의 서두는 어둡고 더러운 일상의 욕망들을 사랑하겠다는 선언으로 읽힌다.

> 그리고 이 사랑을 만드는 기술을 안다
> 눈을 떴다 감는 기술―불란서혁명의 기술
> 최근 우리들이 4·19에서 배운 기술
> 그러나 이제 우리는 소리 내어 외치치 않는다
> …
> 아들아 너에게 광신(狂信)을 가르치기 위한 것이 아니다
> 사랑을 알 때까지 자라라
> 인류의 종언의 날에
> 너의 술을 다 마시고 난 날에
> 그렇게 먼 날까지 가기 전에 너의 가슴에
> 새겨둘 말을 너는 도시의 피로에서
> 배울 거다
> 이 단단한 고요함을 배울 거다
> 복사씨가 사랑으로 만들어진 것이 아닌가 하고
> 의심할 거다!
> 복사씨와 살구씨가
> 한번은 이렇게
> 사랑에 미쳐 날뛸 날이 올 거다!
> 그리고 그것은 아버지 같은 잘못된 시간의
> 그릇된 명상이 아닐 거다
>
> ―「사랑의 변주곡」(1967) 부분

사랑의 첫 번째 기술은 사랑을 알아보는 것이다. "라디오의 재갈거리는 소리"에서부터 "봉오리의 속삭임", "덩쿨장미의 기나긴 가시가지"까지도 사랑이라는 것, "할머니가 계신 방에서 심부름하는 놈이 있는 방까지" 사랑이 이어져 있다는 것을 알아보는 기술이다. 사랑의 두 번째 기술은 "눈을 떴다 감는 기술"이다. 사랑은 매 순간 눈을 깜빡이는 행위처럼 넘치지도 않고 요란하지도 않게 계속되는 것이라는, 사랑의 절도(節度)와 사랑의 간단(間斷)을 아는 일이다. 사랑의 세 번째 기술은 복사씨와 살구씨의 "단단한 고요함"을 배우는 일이다. 머나 먼 인류 종언의 날에 피어날 복사꽃과 살구꽃을 꿈꾸는 것이 아니라, 오늘의 도시의 피로에서 복사씨와 살구씨의 단단한 신념을 끌어내는 것이다. 아버지가 아들에게 들려주는 이 열렬한 사랑의 변주곡은 곧 혁명의 변주론이다. 어제에서 오늘로 "잘못된 시간"을 경험한 아버지는 오늘에서 내일로 혁명의 변주를 아들에게 시도한다. "(깨꽃같이) 자꾸자꾸 자질구레해지는 일"이 "성장(成長)의 일"(「깨꽃」)이라고 했던 시인은 자질구레한 욕망들에 대한 사랑으로 미래 세대의 성장과 구원을 기획한다.

김수영의 혁명의 변주론은 「꽃잎1」(1967)에서 거의 그 완성을 본다. "누구한테 머리를 숙일까/ 사람이 아닌 평범한 것에/ 많이는 아니고 조금"으로 시작하는 이 시는 일상에 고개를 숙이는 사랑이 왜 혁명인지를 보여준다.

바람의 고개는 자기가 일어서는 줄
모르고 자기가 가 닿는 언덕을
모르고 거룩한 산에 가 닿기
전에는 즐거움을 모르고 조금
안 즐거움이 꽃으로 되어도
그저 조금 꺼졌다 깨어나고

> 언뜻 보기엔 임종의 생명 같고
> 바위를 뭉개고 떨어져내릴
> 한 잎의 꽃잎 같고
> 혁명 같고
> 먼저 떨어져내린 큰 바위 같고
> 나중에 떨어진 작은 꽃잎 같고

— 「꽃잎1」(1967) 부분

여기서 '모르고/ 알고', '꺼졌다/ 깨어났다'의 대립과 반복은 꽃잎이 흔들리는 리듬이자 혁명의 리듬과 같다. 그것은 무의식과 무심함의 고요하고 단단한 리듬이다. "임종의 생명"처럼 죽음의 무심함과 생명의 약동성을 동시에 지닌 역설적인 리듬이다. 그렇기 때문에 한 잎의 꽃잎으로 바위를 뭉개는 혁명이 가능한 것이다. "먼저 떨어져내린 큰 바위"로 혁명은 종결되지 않는다. 그 위에 끊임없이 쌓이고 쌓이면서 떨어져 내리는 작은 꽃잎들로 혁명은 계속되는 것이다. "같고"의 반복은 이 시가 끝나도 끝나지 않을 영원한 리듬을 만들어낸다. 시시포스가 멈추지 않고 바위를 굴려 올릴 수 있는 것은 자기 운명에 대한 멸시 때문이었다. 혁명은 산꼭대기에 도달한 순간 이루어지는 것이 아니라, 자신의 바위를 향해 다시 하산하는 순간 진행된다. 이 하산에서부터 어둡고 비참한 운명을 껴안는 사랑이 시작된다. 그렇다면 지금 이 순간의 일상은 훗날의 혁명을 위한 잠재태가 아니라, 현재 진행 중인 실현태라고 할 수 있다. 일상의 혁명은 사랑을 통해 실현된다.

시시포스의 후예들

김수영은 "온몸에 의한 온몸의 이행이 사랑이라는 것을 알게 되고, 그

것이 바로 시의 형식이라는 것을 알게 된다"(「시여, 침을 뱉어라」)라고 했다. '온몸에 의한 온몸의 이행'은 바위와 하나가 되어버린 채 온몸으로 온몸을 밀어 올리는 시시포스의 사랑을 닮았다. 그 사랑은 역사의 가능성과 시의 가능성을 하나로 끌어안고 매일 매일의 혁명을 수행하는 치열한 시 정신이다. "역사적 현실이 작시(作詩)의 조건이듯, 작시가 또한 역사적 현실의 조건임"(김상환, 『풍자와 해탈 혹은 사랑과 죽음』, 민음사, 2000)을 알고 있던 김수영에게 정치의 자유는 곧 시의 자유였고 시의 혁명은 곧 정치의 혁명이었다.

김수영의 시적 주체는 일상이 혁명임을 아는 주체, 다시 말해 역사적 현실과 시적 현실을 동시에 직시하고 혁명하는 주체라고 할 수 있다. 여기에는 외부의 적에 대한 증오가 아니라 내부의 적에 대한 사랑이 혁명의 동인이라는 것을 깨닫는 주체의 자기 성장이 동반된다. 김수영은 참여시의 효용성에 대해서 다음과 같이 말했다. "〈내용〉은 언제나 밖에다 대고 〈너무나 많은 자유가 없다〉는 말을 해야 한다. 그래야지만 〈너무나 많은 자유가 있다〉는 형식을 정복할 수 있고, 그때에 비로소 하나의 작품이 간신히 성립된다."(「시여, 침을 뱉어라」) 그의 시가 한편에서는 좁은 의미의 '참여시'라는 오해를 받고, 다른 한편에서는 '난해시'라는 오해를 받는 이유를 알겠다. 하지만 김수영은 시인이 진정으로 해야 할 두 가지 일을 동시에 모험함으로써, 그의 자책과 달리 "여태껏 없었던 세계가 펼쳐지는 충격"(「시여, 침을 뱉어라」)을 후세대들에게 주었다.

혼란과 잡음을 사랑했던 김수영은 생활과 시의 '경화증'을 경계했다. 오늘의 시인에게도 가장 경계해야 할 것은 그러한 경화증일 것이다. 직접적으로 정치적이면서 동시에 첨예하게 미학적이고자 하는 시인이 가장 먼저 혁명해야 할 것은 기성세계와 자본에 의해 배치된 시의 영역과 시인의 자리다. 김수영이 미학적인 것과 정치적인 것을 동시에 모험할 수 있었던 근저에는 자신에게 주어진 '시인'이라는 배치에 대한 혐오와 저항이 있었다. 최근 시와 정치 논의에서 여러 차례 지적되어 왔듯이 직접적으로 정치적인 것은 치안의 문제에 이의를 제기하는 것이 아니라 기성의 합의된 질서에 불일치를 제기하는 것이라고 할 때, 이천 년대를 살고 있는 시인이 자기 내부의 적에 대한 사랑으로 혁명해야 하는 것은 자본이 배치해 준 문학의 자리일 것이다.

있지만 증명 불가능하고, 증명 가능하지만 이미 무용해져 버리는 곤란의 몸. 끊임없이 중요한 것은 '시대'라고 양여할 수밖에 없는, '나는 중요하지 않다'고 선언할 것을 강요받는 존재 말이죠. 이런 유령보다 지금의 우리를 더 잘 드러내는 얼굴은 없겠지요. 이미 자주 발언해 식상한 말이지만, 저는 이런 우리의 처지가 북극곰들의 처지와 비슷하다고 생각하고 있습니다. 말하자면 영토가 줄어들면서 우리는 상대적으로 높아지는 인구밀도를 경험하고 있죠.(시 전문 잡지나 다양한 매체를 통해서 압도적 수치로 증가하고 있는 시인들의 수치가 이런 생존 경쟁을 가속화하고 있습니다.) 문제는 그럴수록 시의 영토가 협소해진다는 역설에 있습니다. …… 작가로서 그 원천을 고사시키는 것은 확실히 일정 수준 이상을 뽑아내야 하고, 양적으로 증거해야 하는 불합리한 구조에서 기인하고, 고사를 원하지 않는다면 바로 이러한 현실을 직시하는 일이 무엇보다 중요해 보입니다. 효율성을 지상의 덕목으로 추구하는 사회의 건조한 세태를 불편해 해면서도 오히려 최고조의 고효율을 추구해야만 하는 순간 우리는 자기에 대한 비판적 거리를 잃고 급격하게 보수화할 수밖에 없다는 것이 제 생각입니다. 말하자면 '나는 누구인가'라는 궁벽한 질문은 어느 순간 '내가 누군데'라는 보상심리로 바뀌고, 고단한 팔품팔이가 지겨워지고 열정이 그 대상을 잃으면서부터는 아둔과 몰염치가 우리의 뒤를 노릴 것입니다. 저는 필연적으로 그러한 고민이 투명성에 의해서만 극복가능하리라고 생각하는 입장입니다. 감정과 감각적 실존을 부기할 사항이 아니라 존재에 내속하는 심급으로 두고, 우리가 기꺼이 존중하고자 하는 모든 취향을 그 존재의 본질에 해당하는 사항으로 이해하는 것을 기본적인 출발점으로 삼고서 우리는 '꿈꾸고 깨닫는' 헛헛한 과정을 계속해 나가야 하리라고 봅니다.
— 이현승, 「그 흔한 비유처럼—김언 시인께」, 『현대시』, 2011년 9월호

이 시대 시인에게 주어진 자리를 이토록 투명하고 진지하게 토로하는 시인의 육성을 나는 근래에 들어본 적이 없는 것 같다. 그것은 시나 평론이나 논문이 아닌, 시인이 시인에게 보내는 '편지'라는 형식 때문에 가능해진 것인지도 모른다. 오늘날 자본의 논리에 의해 망루로 몰린 자들은 비단 노동자들이나 재개발 지역 주민만이 아니다. 이 시인의 편지는 특정한 고유명사를 향하고 있지만, 여기서 '우리'라는 존재의 심급은 어떤 임의의 공동체를 호명하고 있다. 나는 이 편지에서 자기 내부의 적을 껴안고 뒹구는 한 시인의 사랑이 동시대를 살아가는 '우리'의 우울을 완성해 주는 장면을 목격한다. 우리 스스로 증명하지 못하는 우리의 우울이야말로 가장 먼저 가시화시켜야 할 비가시적인 것이 아닌가. 내 안의 적, 즉 '자본에 의해 유령화된 곤란한 몸'을 사랑하는 일로부터 감각적인 것이 새롭게 분배될 것이다. 우울의 완성에서 사랑의 공동체가 탄생하는 것, 여기서부터 이미 불일치는 시작된 것인지도 모른다.

(『시와시』, 2011 겨울호)

'감각'과 '감각적인 것'의 사이

최현식

1967년 충남 당진에서 태어나
1997년 『조선일보』 신춘문예로 등단해 평론 활동을 시작했다.
평론집으로 『말 속의 침묵』 『시를 넘어가는 시의 즐거움』 『시는 매일매일』,
저서로 『서정주 시의 근대와 반근대』 『신화의 저편—한국현대시와 내셔널리즘』 등이 있다.
현재 인하대 국어교육과 교수이다.

'감각'과 '감각적인 것'의 사이

최현식

한국어 사전에서 감각에 대한 정의는 비교적 간명하다. 협의적 의미로서 "눈, 코, 귀, 혀, 살갗을 통하여 바깥의 어떤 자극을 알아차림"이 하나라면, 광의적 의미로서 "사물에서 받는 인상이나 느낌"이 다른 하나이다. 이 물리적 감촉들은 시(詩)의 장(場)에서 구체적 사유와 역동적 상상력을 투과하여 기필코 개성적 이미지로 현상하기를 꿈꾼다. 하여 이미지는 관념과 사물이 만나는 토포스이자 언제나 우리의 감각에 호소하고 사물에 대한 감각적 경험을 불러일으키는 매체로 곧잘 정의된다.

그러나 이미지는 시적 관념과 감각의 전달체 내지 환기체로 작동하는 지시적 기능에 멈추지 않는다. '절대적 이미지'가 지시하듯이, 종국에는 이미지가 사물 그 자체가 된 자립성과 독립성을 지향하고 또 획득하고자 한다. 기존의 세계 혹은 사물과의 소통을 과감히 단절하고 새로운 지평으로 도약하려는 '절대적 이미지'의 출현은 물론 '이미지 선택'의 원리로서 '감각'과 '정서'가 원래부터 주관적이며 개인적이기 때문에 가능한 것이다. 이것들을 포괄하는 미적 판단과 미적 감수성을 하나의 자율적이며 독립적인 영역으로 간주하는 미학의 원리가 이런 주관성과 개인성의 강화 및 존중에서 보편화되었음 역시 새삼스러울 것 없다.

그러나 감각과 이미지는 과연 단독자적 개인(개성)만의 소산인가? 그 것들의 자립성과 독립성은 사회적 지평과 연관 없는 개별적 내면의 심리 적 부산물인가? 감각사(史) 연구를 참조한다면, 답은 '아니다'가 옳다. 감각은 한 개인의 생물학적 운동에서 시작되지만 그러나 그것이 포착한 세계는 저절로 인지되지도 형성되지도 않는다. 다시 말해 감각에 의한 세계의 촉지 및 의미화는 결코 선천적인 자질의 작용에 의해 수행되지 않는다. 감각은, 일종의 문화라고 해도 좋을 정도로, 전체적인 사회문화 적 정황에 의해 구체화되며, 또 지속적으로 수정되고 보완된다는 게 연 구자들의 대체적인 생각이다. 그래서 감각사는, 마크 스미스의 말을 빌 리면, 습관이자 과거에 대한 사고방식이며 모든 텍스트에 새겨져 있는 풍부한 지각적 증거를 독해하는 방식으로 설명되는 것이다.[1] 절대적인 독립성과 자율성을 주장하는 그 어떤 시적 감각과 이미지도 그것을 에워 싼 역사현실이나 문화현상을 그 출처로 암암리에 각인하고 있음이 확인 되는 지점이다. 따라서 리얼리즘과 모더니즘, 사실과 환상, 통합과 균열 이니 하는 각종 미학 개념들은 어떤 감각과 이미지가 꿰어 찬 언어의 습 관과 방법의 동일성과 차이성을 지적한 말투에 지나지 않는 것인지도 모 른다.

'사회적'이란 담론의 장에 들어서는 순간, 모든 것은 이데올로기적이 며 정치적인 담론의 일분자로도 필연적으로 등기된다. 감각 역시 주체의 위치와 경험, 태도와 방법에 따라 구성되고 수정되어 가는 것이라면, 일

---

1) '감각사' 연구 동향과 쟁점에 대해서는 마크 스미스, 김상훈 옮김, 『감각의 역사』(성균관 대출판부, 2010) 중 「들어가는 말―감각의 역사 이해하기」 참조.

종의 '흔들리는 텍스트' 일 수밖에 없다. 이 흔들림의 좌표와 의미론적 자질에 따라 감각의 정치성과 이데올로기성은 서로 다르게 획득되고 기입되는 것이다. 그러나 문학적 감각에 국한시켜 그 특수성을 말한다면, '감각' 의 정치성은 새로운 지평으로 투기된다. '감각' 의 구성적 지향과 타자에의 관계 설정, 그를 통한 감각의 혼성적 통합 및 차이의 틈새 확장과 심화. 만약 이 운동을 랑시에르의 '감각적인 것의 분배' 속에 위치시킬 수 있다면, '감각' 은 '문학의 정치' 의 빼놓을 수 없는 요소이자 동인으로 일러 무방하다. 이 지점에서의 정치성이란 진은영이 적절히 정리했듯이, "세계의 낡은 감각적 분배를 파괴하고 다른 종류의 분배로 변환시킴으로써 삶의 새로운 형태들의 발명을 동반하는 활동"[2]을 의미한다.

담론으로서 '감각' 의 보편적 정치성을 말하다가 '감각' 을 "미학적인 것으로 사회학적인 것(혹은 '역사현실'—인용자)에 저항하는 정치학적인 말—신체"[3] 쪽으로 슬쩍 바꿔보는 것은 분명 자의적이며 비약적이다. 하지만 이는 첫째, 현재 우리 시에서 논의되는 '감각' 의 수준을 환기하고, 둘째, 이 지점에 도달하기 위해 한국 현대시가 밟아온 유의미한 '감각사' 의 지점을 통과하기 위한 비평적 책략의 일종이다. 한국시가 과거에 수행하고 수정해온 '감각의 역사' 는 단절과 계승으로만 간단히 획정할 수 없는, 다시 말해 현재의 감각 내외부를 가로지르며 여전히 활동 중인 활성적 구성물이다. 이 살아있는 유령의 너울에 들씌우고 벗어나기를 계속할 때에야 현재의 감각론은 그것이 숨어들거나 활개 칠 차이와 틈새의 샛길로 접어들 수 있다고 나는 믿는다.

---

2) 진은영, 「감각적인 것의 분배」, 『창작과비평』, 2008년 겨울호, 72쪽.
3) 심보선, 「'천사-되기' 에서 '무식한 시인-되기' 로」, 『창작과비평』, 2011년 여름호, 24쪽.

　파시즘의 일상화를 피할 수 없는 역사 원리로 겁박하는 1930년대 후반 '사실의 세기'는 과연 강퍅했다. 그간 문명현실에 대한 감각적 이해와 비판적 표현을 통해 타락한 근대의 유곡을 서둘러 가로지르고자 했던 김기림이 이 상황에 맞서 「모더니즘의 역사적 위치」(『인문평론』, 1939.10)를 제출했음은 주지의 사실이다. 이 비평문은 방향을 상실한 악마적 '사실'의 풍속(風俗/風速)에 대한 모더니즘의 대응 서사, 다시 말해 문명비평의 방법으로서 모더니즘의 성취와 한계, 미래를 감각과 정서, 사고의 새로움 및 변질 과정을 복기함으로써 그 의미를 역사화하는 동시에 미래화할 지점을 착공(鑿空)하는 형식을 취한다. 이 글 역시 김기림 특유의 주장, 리듬-음악성-정서의 구축(驅逐) 및 이미지-회화성-지성의 구축(構築)에 의해 수행되는 시적 혁신의 방법이 비평적 포석으로 깔려 있음은 물론이다. 감각과 이미지, 특히 시각적 이미지가 한국시의 미학적·언어적 첨병으로 배치되었다는 사실은 그럼으로써 명백한 사건으로 재차 주장되고 추인된다.

　김기림이 문명비평에 걸맞은 새로운 감각의 발현체로 실천한 모더니즘의 초극 대상은 정서의 과잉과 편(偏)내용 양자였다. '센티멘탈 로맨티시즘'으로 명명된 전자는 내용의 진부와 형식의 고루가, 카프로 대변되는 편내용주의는 그 내용의 관념성과 말의 가치에 대한 소홀이 문제로 지목되었다. 이에 비해 모더니즘은 도회의 자식답게 "기차와 비행기와 공장의 조음(燥音)과 군중의 규환을 반사시킨 회화의 내재적 리듬"을 발견하고 창조함으로써 명랑성의 시학을 조선에 입안하고자 했다. 그러나 식민지 조선의 현실에서 김기림이 E. 파운드를 빌려 건설하고자 했던 '파노포이아(phanopoeia)'와 '로고포이아(logopoeia)'는 '아직 아닌' 것이었다. 투명한 이미지의 시를 가리키는 전자와 작품의 총체적 효과를 위해 이지적 차원에서 언어와 감각을 다루는 후자는 타락한 근대의 이면에 숨겨진 본질적인 것을 발견하고 내면화하기 위한 기투였다.

그러나 '명랑한 감성(감각)' 및 식민지 현실과 격절된 표피적 문명비판에 초점을 맞춘 김기림 자신의 『기상도』나 청신한 원시적 시각적 이미지를 발견한 정지용, 환상 속에서 형용사와 명사의 비논리적 결합을 통해 아름다운 상징적인 이미지들을 빚어낸 신석정, 시각적 이미지의 적확한 파악과 구사에 있어 천재적이었던 김광균[4]의 '눈'은, 김기림 스스로가 평가했듯이 다음과 같은 점에서 '파노포이아'나 '로고포이아'의 한국적 투시와 갱신에 다다르지는 못했다.

> (시적—인용자) 기술에의 새로운 인식은 능동적인 시정신과 불타는 인간정신과 함께 있지 아니하면 아니된다. 20세기의 시는 많은 경우에 그 고도의 기술적 발달과 그 배후의 치열한 시정신에도 불구하고 단순한 기술적 운동에 그치고 더 근원적인 인간적인 정신을 분실하고 있는 것이 사실인 것 같다.
>
> 잃어버렸던 인간정신을 어디 가서 찾을까. 물론 생활 속에서 아름다운 행동 속에서 밖에는 찾을 데가 없다.[5]

명랑하고자 했던 한국적 모더니즘의 우울과 퇴락을 김기림은 무엇보다 언어의 말초화와 '사실의 세기'의 전면화에 따른 문명의 위기로 대변되는 내외부적 퇴폐 때문으로 진단했다. 그에 대한 처방이 '전체시', 그러니까 "시대를 향한 능동적인 시정신과 불타는 인간정신"을 이미지즘에

---

4) 이들에 대한 평가는 김기림, 「모더니즘의 역사적 위치」, 『인문평론』, 1939. 10, 여기서는 『김기림전집2—시론』, 심설당, 1988, 57쪽.
5) 김기림, 「시의 회화성」, 위의 책, 107쪽.

수렴하고 확장하는 시의 건설이었다. 이를 두고 기림은 "전시단적으로 보면 그것의 그 전대의 경향파와 모더니즘의 종합", 그러니까 "시단의 새 진로는 모더니즘과 사회성의 종합이라는 뚜렷한 방향"이라고 일렀다. 감각의 성찰과 갱신, 새로운 발견보다는 사회성의 투여를 통한 모더니즘의 진화라는 이 공식은 어딘지 평균적이며, 이것조차 구현한 시의 출현이 거의 존재하지 않았다는 점에서 퇴보적이기까지 하다. 이보다는 차라리 "가장 우수한 최후의 모더니스트 이상은 '모더니즘의 초극'이라는 이 심각한 운명을 한 몸에 구현한 비극의 담당자였다"는 탄식이 김기림의 진의 파악에 더 도움이 될 것이다.

이상(李箱)은 아이러니와 기존 시의 파탄 의지가 대변하듯이 감정과 감각의 유로에 충실한 일반 서정시에 '감각적인 것'의 존재 이유와 방식, 수행 방법을 다채롭고 괴기한 시니피앙의 점묘를 통해 끌어들인 현대시 최초의 일탈자였다. 건축학자였으며 누구보다 기호에 민감했던 이상은 아방가르드 특유의 파편적 시각주의, 즉 기존의 시각을 탈내고 부수며, 재배치하고 재조합하여 의외의 현실과 기호를 생산하고 발명한 특수자였다. 하지만 이상은 시각주의를 특권화하는 대신 "텍스트 내부와 외부를 쉼 없이 가로지르며 세계를 개조하고 구성하고 재구성하는 말-신체의 질주"[6]를 시각적 감각과 이미지의 원리로 끌어들였다. 그런 면에서 이상은 비유컨대 데리다의 "보는 것이 눈의 본질이 아니라 눈물이 눈의 본질"이라는 시각(이를 확장하여 감각)의 궁극적 의미를 무의식적으로 살았는지도 모른다.[7]

---

6) 심보선, 「'천사-되기'에서 '무식한 시인-되기'로」, 268쪽.

7) 임철규는 시각을 로고스 라는 이성 능력과 이성적 담론의 토대를 이루는 최고의 감각으로 간주하는 시각중심주의에 대한 비판자로 벤야민과 하이데거, 바타유, 퐁티, 푸코, 레비나스 등을 들고 있다. 임철규, 『눈의 역사 눈의 미학』, 한길사, 2004, 421~422쪽 참조.

김기림은 과연 이상의 시와 산문에서 어떤 '눈물'을 읽고 보았을까, 아니 같이 흘렸을까? '눈'이라는 '감각'을 통해 솟아나는 '눈물'이라는 '감각적'인 현상과 그 안에 녹아든 어떤 본원적인 것. 한국시의 개성이 성큼성큼 발화(發話/發火)되던 1930년대, 그게 누구였든 '눈물'을 문득 흘리고 살았다면, 주어진 현실의 감각체계와 불화를 일으키며 그것을 끊임없이 차이화하는 '감각적인 것'의 내재적 리듬이 울울하게 밀려들었을 지도 모를 일이다. 김기림의 문제는 따라서 시각적 이미지에 경도된 '감각에의 충성'이 아니라 그것마저 반역할 '감각적인 것으로의 탈주'에 거의 무감각하거나 안이했다는 것이다.

*

급진적이며 변혁적인 의미의 '전체시' 출현은 군사독재와 자본 축재의 패악에 맞서 평등과 자유, 통일의 실천적 윤리가 요구되던 1980년대에도 소망스러운 것이었다. 미적 자율성과 변혁의 의지 어느 것에 가치를 두느냐에 따라 문학의 윤리는 '실천적 몸담음'과 '현실에 대한 자유로운 반성'으로 자기 입장을 분별시켜 갔다. 그럼에도 두 부류 공히 그들의 미학을 해방과 혁명의 유토피아를 선취하는 정치학으로 전유하는 데 주저하지 않았다. 이 과정은 기존의 지배담론과 체계에 맞선 이념적 쟁투를 넘어 그것들의 완강한 원리와 추악한 질서를 파탄 내는 미학적 발견과 각축으로, 랑시에르를 빌린다면, 새로운 종류의 감성적 분배를 가져올 삶의 형식을 창안하는 것으로 점차 이동되었다는 점에서 새롭고 위대했다.

이를테면 박노해의 시는 노동계급의 해방에 우선 복무했지만 노동자들 자신의 실존을 스스로의 감각과 정서로 다시 구성하는 일에도 부지런했다. 이 새로운 '감각적인 것'의 사태는 황지우에게서 "나는 사실은 리얼리스트이다. 일그러진 형식은 일그러진 현실에서 온다"[8]는 말로 발현되었다. 이를 중심으로 두 시인의 공통점을 구성한다면, 민중 내지 소시민의 '감성(감각)적 능력'을 새롭게 발굴, 분배했다는 점에 주어질 것이다. 그러나 이 말이 그들의 미학적 분투가 특정 변혁주체와 이데올로기의 선전과 고양, 모순되고 부조리한 현실의 고발과 같은 범박한 의미의 정치성을 훌쩍 넘어섰다는 주장과 평가로까지 과잉 해석될 필요는 없다. 하지만 시와 감각, 시적인 것과 감각적인 것에 대한 차이와 새로운 사유를 개진하는 유의미한 지점으로 작동했음은 물론, 저항과 투쟁의 담론 속에서도 시인의 의무 가운데 하나가 "예술작품에 감성적 지도에 변화를 가져올 방식들을 상상하고 고민"[9]하는 것이란 사실을 명백히 했다는 점만큼은 각별히 기억해 둘 일이다.

이를 염두에 둘 때, 특히 1980년대 초중반 황지우의 '시적인 것'에 대한 발언은 현재의 감각 혹은 감각적인 것에 대한 논의의 보충과 수정을 위한 참조에 값한다. 시어의 핵심 가운데 하나가 감각적 언어라면, 얼마간 비약하건대, '시적인 것'은 곧 '감각적인 것'으로 얼마든지 치환 또는 전유될 수 있다고 나는 생각한다.

황지우에 따르면, '시'란 "시적인 것을 보면서 보여 주는 것"(13)이다. 여기서 시와 시적인 것의 관계는 '눈'의 감각적 분비물로서의 '눈물'에 거의 가깝게 느껴진다. 과연 그는 '시적인 것'은 에테르 상태의 콘텍스트를 통과하면서 겪게 되는 의식의 화학적 변화에 의해 주어진다고 말하고 있다.(13) 그러니까 '시적인 것은' '심미적인 것'의 단순한 재현물이 아

---

8) 황지우, 「시의 얼룩」, 『사람과 사람 사이의 신호』, 한마당, 1986, 239쪽. 이하 황지우의 산문은 같은 책, 「사람과 사람 사이의 신호」 「시적인 것은 실제로 있다」에서 인용하며, 본문에 직접 인용면을 표기한다.
9) 진은영, 「감각적인 것의 분배」, 80쪽.

니다. 그보다는 추악하고 하찮으며 버려지고 부서진 것들(의 관계)에 대한 응시에서 솟아오르는 감각적 응축물에 가깝다.

〈시적인 것〉의 추구는 시의 본질에 대한 정의의 문제에 구애됨이 없이 시를 '열린 틀'로 쓸 수 있고 말할 수 있게 합니다. 저는 그것을 '모든 시(이미 씌어진 것이든 앞으로 씌어질 것이든)의 속성이 나타난 장'으로 테두리를 짓는 것 외에 더 이상의 규정을 불필요하게 생각합니다.[10]

이 말에 따르면 시는 '시적인 것'이 기존 언어로 부려지는 장이 아니라 '시적인 것'의 발견에 의해 차이화된 언어로 직조되고 구성되는 열린 텍스트이다. 물론 '시적인 것'은 개인성 혹은 주관성에 의해 제멋대로 응축되고 확장되는 감각과 욕망의 분비물이 아니다. '시적인 것' 역시 시가 그런 것처럼 시인과 독자가 구성하는 사회적 관계, 다시 말해 의미 공동체에 의해 그 자격과 틀을 부여받는다. 만약 "'지금·여기'에 있는 현실을 갑자기 낯선 현실—낯선 시간과 낯선 공간—로 떨어뜨림으로써 생기는 '시적인 것'의 콘텍스트"(24)를 파고 들 명민한 독자가 없다면, 시인만의 현실 해방과 자율성은 얼마나 고독하며 공허할 것인가. 보다 중요한 것은 이런 간주관성에 의해 사회성과 정치성을 획득하는 '시적인 것'은 우리의 감각과 인식 이전의 존재라는 것이다.(221) 우리는 '시적인 것'이 존재하기 때문에 그것을 인식하는 것이며, 따라서 '시'의 성패는 언어 자체의 심미성보다는 '시적인 것'의 돌발적 발견과 의외적 구조화를 실천하는 언어의 수행성에 달려 있다고 해도 과언은 아니다.

'시적인 것'의 원리로서 '감각적인 것', 비유컨대 '눈물' 역시 간주관

---

10) 황지우, 「시적인 것은 실제로 있다」, 앞의 책, 230쪽.

성 속에 주어질 때야 사회의 감성적 지도에 변화를 가져올 수 있다. 물론 이때의 '눈물'은 있어야 할 것의 모방과 재현에 의해 주어지는 윤리적이 거나 시학적—재현적 예술체제의 결과물로 멈추어서는 안 된다. '시적인 것'이 그러하듯이 '감각적인 것' 역시 적게는 "규칙·형식들을, 크게는 탈규칙·반형식을 운영"(222)할 수 있을 정도의 해체적 지평에 이르러야 한다. 이야말로 1980년대 초반의 황지우가 여전히 문제적인 이유이기도 하다. 그의 '감각적인 것'은 익명적이며 소소하고 일상적인 삶, 이 구질 구질한 생활의 세목들이 구성하는 일탈적 단충과 흔적들의 역능성을 시 의 새로운 과제와 힘으로 밀어 올렸다.

물론 그의 '시적인 것'에의 관심은 각성 이전의 주변부 삶들이 자신의 말에 대한 의지와 역량을 작동시켜 저희에게 할당된 애초의 감각을 활성 화하고 재분배하는 능력을 수행하는 랑시에르적 의미의 정치성 산출로까 지 연동되지는 못했다. 김수영의 '온몸'의 시론을 전유하여 시인의 새로 운 창작 방법의 하나로 '지게꾼—되기의 시'[11]를 제시한 진은영의 견해 에 따른다면, 어쩌면 황지우는 지게꾼 아비를 둔 지식인의 존재방식과 그 것의 시화(詩化)에서 크게 벗어나지 못했는지도 모른다. 그러나 그의 소시 민의 삶에 대한 아이러니한 응시와 그 과정에서의 '감각적인 것'의 발견 및 구조화는 분명 다양한 삶의 방식과 지층을 꿰뚫고 헤아릴 줄 아는 절 박한 지혜와 행동의 상수화를 시대정신으로 추동했다. 그런 의미에서 황

---

11) 이 말의 개념을 제시한다면, "지게꾼이란 타자를 만나는 새로운 만남의 방식 속에서 시인 은 기존의 분배방식에서 특수한 영역으로 할당된 자신의 존재를 지우고 지게꾼도 시인도 아닌, 동시에 지게꾼이며 시인인 새로운 존재가 된다" 정도가 될 것이다. 이때 '지게꾼' 의 일차적 의미가 노동자와 농민임은 물론이다. 진은영, 「김수영 문학의 미학적 정치성에 대하여—불화의 미학과 탈경계적 정치학」, 한국문학연구학회 편, 『현대문학의연구』 40 호, 2010, 516~517쪽.

지우의 '실험시' 아닌 '실험시'들은 김수영의 저 유명한 "너무나 자유가 없다"는 절규의 새로운 형식과 육체, 다시 말해 1980년대 현실에 직핍한 '감각적인 것'으로의 모험이자 이행으로 볼 여지가 여전히 충분하다 하겠다.

*

거대담론의 패퇴와 작은 이야기의 족출. 혁명의 동력 상실과 포스트모더니티의 급부상이 주조한 2000년대의 지적도는 그렇게 정의되었다. 혁명성과 자율성이란 양 날개로 유토피아의 지평을 응시하고 개척했던 시적 감각의 사회성과 정치성은 이로써 종언되었다는 풍문이 쟁쟁했다. 이때는 시가 윤리와 재현, 동일성과 혁명성 등 존재/사물의 가치론적 질서와 단일 체계에 억눌려 있던 감각과 정서, 언어의 해방은 물론 저 심난한 로고스들의 굳건한 동맹에 균열과 차이를 발현시킬 수 있으리라는 또 다른 풍문이 울울해지는 순간이기도 했다. '작은 이야기'와 하위 주체들의 복귀와 연대, 이것들을 상수화할 수 있는 차이성, 바꿔 말해 '감각적인 것'에 대한 열정은 시와 주체의 '자유로운 사용'에의 기대와 가능성을 명랑하게 승압(昇壓)하였다.

차이와 분산의 열정으로 세계의 복수성과 존재의 다수성의 추구하는 이들의 언어는 그러나 해석의 난해와 의미 불통, 형식의 파행성과 폐쇄적 정서의 자족성이란 혐의에 종종 직면하곤 하였다. 사실 이런 류의 불만은 미학적 성취와 한계를 둘러싼 쟁론 이전에, 안정적인 문학공간의 점유와 확장을 둘러싼 인정투쟁, 곧 세대론적 담론의 전형적 형태이기도 하다. 이미 저자의 창조성과 언어적 기술, 진정성이 비평적 회의의 도마에 버젓이 오르는 현실에서 형식주의적 규범의 준용은 새로운 쟁점을 생산할 공산이 거의 없다. 흔히 하는 말로 지나치게 감각적인 신인들의 문제는, 그들의 시가 아무리 기괴하고 일탈적이며, 심지어 비윤리적이고 범법적인 상상력으로 넘쳐난다 해도 주어진 사물과 현실을 바꾸지 못하고 재배열할 뿐이라는 것, 따라서 기존의 케이블을 절단하고 대체할 만한 '폭발적 접합'을 생산하지 못할 것이란 회의적 예측에 너무 담대하거나 아니면 거의 무심한 일인지도 모른다.

그러나 만약 '폭발적 접합'의 가능성과 불가능성만을 저울질했다면, 이들은 시와 세대의 동시적 위기라는 갈라진 협곡에 서둘러 유폐되었을 것이다. 그러나 몇몇 명민한 시인들은 속절없는 시의 세속화가 유행 중인 이 궁핍한 시대에 시(인)의 지위와 역할, 시적인 것과 감각적인 것의 역사성과 정치성을 재영토화함으로써 이전과는 전혀 다른 지형도를 제작, 구성 중이다. 그 대표주자로서 진은영과 심보선의 미학의 정치성에 대한 새로운 게토화는 시인의 감각적 충일성 못지않게 시(적 담론)에 대한, 아니 시적인 것에 대한 지성의 갱신 및 재구조화의 산물이 아닐 수 없다.

지성의 작용을 언급해두는 것이 이들이 주장하고 실험 중인 '감각적인 것'의 개념적 혁신과 대중화, 그를 통한 시적 외연과 내포의 재분할에 어떤 의미가 있을까 하는 의문이 없지는 않다. 그러나 이들의 지성이 '감각적인 것'의 세계사적 경험과 확산, 그것들의 배포를 시어의 패션으로 이입하기보다는 우리 시의 변혁성과 정치성을 신중하게 복기하는 한편 그 새로운 방향의 개척과 재구성을 치열하게 모색하는 미학적 모험의 토대가 되고 있음을 의심할 필요는 없다. 그들의 지성이 작용한 시적이고 감각적인 것의 간주관성이 몰고 올 시적 파란과 시적 경계의 분할을 우선 관전하는 것, 독자인 우리의 진정성과 윤리는 이 지점 어디쯤에서 찾아질 것이다.

진은영과 심보선의 논의 속 '감각적인 것'은 랑시에르를 참조하고 있는 만큼 비유컨대 기존의 '눈물'과는 일정 정도 이질적일 수밖에 없다.[12] 이미 지적했듯이, 혁명의 시대를 살았던 박노해와 황지우의 시는 랑시에르가 말한 바의 치안(police)—우리가 흔히 정치라고 말하는—, 그러니까 특정 집단의 계급적 결집과 합의가 달성되는 절차, 혁명 혹은 선거를 통한 권력의 조직화와 재분배에 보다 경사되어 있다. 이것은 기존의 지배적 담론체계에 저항하여 혹은 동조하여 특정 이데올로기를 공격하거나 옹호하는 대응 행위의 일종이라는 점에서 랑시에르가 말하는 '감각적인 것'의 재분할 및 재분배와 얼마간 거리를 지닌다.

그에 따르면 노동자의 세계에서 '해방'이란 계급성과 당파성의 전취(戰取)가 아니라 그들을 생산과 재생산의 '사적인' 영역에 놓는 전통적인 감각적인 것의 나눔을 뒤집는 일로부터 시작된다.[13] 이를테면 내일의 노동을 위해 쉬어야 하는 밤에 오히려 깨어 일어나 쓰고, 읽고, 생각하고 토론하는 것, 그럼으로써 노동자들 자신의 실존을 재구성함과 동시에 기존의 정체성과 문화, 위치와 절연하는 행위가 그렇다. 이 과정을 통해 노동자들은 밤을 새로이 전유할 뿐더러 기존의 계급적 지위와 역할을 타파한 노동자로 재분할되기에 이른다. 이처럼 기존의 감각체계와 불화를 일으키며 이 과정에서 새로운 종류의 감성적 분배를 가져올 삶의 형식의 창안

---

12) 이 글이 특히 주목한 두 시인의 평론과 학술논문은 다음과 같다. 진은영, 「감각적인 것의 분배」, 『창작과비평』, 2008년 겨울호 및 「김수영 문학의 미학적 정치성에 대하여—불화의 미학과 탈경계적 정치학」, 한국문학연구학회 편, 『현대문학의연구』 40호, 2010. 심보선, 「'천사—되기'에서 '무식한 시인—되기'로」, 『창작과비평』, 2011년 여름호 및 「'삶의 시 되기'와 '시의 삶 되기'—영화 〈시〉와 〈하하하〉를 통해 본 미학의 정치」, 국제한국문학문화학회 편, 『사이』 9호, 2010.

13) 랑시에르의 핵심 개념 esthétique에 대한 번역어로서 '감성(적)'과 그 경험에 기초한 '감각적인 것'에 대한 용이한 해설은 자크 랑시에르, 양창렬 옮김, 『정치적인 것의 가장자리』, 길, 2008, 118~119쪽 참조.

여부를 두고 랑시에르는 정치성이라 불렀다.

랑시에르에 접속된 진은영과 심보선의 '감각적인 것'은 따라서 미학적일 뿐만 아니라 정치적이며, 심지어 또 다른 방식으로 시인의 계급적 위치와 역할을 재구성하려 한다는 점에서 변혁적이고 실존적이다. 이를 수행하는 주체들의 해체와 재구성은 당연히도 기존의 시적 윤리와 당위성에 긴박되고 조절되기를 거부한다. 그보다는 나(주체) 안의 너(타자)를 살리고 너 안의 나를 살기 위해, 심보선 자신의 언명처럼 "더 많이 더 잘 고뇌하"고 또 끊임없이 "이 평면에서 저 평면으로 말과 사유와 삶을 자리옮김 하는 일"에 참여한다.[14] 이를 위한 방법적 전유가 "다양한 삶의 방식들을 발명하고 모색하는 일"[15]임은 두 말할 나위 없다.

이들이 주목하는 시적 대상, 다시 말해 '감각적인 것'의 재분할이 수행되는 신체는 흔히 억압되어 말할 수 없는 자들로 지목되는 하위주체(≒소수자)들이다. 물론 이들은 저 1980년대의 신원주의적 형식의 계급적 주체 해소 및 재구성, 그러니까 당파성과 계급성의 진정한 기원과 본질을 혁명적 노동자 계급의 신체로 환원시키는 오류를 범하지 않는다. '다양한 삶의 방식'에 대한 욕망이 암시하듯이, "물건들이 아니라 상황들과 만남들을 창조"하고 그 맥락들의 구성과 표현에 집중한다. 그럼으로써 이를테면 "상품과 기호들의 지나친 충만함이 아니라 오히려 관계들의 부재"[16]를 '감각적인 것'의 실질적 대상으로 재분할하고자 한다. 이를 위해 최근 두 시인이 실험 중인 '하위주체-되기'의 시학은 특정 이념과 체제에 봉사하는 기존의 계급적 주체가 아니라, 그것들이 억압하고 은폐했던 하위

14) 심보선, 「'천사-되기'에서 '무식한 시인-되기'로」, 269쪽.
15) 진은영, 「김수영 문학의 미학적 정치성에 대하여-불화의 미학과 탈경계적 정치학」, 517쪽.
16) 이상의 인용은 랑시에르, 진태원 옮김, 「미학 혁명과 그 결과」, 『뉴레프트리뷰』, 길, 2009, 477쪽.

주체의 차이적 발현, 그러니까 '감각적인 것'을 재분배하기 위한 회심의 창작방법이라 할 만하다.

진은영은 김수영의 '온몸'의 시론과 당대의 계급주체로서 지게꾼을 빌려 '지금 여기'의 현실을 정치적·미학적으로 재분할하려는 '지게꾼—되기'를 주창한다. 심보선은 보다 급진적인데, 지식의 유무나 문해(文解) 능력과 상관없이 누구나 말하려는 의지와 감성적 역량을 소유하고 발휘할 수 있다는 평등의 전제를 시쓰기의 새로운 실천으로 도모하는 '무식한 시인—되기'를 발원한다. 그에 따르면, 특히 각종 제도를 통해 우쭐한 시의 성채를 구축하는 전문시인은 더 이상 자랑도 권력도 아니다. 어떤 의미에서 이들과 또 이들과 밀착된 평론가들은 하위주체들의 '감각적인 것'의 재분할을 의도적으로 도외시하거나 심지어 방해해 온 낡은 감각의 신민이자 방어자들이다. 요컨대 심보선은, 미학적 혁명을 꿈꾸는 시인들에 의한 '감각적인 것의 재분할'을 넘어, "말하고자 하는 의지와 말할 수 있는 감성적 역량으로 신체를 변용하는 힘들"을 내뿜는 자들의 '감각적인 것의 재분배'를 도래할 시의 혁명으로 염원하고 있는 것이다.[17]

*

눈 밝은 독자라면 평론가가 김기림과 황지우의 시론에 대해서는 소개와 평가를 겸했지만, 진은영과 심보선의 시론에 대해서는 거의 소개로 일관했음을 벌써 알아차렸을 것이다. 아직 진행형인 만큼 그들의 모험적 사유와 미학적 실험은 기대의 지평에 놓여 마땅하다는 것이 첫째 이유이다. 블랙 유모어적 페이소스가 짙게 묻어나는 심보선의 아이러니와 더 잘 실패하기 위한 시를 쓰고 세계와 사물의 이면을 다성성으로 부조하는 진은

---

17) 보다 자세한 내용은 심보선, 「'천사—되기'에서 '무식한 시인—되기'로」, 266~269쪽 참조.

영의 차이성에의 의지가 버무려낼 타자성의 '눈물'이 처연하되 명랑하다는 것이 두 번째 이유이다.

이들의 눈빛에 투사되는 '감각적인 것'은 우리들의 비루한 현실과 객쩍은 미래의 솔기를 거스름으로써 다음과 같은 능산적 미와 윤리를 새롭게 입안하는 중이다. "미학의 정치는 하나의 완결된 형태로 종결되지 않고 삶의 형태와 미의 형태 사이에서 이루어지는 영구적 진자운동임을, '지금 여기'의 현실성을 '지금 여기가 아닌 곳'의 가능성으로 대체하려는 끝없는, 그리고 불가능한 투쟁임을 주장한다".[18] 궁극적으로 '더 잘 ~'의 불가능성과 실패를 목적하는 이들의 미학은 불가능과 실패 자체 때문이 아니라 그것들을 삶의 역능성과 미의 본질로 삼기 때문에 비극적이다. 이 비극은 그러나 '지금 여기 아닌 곳'을 응결하는 '눈물'의 기원지이기에 희망과 연대에 불을 지피는 상생의 처소이다.

삶과 미의 일치 및 균열 문제는 근대미학의 위엄과 곤란을 동시에 자극하고 부추겨 온 공안 중의 하나이다. 삶과 예술 공히 윤리와 자율의 지평에서 때로 투쟁하고 때로 화해하는 가운데 이 공안의 외연과 내포를 촘촘히 그리고 확연히 넓혀 왔다. 현실의 감각체계와 불화를 생산하는 '감각적인 것'의 새로운 발명이 그것의 현재적 지점인 셈이다. 이 '감각적인 것'의 주체와 대상은 계급과 이념에 대한 탈규칙과 반형식, 그러니까 그것들의 기존 형식과 내용에 대한 이질성 및 차이성의 발현을 통해 정치성과 변혁성을 되살고자 한다.

한데, 나만의 오해인지 모르겠으나, 미학의 원리로써 정치성과 변혁성이 작동하는 한 주체의 규범적 모델은 각성자든 무지자든 여전히 노동계

---

18) 심보선, 「'삶의 시 되기'와 '시의 삶 되기' ─영화 〈시〉와 〈하하하〉를 통해 본 미학의 정치」, 255쪽.

급 내지 하위주체를 크게 벗어나지 못하는 듯하다. 진은영과 심보선의 '∼되기'의 주체가 '지게꾼'이나 '무식한 시인'으로 지향되는 것도 이와 무관치 않다는 생각이다. 물론 이들의 '되기'는 다양한 삶의 방식을 발견하고 살아내기 위한 미학적 방법과 체험의 형식이지, 하위주체들로의 신원주의적 투신을 의미하지는 않을 것이다. 하지만 새롭게 특수화된 '감각적인 것'의 보편화 문제는 그것의 일상화와 지속적 혁신, 나아가 기존 세계의 (미학적) 혁신 및 재구성을 위해서라도 적극 권장되어 마땅하다.

따라서 우리는 이 지점에서 '감각적인 것'의 재분할과 갱신된 '감각적인 것'의 2차적 확산 및 분배의 방법을 묻지 않으면 안 된다. 이것은 '감각적인 것'에 관한 주체의 형식을 넘어 그것을 삶의 작동 원리로 삼투시킬 지점을 찾는 작업의 일부라는 점에서 종요롭다. '삼투' 운운했으니만큼, 이 제안은 당연히 독자를 위한 편의에 좀 더 집중될 수밖에 없다. 사실 '∼되기' 속의 존재들이야말로 '감각적인 것'의 1차 텍스트이자 '감각적인 것'의 최종 독자, 다시 말해 소비자가 아니겠는가?

'감각적인 것'의 간취든 '∼되기'의 미학에서든, 그것의 주체와 대상으로서 (양심적) 시민계급의 획득은 변혁주체의 확장이라는 면에서 여전히 중요하다. 개인적 취향과 고유성의 존중이 사회의 미덕과 윤리로 안착되어 가는 현실을 고려하면, '다양한 삶의 형식'에 대한 지향은 시의 의무가 되어갈 공산이 크다. 시민계급 스스로가 '감각적인 것'의 전복과 분할에서 선편을 잡는다면 그만이겠지만, 그들의 각성에 직간접적으로 관여할 수밖에 없는 것이 문화예술임을 부인하기 어려운 게 작금의 현실이다. 따라서 시인의 눈(감각)은 제 '눈물'과 타자(시민)의 '눈물'로 동시에 뒤범벅될 수 있는 무엇, 다시 말해 간주관성의 순조롭고 수월한 획득이 절실하게 요청된다.

'현실의 감각체계와 불화를 일으키는 미학적 형식'. 불화라는 말은 기존 서정시에 대한 대립을 전제하는 만큼 전위주의적 형식 파괴나 해체의 미학이 먼저 떠오를 법하다. 그러나 개인의 고독과 아이러니 속으로 침투해간 이상(李箱)과, 신문과 광고, 팜플릿, 벽보를 기존 세계와 절연하는 한편 대중과의 소통 양식으로 전취한 황지우의 차이는 소통을 향한 간주관성의 열정과 희원에서 거의 정반대에 놓인다. 사실 나에게는 '시적인 것'을 실존의 불확실성과 주변부로 자꾸 하방하는 소수자의 미끄러짐 속에서 발견하는 이 시대의 젊은 시인들은 타자로 흘러가는 간주관성 못지않게, 역설적인 방식의 절대자아로 수렴되는 파행적 자아의 주관성을 흡입하는 데 골몰하고 있다는 느낌이 없잖다. 이런 방식의 미학 안의 불편함은 자칫 '언어의 외로운 자기지시성'으로 고착될 수 있다는 점에서 "현실로부터 자율적이지만 현실을 변형하는 허구",[19] 다시 말해 '감각적인 것'의 발명과 분배로 나아가지 못할 가능성이 크다.

'세속화 예찬'이란 테제 아래 다양한 분과 학문과 문화예술, 장치 들을 가로지르면서 특히 '성스러운 것과 세속적인 것의 역동적 관계에서 공통의 사용/자유로운 사용의 정치적 함의'[20]를 읽어내고 조직하는 G. 아감벤의 논의에 눈길이 가닿은 것은 그래서 자연스럽다.[21] 그의 '세속화' 개념은 일반의 그것과 이질적이다. 이것은 성스러운 예외상태에 종속되어 있는 존재(신에게 봉헌됐던 노예나 사물)를 그 존재가 자유롭게 사용하도

---

19) 진은영, 「감각적인 것의 분배」, 76쪽.

20) 김상운, 「호모 프로파누스:동일성 없는 공통성의 세계로」, 조르조 아감벤, 『세속화 예찬─정치미학을 위한 10개의 노트』, 도서출판 난장, 2010, 181~182쪽.

21) 아감벤의 논의 대상은 게니우스신(神), 마술, 사진, 소설 속의 조수들, 패러디, 욕망하기, 거울, 저자, 포르노, 영화 등으로 일상 어디서나 마주할 수 있는 대상과 주제들이다. 신의 문제를 제외하더라도, 나머지는 노동자를 포함한 시민 일반의 취향과 의식을 구별 짓고 재분할할 수 있는 요소들로 충분히 인정될 만하다. 따라서 '~되기'는 미학적 주체의 전환을 넘어, 비근한 것들로의 '감각적인 것'의 수렴과 내파여야 할 것이다.

록 돌려주는 것을 뜻한다.[22] 그에 반해 '환속화' 는 성스러운 것을 현세의 영역으로 되돌려 주는 듯하지만 그냥 그렇게 보일 뿐인 상황, 즉 닫혀 있는 아우라의 장소만 바꿀 뿐인 것을 의미한다. 세속화는, 성스러운 것을 폐기하지 않는 환속화와 반대로 성스러운 것의 폐지를 목표로 한다는 점에서 근본적이고 변혁적이다.

이 세속화의 환속화의 대립을 설명하는 전시(展示)매체 중 하나가, 우리의 젊은 시에서도 이제 거의 일상적인 대상 혹은 상상력의 매개가 되어버린 포르노그래피 사진이라 꽤나 흥미롭다. 그에 따르면 뤼세라는 포르노 스타는 예술적 퍼포먼스, 즉 성 행위 시 전혀 감정이 실리지 않은 얼굴로 카메라를 빤히 쳐다봄으로써 산 경험과 표현의 영역 사이의 모든 연결을 끊어버린다. 그럼으로써 그녀는 "에로틱한 행동을 그 직접적인 목적(성희의 쾌감이나 관능의 소비 따위-인용자)으로부터 떼어내 헛돌게 만듦으로써 그 행동을 세속화", 다시 말해 "더 이상 아무것도 표현하지 않으며, 어떤 표현과 표현의 암시도 없이 하나의 장소로서, 순수한 수단으로서의 자신을 보여준다".[23]

이런 의미에서라면, 뤼세는 쾌락의 상품화와 집단적 소비의 포획에 급급한 보통의 포르노그래피를 전복하고 재분할하는 '감각적인 것' 의 발현자라 할 만하다. 그녀의 '응시' 는 당연히도 자신을 말할 수 없는 신체로 포획하는 포르노그래피적 장치에 대한 저항이다. 동시에 더 중요하게는

---

22) 이 모순형용의 말은 형용사의 사케르(sacer)의 이중성, 곧 "위엄 있는, 신들에게 봉헌된" 을 뜻하는 동시에, "저주받은, 공동체로부터 배제된"을 바탕으로 조직된 것이다. 보다 자세한 내용은 G. 아감벤, 「세속화 예찬」, 위의 책, 113~115쪽. '세속화' 와 '환속화' 의 구별이 나오는 곳도 이 부분이다.

23) G. 아감벤, 「세속화 예찬」, 134쪽. 이는 궁극적으로 사진 속의 전시된 자아의 이미지, 즉 구경꾼들 앞에서 상품화된 성행위를 재연하는 매개로서 신체를 드러냄으로써 포르노그래피의 포획을 벗어던졌음을 뜻한다.

소외의 저류를 타고 넘어 역설적으로 자기를 표현하는 '눈물'의 솟구침이다. '감각적인 것'으로서 '눈물'을 통과하고서야 그녀는 자기 신체와 언어의 자유로운 사용의 가능성과 그 형식을 자기 것으로 회수하게 되는 것이다.

'감각적인 것'은 그것의 한 형식 '눈물'이 암시하듯이 우리의 가장 고유한 것이되 가장 낯설고 채 인간화되지 않은 그 무엇인지도 모른다. 따라서 그것은 가장 객관적이되 친밀한 눈에 의해 가장 비일상적이며 아이러닉한 눈물로 현현되는 무엇이어야 한다. 하지만 이것이 보지도 듣지도 못한 낯선 형식이나 언어의 요구와 거의 무관함은 물론이다. 차라리 그것은 가장 비근하고 익숙한 것조차 그것의 숨겨진 국면을 말하게끔 전유하며, 그것의 새로운 사용을 가능하게끔 그 기호의 지위와 맥락을 재편하는 것을 의미한다. '감각적인 것'의 황홀하고 외로운 출현이 안착 없는 떠돌이의 삶과 사유, 관계의 부재에 대한 예리한 감촉과 파고듦, 더 잘 실패하고 패배하는 미학에 의해 훨씬 풍요롭고 신속하게 격발되는 실질적 까닭이 여기에 있다.

(『신생』, 2011 가을호)

제3부

고통의 축제

― 전망도 회고도 아닌 삶

강동호

1984년생 서울에서 태어나
2009년 『조선일보』 신춘문예로 평론 활동을 시작했다.

고통의 축제
— 전망도 회고도 아닌 삶[1]

강동호

불덩어리 눈물에 젖고 눈물덩어리 불타
캄캄한 밤 공중에 솟아 오른다.
한 시대는 가고 또 한 시대가 오도다,라는
코러스가 이따금 침묵을 감싸고 있을 뿐이다.

— 정현종, 「고통의 축제」 부분

이미 얼마나 자주 되풀이되었던가. 앞으로도 계속
영원히 되풀이될 것이다.

— 괴테, 『파우스트』 중에서

한 시대는 가고, 또다시 한 시대가 온다. 흉흉한 풍문들은 제 이빨을 드러낸 채 세상을 요란하게 물어뜯는 중이고, 세상은 상처투성이인 채로 여

---

1) 이 글은 김윤이의 『흑발 누드 소녀의 누드 속에는』(창비, 2011), 이제니의 『아마도 아프리카』(창비, 2010), 정한아의 『어른스런 입맞춤』(문학동네, 2011)을 다룬다. 인용하는 시들은 모두 해당 시집에서 가져온 것이다.

전히 건재하다. 여전히 우리는 "여물주머니보다 질긴 시간"(김윤이, 「움」)의 생 속에서, 필사적으로 "지긋지긋한 새것이 되"(정한아, 「다른 못, 가시연」)려 "아직도 이미 벌써 또다시"(이제니, 「나선의 바람」), 그러니까 늘 몸부림치고 있다. 어쩌겠는가. 삶이 무가치하고, 미래의 새로움이 극히 빤한 것이라 할지라도, 인간은 과거의 전통을 파괴하고 그 파괴된 삶의 너저분한 조각들로부터 한 줌의 새로움을 발견하려 애쓰는 존재이니 말이다. 그러나 새로움에 대한 집착이 그저 미래에 대한 낙관적인 전망과 예감만으로 이루어지는 것은 아니다. 현재와 미래에 대한 극도의 환멸 속에서도 우리는 미래로 이어지는 길을 탐색할 수 있다. "파괴적 성격은 인생이 살 값어치가 있다는 감정에서 사는 것이 아니라 자살할 만한 값어치가 없다는 감정에서 살아가는 것"[2]이라 했던가. 벤야민의 말은 과연, 우리의 폐부를 찌른다. 죽지 못해 살겠다는 뜻이 아니라, 인생이란 죽지 못해 사는 것이라고 냉소하듯 말하면서도, 실은 환멸만으로는 끝없이 덧대어질 인간의 삶을 결단코 절단 낼 수 없을 거라 말하고 있기 때문이다. 오히려 그는, 환멸이 끝 간 데에서 죽음을 판돈 삼아 다시 삶과 내기를 벌이는 어떤 견딤의 자세를 통해 미래를 바라본다. "현존하는 것을 그[파괴적 성격]은 파편으로 만드는데, 그것은 파편 그 자체를 위해서가 아니라, 그 파편을 통해 이어지는 길을 위해서다."[3]

그러니까, 누가 뭐래도 어김없이, 되풀이해서 새 시대는 오고야 마는 것이다. 시단에도 2000년대라는 논쟁의 시대는 가고, 2010년대라는 새 시대가 도래했다. 물론 문학사를 10년 단위로 분절해 정리하려는 행위가 인습과 관행에 불과하다는 지적은 상식에 속할 것이다. 하지만, 불행히도

---

2) 발터 벤야민, 반성완 편역, 「파괴적 성격」, 『발터 벤야민의 문예이론』, 민음사, 1983, 30쪽.
3) 위의 글.

인간은 인습임을 알면서도 그 인습이 제공하는 달콤한 기대 지평의 환영에 기꺼이 매혹 당하고야 만다. 이 자발적 매혹은 불가피하다. 미래에 대한 환상과 환멸의 되풀이를 통해서만, 현재를 새롭게 재구성하는 방법을 탐색할 수 있으니 말이다.

최근에 첫 시집을 상재한 세 시인들을 읽으면서 우리는 이와 비슷한 태도를 목격할 수 있다. 이들의 특징을 오롯이 하나의 세계관으로 요약하는 것은 불가능하겠지만, 최소한 이들의 시적 언어가 주어진 생에 대한 변화의 의지도, 새로움에 대한 예감도, 미래에 대한 충만한 바람도 없이 그저 당면한 생을 견디고 있다는 공통점을 발견할 수 있다. 미래파라는 이름으로 통칭되던 2000년대의 젊은 시들에서 우리가 읽어냈던 것과 달리, 그녀들의 시에서 파괴와 위반과 탈주로부터 무의식적으로 얻어지는 희희낙락의 태도를 좀처럼 감지할 수 없는 것은 그 때문이다. 가령, 2000년대의 어떤 시들이 '나'라는 표지를 통해 끊임없이 '나'(자아) 자체의 무력화를 도모하는 산개형(散開形)의 자유를 구가하던 것에 비해 이들의 시적 화자들은 나를 부정하거나, 나를 포기하기보다 차라리 그 무력함을 견디기를 결심한 듯하다. "이것이 나라면, 나는 나를 견디는 것이다. 이 결심의 무한한 휘발성이, 자네는 보이는가"(정한아, 「론 울프씨의 혹한」)라 고백하거나 "나는 나를 찾고 있어요……아아……/목소리는 나오지 않고 우악스러운 괴성 칵칵 터"(김윤이, 「아무 곳에도 없는 사람들」)지거나, "내가 나밖에 될 수 없어 괴롭"(이제니, 「유리코」)다고 토로한다. 무엇이 이들을 그리 고통스럽고 괴롭게 만드는가? 이들은 무엇을 견디고 있으며, 과연 우리는 그들로부터 어떤 형태의 한국 시의 미래를 볼 수 있는가.

환멸의 수사(修辭/修士): 정한아 『어른스런 입맞춤』

"살아서 돈다는 것과 돌아서 죽는다는 것"(「그리스도의 순환」)만이 전부인 세상, "돌고 돌리고/먹고 먹히"(「당신은 이제 좀 지쳤어요」)는 관계만이 유일한 삶의 형식으로 남은, 신마저 순환의 수난에 처한 이 따분한 강박의 세상에서도 여전히 새로움에 대한 희망, 미래에 대한 전망을 품는 것은 가능한가? "19세기와 20세기와 21세기는 완벽합니다" 세상이 그야말로 유토피아 같기 때문이 아니라, 그 무슨 변혁과 혁명의 기도에도 불구하고 "어떤 식으로든 안녕"한 세상의 무심함 앞에서, 더 이상 "할 말이 없"기 때문이다. 그러니 "우리는 우리 말고는 배제할 것을 찾지 못했"(「고구마 연구실」)다는 무력한 결론과 "그때 알게 되었어 내게는 태도가 없다는 걸 이 결정적인 결핍을 어떻게 위장해야 좋을까"(「독감유감」)라는 치명적 깨달음에 봉착할 수밖에, 별도리가 없는 것이다.

정한아의 첫 시집 『어른스런 입맞춤』에는 그렇게 세상을 향하여 자신만만하게 태도를 취하는 것이 불가능해졌다는 "이 결정적인 결핍"에 직면한 '나'의 절망과 적의의 칼날들이 곳곳에서 번뜩이고 있다. 이를테면 탈근대의 세계에서 신, 세계, 영혼 따위를 논한다는 것은 그 얼마나 촌스러운 일이겠는가. 그런데 어찌된 사연인지, 시인은 세련된 위장술을 택하는 대신 신, 세계, 영혼에 대한 불신과 회의를 거듭하면서도 끝내 그것들을 쉽게 포기할 수 없다는 듯, 어떤 끈질긴 정신적 악전고투를 선택한다. 마치 "퓨즈가 녹지 않는 두꺼비집"(「거울 속의 잠」)처럼, 그녀의 시적 화자는 정신의 병목현상에서 힘겹게 삐져나온 독백적 발화들로 뜨겁게 과열되는 중이다. 독백이라 했거니와 전반적으로 그녀의 시적 진술들은 말 그대로 진술적인 성격이 다분한데, 이것은 정한아의 텍스트가 지닌 매력이 감각의 운용술이나 이미지들의 배치 등에서 비롯되는 것이 아니라 바로 저 '나'로부터 거칠게 솟아나는 진술들의 장악력에서 기인함을 뜻한다. 들리는가. 살아있음의 지긋지긋함을 무력하게 토로하는 "가시 돋힌 혓바닥"(「비애의 대가」)의 환멸어린 비애의 독백들이.

우리를 웃게 하는 것이 끝내는
우리를 울게 한다 그것이
중독의 정해진 회로
우리는 얼마나 많은 불행을 견디어낼 수 있는가
우리는 진화의 극점에 있다
더는 나올 돌연변이가 없다고 판단했을 때
지긋지긋하게 새로운 약물이 도착했다
얼리어답터들의 혀끝에서 시험되는
또 하나의 모더니티 엄마,
이게 그거였으면 여기가 거기였으면
엄마가 계모였으면, 해
쟤가 나였으면 내가 딴사람이었으면 이 모든 게
무(無)였으면, 해
여기가 천국이었다면 나는
태어나지 않았겠지 그것도
괜찮다고, 해, 엄마,
제발제발제발나를낳아주세요, 라고
우리는 빌지 않았지만
빌어먹을 삶
민주주의의 스승들은 언제나
네 맘대로 하렴, 자상한 음성으로 말했지
하지만 모든 걸 취소하는 건 너무나 힘든 일
자기를 포함한 모든 것과 싸우고 있는 이
독, 정수일까 궁지일까
우리는 울다가 웃는다
우리는 얼마나 많은 불행을 견디어낼 수 있는가
견딜 수 없을 때 견디지 않는 건

너무나도 쪽 팔리는 일이니까
우리는 필사적으로 웃고 있지만

—「쪽 팔리는 일」 전문

세상은 빤한데, 이 빤함으로부터 벗어날 전망은 요원하기만 하다. 필사적으로 "중독의 정해진 회로"를 따라 "진화의 극점"에 도달하려 애쓰고, 매순간 따분함을 일시적으로 타개시킬 "새로운 약물"이 도착할 터이지만 그것도 "지긋지긋" 반복되는 "모더니티"의 연례행사 같은 것임을 우리는 잘 알고 있다. 어차피 이 "빌어먹을 삶"이란 "외로워 죽거나 지겨워 죽거나"(「그렇지만 우리는 언젠가 모두 천사였을 거야」) 둘 중 하나라서, 우리에게 남은 길은 말하자면 "필사적으로 웃"으며 "불행을 견디어"내는 것뿐인지도 모르겠다. 이 같은 시적 화자의 냉소적인 독백은 소위 보편적 이념과 가치에 대한 믿음이 사라진, 21세기 (포스트)모더니티를 살아가는 이들의 정신적 풍경과 흡사하다는 점에서, "우리는 모험 없는 화석"(「부루의 뜨락」)이라 자청하는 이들과의 세대론적 동질성을 보여주는 징표이기도 하다.

그러나, 그것이 전부가 아니다. 정한아가 견지하려 애쓰는, 일견 환멸적인 태도는 단순히 현실에 대한 냉소와 조롱의 일환으로 치부될 수 없다. 이를테면 "견딜 수 없을 때 견디지 않는 건/너무나도 쪽 팔리는 일이니까"라는 기묘한 문장이 적시하고 있는 것도 바로 그러한 시적 화자의 복잡한 태도라 할 수 있다. 시쳇말로, 쪽팔리지 않으려면 견딜 수 없는 모더니티의 허무조차 견뎌내야 한다. 왜 그런가?

세계를 향한 환멸에 내재되어 있는 진정한 비극은 세계의 보편적 진보를 믿을 수 없다는 것에서 비롯되는 것이 아니라, 그 환멸의 대상 없이 우리는 도대체 하루라도 살 수 없는 존재라는 데에서 연유하는 것이기 때문이다. 우리가 그토록 부정하려 했던 촌스러운 주제들, 그러니까 신, 세계, 영혼, 자아, 타자, 진보 등을 제아무리 세련되게 논파하더라도, 그것들을 끝내 물리치는 것이 불가능하다는 뜻이다. 이를테면 신을 부정하던 화자가 어느 순간 "하마터면/하느님!/외칠 뻔"(「어떤 기도」)할 때가 있는 것처럼, 일상 속에서 부정하던 그 모든 보편에 대한 믿음들이, 예외상태에 처할 때 거듭 회귀하기 마련이다. "무신론의 진정한 공식은 '신은 죽었다'가 아니라 '신은 무의식이다'"(라캉)라는 정신분석학자의 흥미로운 전언처럼, 보편성을 신뢰하는 것도 어렵지만 그들에 대한 믿음을 전적으로 철회하는 것, 마치 무의식처럼 내재화된 신앙의 뿌리를 완벽히 소거하는 것역시 불가능한 일이다. 가령, 타인에 대한 사랑이 그러한 것처럼.

이곳에 바닥도 천장도 없다는 것을 알게 되었을 때, 있어야 한다고 믿지도 않게 되었을 때, 비로소 우리는 진공상태에서도 살아남는 법을 배웠다고, 아틀란티스인처럼 물속에서도 숨을 쉴 수 있게 되었다고, 언제나 그래왔다고, 우주인이 화성에 가도 출구 따위는 없다고, 그러니까 우리가

완전히 체념했을 때, 썩은 동아줄, 재크의 시퍼런 콩나무, 팔다리 없는 무지개 너머에도 바깥은 없고 발바닥은 아둥바둥 두 팔은 지푸라기처럼 꺾인 너의 목을 끌어안고 어푸 어푸 (사랑해 사랑해) ((살려줘 살려줘))

눈은 왜 있는 것일까 바늘 같은 햇살 — 이 거대한 감옥에 저런 구멍은 왜 뚫어놓았담 사슴벌레들은 우아한 뿔을 곤추세우고 바퀴들은 지엄한 의장을 갖춘 채 너의 콧구멍 속으로 도열해 들어가는데

왜 우리는 돌이 아닐까 왜 내가 던진 돌팔매는 죄 소리가 안 날까 너의 머리칼 새에 날아드는 고비사막의 모래 속에서 지쳐 쓰러진 낙타의 황망한 울음소리 어떻게, 어떻게, 어떻게, 종치는 세계의 황혼

이 시대는 망했어 너도 나도 그들도 진짜 같은 짝퉁 소금 같은 모래 양 같

은 염소 천국 같은 지옥 (새/헌)엄마와 (새/헌)아빠 — 결혼하지 마세요 저를
낳지 마세요 자아 저는 이대로 탯줄을 목에 감고 조용히

[선택한 파일을 삭제하시겠습니까?]

응, 난 센서가 좀 고장 났으면 싶은데 하드가 뜨거워 폭발할 것 같아 딴 걸
로 바꿔 끼웠으면

하 선생 말 들었어? 거기서 나오는 게 아니라 어떻게 잘 들어갈지가 문제
라는데,

왜 나는 돌이 아닐까 썩어서 따뜻한 거름이 안 될까 왜 여전히 눈은 부시고
입술은 미풍에 벌어져 너의 손톱도 쓱싹쓱싹 자라는지 알고 싶을까 진짠지
아닌지 자꾸만 깨물고 싶을까

아무것도 아닌 모든 것에 베이는 나의, 혀,형제와 혓바늘과, 제 출생을 근
심하는 투명한 지,집벼룩의 간과 쓸개와

이 더러운 새벽,순결한 것은 오직 내일의 폐허 위 간신히 몰래 내리는 피,
피곤한 빗소리—얇은 흔들림

—「타인의 침대」 전문

위 시의 화자는 "바닥도 천장도 없"는 "진공상태에서도 살아남는 법을
배웠"을 때, 그러니까 완전한 "체념"으로 생을 일관할 수 있다고 자신했
을 때 불연 엄습하는 생에 대한 의지를 발설하고 있다. 그러나 그것은 적
극적인 의지의 소산이라기보다는 더 깊은 체념과 환멸에서 우러나오는
것이다. 다시 말해, 세계의 바깥을 거절하던 화자가 "이 거대한 감옥" 안
으로 끝내 비집고 들어오는 "바늘 같은 햇살", 즉 타인의 기미를 느끼지
않을 수 없다는 것이고, 그럴 때마다 "왜 나는 돌이 아닐까 썩어서 따뜻

한 거름이 안 될까 왜 여전히 눈은 부시고 입술은 미풍에 벌어져 너의 손
톱도 쓱싹쓱싹 자라는지 알고 싶을까 진짠지 아닌지 자꾸만 깨물고 싶을
까"라는 내 안의 욕망에 시달리지 않을 수 없다는 것이다. "아무것도 아
닌 모든 것에 베이는 나"의 나약함을 간증하지 않을 수 없거니와, 사랑으
로부터 도망치고 싶고 사랑으로 구원받고 싶은 시적화자의 양가적인, 그
지리멸렬하고 절박한 의식이 드러나는 것이다.

"사랑해본 자의 생활은 지옥일 거야/환멸은 계속되는 사랑일 거야/믿
음은 열어도 나갈 수 없는 바깥일 거야"(「이웃사랑의 위생관념」) 그렇기
때문에 사랑은 우리로 하여금 환멸의 지옥으로 떨어지게 만들고, 그 지옥
에서 우리는 환멸을 거듭하다, 그 환멸의 연원이 숨겨진 사랑과 믿음이
서로 다르지 않다는 것을 깨닫는다. 이 무한한 순환의 강박적인 반복의
고리를 끊어낼 수 없다면, 차라리 "거기서 나오는 게 아니라 어떻게 잘
들어갈지가 문제"일 수 있다. 시인 역시 그 사랑의 불가피성을 받아들임
으로써, 다시 보편성의 심해 속으로 기꺼이 뛰어든다.

　　이건 나/너의 세계 하필이면, 심해
　　어떻게 나/너는 그렇게 춥고 캄캄하고 척척한 곳에 살고 있는 거라지? 얼
마나 오랫동안 있었기에 나/너는
　　눈이 멀고, 울퉁불퉁 추한 몸뚱이를 가지게 되었나? 그, 미끼처럼 달고 있
는 가짜 등불은
　　언제 발명했나? 백 년 전? 천 년 전? 몇 개의 문명이 멸망하기 전?

　　나/너의 못생긴 무서운 사랑을 얼떨결에 받아들고
　　너/나는 운다 슬프다 못생긴 무서운 사랑이 네/내 손주박 안에 담겨 있다
받아먹을 수 없는
　　더러운 사랑이 악취를 풍긴다 사랑이
　　못생기고 무섭고 더러운데 던져버리지 못하고

(중략)

너/나의 영혼은 썩지 않을 텐데 (썩지 않을까?)
나/너의 영혼은 네/내 껍데기 속에 살지 않는데 (살지 않을까?)

중천을 떠도는 원귀처럼 떠나지 않는, 이 타르 괴물 같은
아으, 끈적하구나, 정말, 엿같이
네/내가 언제 나/너와 이렇게 단단히 붙어먹은 거니? 그러니까
이거, 네/내 건가? 알고 보니 네/내 세계인가? 네/내가 부인해온, 네/내 심
장의 벌거벗은 진상?

— 「하필, 사랑」 부분

그런 점에서 정한아가 사랑에 대해 말할 때, 아울러 타자인 이인칭 '당
신'을 호명할 때, 그 언술들에 도사리고 있는 감정은 애잔함도 슬픔도 비
극도 아닌, 정체모를 불가피함과 불가항력의 복합적 총체 같은 것이다.
하필이면, 너와 내가 "없지 않고 있다니!" "정말, 엿같이", 나를 놔주지
않는 끈적끈적한 충동들을 걸러낼 수가 없는 것이다. 사랑을 신뢰하지 않
으면서도 끝내 "못생기고 무섭고 더러운데 던져버리지 못하고", 또다시
그 사랑에 기대어 삶에 대한 일말의 기대를 재충전하는 우리의 가망 없는
삶 속에서만, 삶의 시간이 겨우 연명될 수 있는 것이다. "놀라워라/아무
진심도 말하지 않았건만/당신은 나에게 동의하는군!"(「어른스런 입맞춤」)
시인의 놀라움은 그러므로 복잡다단한 감정선들이 내포되어 있을 수밖에
없다. 그것은 진심을 말하지 않는데도 예의바르게 동의하는 당신에 대한
냉소와 더불어, 우리는 언제나 서로를 오해하는 구조 속에서만 타자를 이
해할 수 있을 것이라는 기대 등이 환멸어린 어조 속에서 동시 다발적으로
표명되어 있는 것이다.
　　그렇게 구원에 대한 예감도 종말에 대한 절망도 없이, 믿음 없이 불신

없이, 살다 보면 때로 희망도 다시 차오르고, "찰나가 영원을 잡아먹는 그런 사랑"(「작년의 포플러가 보내온 행운의 엽서」)도 경험하지 않겠는가? 물론, 사랑의 에피파니도 "언젠가는, 불태워지"는 "가엾은 것들"(「어떤 기도」)이 빚어내는 환상이겠지만, 어쨌거나 이 찰나에 대한 환상과 허무 사이를 영원히 배회하면서 환멸의 수사(修士)는 또다시, "하필, 사랑" 때문에 영원히 오지 않을 "불가능할 미래"(「일요일의 방파제가 가져다준 것」)를 향하기 시작한다.

> 오늘은 언제나 마지막 오늘,
> 갈 데까지 가다오
> 멀리 돌아 와다오 더러운 사랑
>
> ——「떠도는 별」 부분

매일매일 이별하는: 이제니 『아마도 아프리카』

이제니의 시 텍스트들에서 만져지는 말들의 물질성이 독특하다는 사실을 지적하는 것은 새삼스러운 일이다. '뵈뵈', '사몽', '홀리', '요롱', '밋딤' 등 언뜻 무의미한 옹알이처럼 들리는 단어들의 음성학적 자질만으로도, 말들로 하여금 오롯이 질주할 수 있도록 의미론적 트랙들을 매번 다양하게 가설하는 시인의 재주는 볼수록 놀랍고, 들을수록 감각적이다. 권혁웅이 그녀의 첫 시집 『아마도 아프리카』의 해설에서 "형용사와 부사의 존재론"이라고 요약한 것처럼, 그녀의 시들이 지니고 있는 미적 특이성은 명사를 형용사와 부사의 기능으로 전치시키는 과정에서 발생하는 언어적 운동성에 있다. 그녀의 시를 읊조리고 있으면 완고하게 정착되어 있는 하나의 개별화된 사태의 윤곽이 차츰 흔들리기 시작하고, 급기야 저마다 자율적으로 제 격자를 벗어나 운동하는 것 같은 환시(幻視)의 파노라마를 경험하게 될 것이다. 그 무슨 숙연한 대의와 야망 따위들은 제쳐두고서, 우선 가령 "나는 지금 죽지 않기 위해 말을 하는 것이다. 죽지 않기 위해"(「네이키드 하이패션 소년의 작별인사」)라는 고백에 고여 있는 슬픔이 계속해서 독자의 덜미를 잡아채는 까닭 역시 그 때문이거니와 시라는 것이 '말과의 자유로운 놀음'이라는 소박한 진실을 이렇게 여실히 보여주는 사례도 많지는 않을 것이다.

하지만 말이야 바른 말이지, 말놀이 자체가 곧바로 시가 될 수는 없는 법. 그녀의 텍스트가 말놀이를 하는 가운데 소위 '시적인 것'을 끊임없이 창안해내고 있다면, 여기에는 보다 특별한 사연이 숨겨져 있을 가능성이 농후하다. 말하자면 저 말들의 반복적 운동성이 한편으로는 의미로부터의 자유와 해방의 쾌락과도 통하지만, 그 반복이 라캉이 말한 '자기 절단(autotomy)'의 절차에 가까우며, 따라서 이제니 시가 유발하는 즐거움과 아름다움이 어떤 근본적인 고통에서 배어나오는 것임을 직관할 필요가 있다는 것이다. "나는 지금 죽지 않기 위해 말을 하는 것이다. 죽지 않기 위해"(「네이키드 하이패션 소년의 작별인사」)라는 고백에 고여 있는 슬픔이 계속해서 독자의 덜미를 잡아채는 까닭 역시 그 때문이다. 독자가 시인의 "뜻 없는 문장들의 뜻 없는 의미를 뒤늦게 알아차리는 일"(「공원의 두이」)은, 언어에 내장되어 있는 어떤 원초적인 고통의 기억("뜻 없는 의미")을 추인(追認)하는 일과 같다.

블랭크 하치. 내 불면의 밤에 대해 이야기해준다면 너도 네 얼굴을 보여줄까. 나는 너에 대해 모든 것을 썼다 모든 것을. 그러나 여전히 아직도 이미 벌써. 너는 공백으로만 기록된다. 너에 대한 문장들이 내 손아귀를 벗어날 때 너는 또다시 한줌의 모래알을 흩날리며 떠나는 흰빛의 히치하이커. 소리와 형태가 사라지는 소실점 너머 네 시원을 찾아 끝없이 나아가는 블랭크 하치.

언제쯤 너에게 가 닿을까. 언제쯤 목마름 없이 너에 대해 말할 수 있을까. 공백 여백 고백 방백. 네가 나의 눈을 태양이라고 불러준 이후로 나는 그늘에서 나왔지. 태양의 눈은 마흔다섯 개. 내 자신을 돌이킬 수 없는 얼룩이라고 생각했던 날들로부터 아홉 시간 뒤였다. 이후로 나는 타인의 눈을 바라보는 습관을 가지고 마음을 읽는 연습을 했지. 그러나 나는 공기와 물이 혼재된 별자리. 혼돈의 숙명을 지닌 채로 태어났고 그것만이 내 유일한 자랑. 눈이 불타오른다. 눈이 불타오른다. 눈이 먼다는 것은 뜨거운 불을 품는 일의 대가. 태양이 강물처럼 매순간 너의 벗은 등을 씻어내린다. 같은 강물에 한 번조차도 발을 담글 수 없다는 듯이. 어쩌다 우리는 소멸하는 방식으로 스스로를 증명하는 사람이 되었을까. 지상에 집을 짓지 못하고 허공에 매달린 채로 이곳과 저곳 사이에서만 몸을 누이는. 블랭크 블랭크. 너의 야윈 등이 보이고 마른 뼈들과 뼈마디의 적막과 그 적막이 내뱉는 힘줄보다 질긴 고백. 블랭크 하치. 실패한 곡선에도 밤은 올까. 너는 단 한번도 똑같은 표정을 지은 적이 없고 나는 너에 대해 말하는 일에 또다시 실패할 것이다. 내가 기록하는 건 이미 사라진 너의 온기. 체온이라는 말에는 어떤 슬픈 온도가 만져진다.

—「블랭크 하치」 전문

　위 시에는 인간이 감내해야 하는 어떤 근원적인 어긋남과 실연(失戀)의 사태가 아름다운 구문적 리듬으로 실연(實演)되고 있다. "나는 너에 대해 모든 것을 썼다"라는 완료형 문장에 배어 있는 시적 화자의 낭패감은, 그 모든 수단을 동원하더라도 '너'라는 타자의 영역은 "여전히 아직도 이미 벌써", 즉 영원히 "공백으로만 기록"될 수밖에 없는 존재라는 사실에서 비롯되었을 것이다. 그런데 흥미로운 점은 이 낭패의 상황을 이해하고 기술하는 과정에서도 "소실점 너머 네 시원을 찾아 끝없이 나아가는 블랭크 하치"의 운명이 고백되고 있다는 사실이다. 왜 시인은 저 "끝없이" 이어질 수밖에 없는 반복을 수락해야만 하는가.

　그녀의 시적 충동이 반복을 이끄는 욕망의 대상으로부터 비롯되는 것 아니라, 사실 반복 그 자체를 원하는 데에서 발생하고 있음을 눈치 챌 필요가 있다. 그녀가 만들어내는 리듬이 단순히 시적 진술의 내용들을 장식적으로 보조하는 수단에 그치지 않는 까닭도 그 때문이다. 그녀가 실제로 갈망하는 것은 '너' 혹은 '너'의 부재가 아니라 '부재'로서의 너인 것이다. 라캉이 인간이 행하는 무의미한 반복 행위를 설명하기 위해 전유했던 프로이트의 개념, '표상의 대표자(Vorstellungsrepräsentanz)'처럼 "공백 여백 고백 방백"의 방식으로 지속되는 그녀의 언어적 반복 행위는 절단된 주체의 일부분을 계속 내던지면서, 영원히 표상될 수 없는 부재로서의 "너"를 가까스로 환기하려 노력한다. 무엇이 절단인가? 이제니가 만들어 낸 그 요령부득의 특이한 단어들이 바로 그처럼 언어라는 신체로부터 쪼개져 나온 몸의 일부분인 것이다. '뵈뵈', '사몽', '홀리', '요롱', '밋딤'. 이러한 단어들은 프로이트의 손녀가 가지고 놀던 실패꾸러미처럼 그 자체로는 무언가를 상징하거나 지시하지 않으나, 이 무의미한 '기표'를 반복적으로 내던짐으로써, 어딘지 모르게 찰나적으로 궁극의 의미와 대면하게 만드는 것 같은 느낌을 제공하는 것이다.

이를테면 "블랭크 하치"의 경우 하치는 그 자체로 뜻 없는 단어이다. 그러나 "하치"라는 말이 지닌 묘한 어감의 반복 덕분에 직관적으로 그것이 무기력한 실패가 아니라, 전진(march)하는 부재(blank), 부화(hatch)하는 간극(blank), "죽어가면서 태어나고" "지워지면서 되살아나"(「녹색 감정 식물」)는 공백의 느낌을 형성하는 데 일조한다는 것을 깨달을 수 있다. 말하자면, 의미의 부재를 겨냥하는 것이 아니라, 부재의 의미를 실패로서 생산하는 것에 가까운 것이다. "마른 뼈들과 뼈마디의 적막과 그 적막이 내뱉는 힘줄보다 질긴 고백. 블랭크 하치." 완전한 있음도 없음도 아닌, 있음의 형적(形迹)에 가닿으려는 충동이 '나'를 움직이게 하는 근원이며, 그 과정에서 "이미 사라진 너의 온기", 그 "슬픈 온도"가 만져지는 것이다. 오로지 "소멸하는 방식으로"만 은은히 환기될 수 있는 부재, 즉 무의

미의 의미 말이다.

　이러한 시 앞에서 재현 불가능성, 언어의 한계와 같이 사태를 총괄적으로 봉합하는 말들은 무력하기 짝이 없다. 왜냐하면 그러한 개념적 정리 자체가 '부재'와 '무'를 의미의 블랙홀 쪽으로 끌어당기게 만드는 행위와 다를 바 없기 때문이다. 그것은 오직 지시가 아니라 암시와 환기의 방식으로, 반복의 경로를 통해서만 겨우나마 직관된다. "태어나는 순간부터 떠나고 싶"(「독일 사탕 개미」)어하는 그녀의 말들은 "적막이란 적막 이전에 소리가 있었다는 말"(「코다의 노래」)이라는 예감에만 의지하여, 마침내 의미의 "실패"를 적시하면서 동시에, 이 실패를 곱씹고 되새김질하는 과정을 통해 영원히 닿을 수 없는 저 최초의 부재, 선험적인 간극을 둘러싼다.

　이제니의 시에 상실의 모티프나, 고향에 대한 그리움이 자주 등장하는 이유는 그러한 맥락에서 이해될 수 있다. 그녀의 노스탤지어는 고향을 유토피아의 수준으로 투사시키는 퇴행적 욕망으로부터 비롯된 것이 아니라, 언어가 탄생하기 위해서 선험적으로 존재하는 어떤 필연적 간극과 부재를 대면하겠다는 충동에 가깝다.

> 내 인식의 페이지는 언제나 나의 경험을 앞지른다. 페루 페루. 라마의 울음소리. 페루라고 입술을 달싹이면 내게 있었을지도 모를 고향이 생각난다. 고향이 생각날 때마다 페루가 떠오르지 않는다는 건 이상한 일이다.
>
> ―「페루」 부분

> 코끼리 사자 기린 얼룩말 호랑이
> 멀리 있는 것들의 이름을 마음속으로 부를 때
> 나는 슬픈가 나는 위안이 필요한가
> 아마도 아프리카 아마도 아주 조금
>
> ―「아마도 아프리카」 부분

‘페루’와 ‘아프리카’는 바로 그렇게, 언어로는 영원히 포착될 수 없는 그 최초의 고향, 그러니까 “영원히 되찾을 수 없는 언어의 심연”(「별 시대의 아움」)이자 언어를 비로소 언어로 구성하게 만드는 최초의 간극을 대리하기 위해 동원된 표지이다. 다시 말해, 그것들은 상징이나 은유의 방식으로 궁극의 의미를 정박시키려는 고전적인 시적 기획의 그것과 구분된다. “내 인식의 페이지는 언제나 나의 경험을 앞지른다”고 했거니와, 구체적인 감각어(가령 페루)가 보편적인 의미어(고향)를 언제나 앞지르는 방식으로, 일종의 어긋남을 발생시키면서 상실의 느낌을 더욱 강화시키는 것이다. 그러니 “페루라고 입술을 달싹이면” “있었을지도 모를 고향이 생각”나지만 “고향이 생각날 때마다 페루가 떠오르지 않”을 수밖에 없는 것이다. 개념어에 복속되기를 저항하는 절단된 신체어들이 바로 이제니 시의 주인이기 때문이다. 마찬가지로 “코끼리 사자 기린 얼룩말 호랑이”처럼 저 “멀리 있는 것들의 이름을” 부를 때, 그리고 “아마도 아프리카”라는 말을 독자가 들을 때, 어쩐지 미묘하게 슬퍼지는 까닭도 같은 이유에서이다. 그녀가, 매일 이별하며 살고 있기 때문이다.

그렇기 때문에 그녀의 시에서 제시되는 풍경은 언뜻 지금—여기의 현실적 리얼리티가 결여된 그저 말들로만 이루어진 세계 같을지 모르지만, 어쩌면 그보다도 원초적인, 그리고 기원적인 상실의 감정으로 독자를 초대하는 것인지도 모른다. 생경한 단어의 조합으로 빚어지는 언어적 정경들은 현실에서는 도저히 파생될 수 없는 사태이나, 그 정경이 반복됨에 따라, 실제적이고도 생생한 파노라마를 본 것 같은 착각을 주는 것이다. 말하자면, 그녀의 말이 오가는 모든 자리마다 인간에게 근원적으로 내재되어 있는 선험적인 잃어버림의 순간이 만들어지는 중이다. 프로이트의 손녀가 행했던 순진무구한 반복 놀이에 인간의 가장 원초적이고 깊은 상실의 체험이 번뜩이고 있듯, 이제니의 생기발랄한 말들의 행보 덕분에 우리는 결국 인간이 말을 한다는 것이 그토록 처절하게, 매순간 고아의 외로움을 견디는 일과 다를 바 없다는 사실을 깨닫게 한다. 이별 없이는, 단 하루도 살아갈 수가 없는 것이다.

> 결국 어미 없이 혼자 서 있는 말
> 고아의 해변에서 고아의 말을 내뱉으며
> 혼자 울면서, 울면서 혼자 달려가는 말
>
> ―「고아의 말」 부분

설익은 서정: 김윤이『흑발 소녀의 누드 속에는』

김윤이의 첫 시집『흑발 소녀의 누드 속에는』을 읽는 것은 확실히 낯선 체험을 반복하는 일과 같다. 언뜻 보기에는 생활의 구체적인 세목들이 적혀 있고, 일상의 풍경을 묘사하는 방법으로 시의 무대를 마련하며, '가마우지', '따개비', '아욱국', '성에꽃', '자귀나무' 등 소위 '한국적 서정'의 애호품목으로 장식될 법한 소재들을 등장시키는데도 끝내 "함부로 읽힐 수 없는 생이라고/그처럼 따닥!"(「조개」) 제 몸을 닫는 패류(貝類)처럼, 텍스트의 육체는 여간해서 제 영혼의 비밀을 쉬이 토로하지 않는다. "나는 길이 되기보다는 차라리 숲이 되고 싶소"(「라라,」)라는 선언에서 은연중에 공시되듯 독자는 그녀의 시집에서 의미의 가로(街路)를 통해 익숙한 메시지에 도달하는 대신, 난만(爛漫)한 감각의 숲에서 길을 잃은 이방인의 허방한 처지에 놓이는 경우가 다분할 것이다. 그런데, 공교롭게도 이러한 독자의 미혹과 미욱함이 의미 채집의 실패를 적시하는 것일 수도 있지만, 때로는 텍스트의 속살을 즐기기 위한 가장 정직한 경로일 수도 있다는 것이 그녀의 시가 지닌 비밀 중 하나이다. 왜냐하면 현기증에 가까운 독서 체험 자체가 김윤이의 시적 화자들이 앓고 있는 어떤 고통의 근원을 짐작하는 길일 수 있기 때문이다. 예컨대, 그녀의 첫 시를 보라.

> 파란, 오렌지
> 둥근 탁자 위에
> 누가 저며놓았나
> 즙액이 흐르네
>
> 식탁을 마주하고 있는 동안
> 화병의 물은 한정없이 썩어가고
> 장미꽃잎 한 점
> 눈꺼풀처럼 스르르 떨어지네
> 어항 속의 금붕어는
> 빨간 아가미로 떠다니고
>
> 탁자 위의 파란, 오렌지
> 누가 저며놓았나
>
> 빨간 살점 헤적이며
> 꽃은 피어나고
> 꽃숭어리 부레처럼 부풀어오르네
>
> 작은 물고기 잘바닥잘바닥
> 밤새 빨간 두 눈으로 앉아 있는 동안
>
> 오렌지는 파랗네
> 슬픔은 여태 익지 않았네

— 「오렌지는 파랗다」 전문

위 시는 그녀의 시집으로 들어가는 입구이면서, 동시에 앞으로 그녀가 난개(爛開)시켜나갈 텍스트의 미학적 향배를 가늠케 하는, 어떤 근원적인 풍경이 내장되어 있는 장소이기도 하다. 겉으로는 그녀의 시들 중에서 가장 정적(靜的)인 인상을 주는 묘사시 계열의 하나인 것처럼 보이지만, 자세히 되풀이해서 읽다보면 시적 주관의 감관에 아주 깊은 균열의 흔적을 살펴볼 수 있기 때문이다. 어떻게 그런가?

"슬픔은 여태 익지 않았"다. 단도직입적으로 묻자. 슬픔은 언제 무르익는가. 슬픔이 더 이상 미쳐 날뛰지 않을 때, 그러니까 주체가 스스로의 정념을 대상화하고 비유를 동원하여 하나의 의미의 등가물로 빚어내는 순간, 우리는 슬픔이 무르익었음을 비로소 자각한다. 그러므로 보통 '슬프다'고 토로할 수 있을 때 그것은 극복된 슬픔일 가능성이 농후한 것이다. 반면, 지나치게 아프고 고통스러운 나머지 그 감각들을 적절하게 배치시킬 능력이 사라져 버리는 순간이 있다. 그 감각들의 순도가 이들을 조화롭게 총괄하려는 통각(統覺)의 능력을 초월해버리고, 이미지와 감각이 더 이상 의미화를 위한 주관의 동원령에 일사불란하게 응답하지 않기 때문이다.

위 시에서 이를 은밀하게 보여주는 것이 "여태"라는 지연의 사태를 환기하는 시간 부사와 "파란, 오렌지"의 쉼표이다. 이 두 요소는 순수 묘사로 일관되던 위 텍스트에서 유일하게 시적 화자의 주관적 지향성이 개입되는 표지라 할 수 있는데, 이 표지들에 의해 정갈하게 배치되어 있는 위 시의 이미지 흐름에 균열의 기미가 관찰되기 시작한다. 가령 '파란 오렌지'가 아니라 구태여 "파란, 오렌지"로 서술됨으로써 두 가지 효과가 파생된다. 첫째는 독자의 읽기 흐름상 전자에 비해 시간적 분절이 발생한다는 것이고, 둘째는 파란이라는 형용사가 환기하는 설익음의 사태와 묘사 대상인 오렌지 사이에 일종의 간극이 형성된다는 것이다. 다시 말해, 파란이라는 단어가 오렌지의 속성으로 귀속되는 것이 아니라, 쉼표가 일으킨 시간적 지연에 힘입어 보다 독립적인 지위를 구가하는 형국으로 남은 셈이다. 여기서 우선 지각된 감각과 주관 사이의 불협화의 기미가 은근히 암시된다. 이 암시는 어떤 행동이나 일이 이루어져야 했음에도 그렇게 되지 못했음을 내포하는 "여태"라는 부사가 마지막 문장에 추가됨으로써, 더욱 가시화되기 시작한다. 무슨 뜻인가? "밤새 빨간 두 눈으로 앉아 있는 동안"이라는 말로 미루어보건대, 화자는 꽤 오랜 시간 동안 저 대상들을 관찰하는 중이었을 것이다. 시간이 흘러 화병의 물이 썩고, 꽃은 피어나고, 금붕어는 헤엄치고, 나의 눈은 빨개지는데 오렌지는 여전히 파랗고 나의 슬픔은 "여태" 여물지 않는다. 그러니까 화자의 내밀한 바람이 시간적 지연의 형태로 노출되면서, 위에서 묘사된 모든 사태가 주관의 감관을 거스르고, 저항하는 시간들임이 드러난다. 대상 세계와 주관 사이의 미묘한 불일치가 여물지 않은 시간성의 개입을 환기하고, 나아가 모든 묘사된 감각들로 하여금 독립적으로 개개의 생동감을 보존토록 만든 시적 원동력인 셈이다.

비유컨대 김윤이의 시적 화자는 슬픔과 고통이 더 이상 통어되지 못하는 순간을 견디는, 고장난 통각(統覺)을 지닌 주체다. 덕분에 그녀의 시에서는 "문장이 느닷없이, 멈추는, 예기치 않은 시간"(「빨강머리 Anne」)이 종종 발생하고, 화자는 "이 상황을 끌고 갈 진술이 부족하다"(「지상생활자의 수기」)고 고백한다. 급기야 "내레이션 증폭시키는 소형마이크를 삼킨"(「콰이어트룸에서 만나요」) 질서를 잃은 시적 화자의 수다한 진술들이 난방향으로 난사되니, 마치 "기관이 신체를 사육"(「지상생활자의 수기」)하듯 통제되지 못한 감각들이 주관의 모든 것을 점령한("점차로 침윤된 시야", 「햇빛 속의 동공」) 듯한 기세라 할 만하다. 그렇게 김윤이의 시에서는 "부화되지 못한 고통은 일그러"(「고갱의 의자는 어디로 사라졌나」)지고 "갈라진 혓바닥이 배배 꼬이"고 "비명이 목젖에 달라붙어 꿈틀대"

는 등, 파편화되고 장악되지 못한 감각의 편린들이 흩날리는 특이한 울음
의 시간들이 펼쳐진다.

> 기세 좋게 파랑 치던 파도소리 기다렸어
> 도시의 건축물 그 혼탁한 그림자 세워지고 무너졌어
> 밟으면 꺼져드는 육지 딛고 나는 조차를 생각했어 그렇게 부동으로 한 해
> 한 해 계속 속으로 들어갔지
> 한번은 잔구름 등진 드문드문한 솔숲에 앉아
> 흥강처럼 벌어진 그늘막에서 횡허케 나조차 쓸리는 소리 들었지
> 소식의 소식으로 밀려가기를 그러는 사이
> 이월 하늘은 희게 떠가고 길죽한 나무들은 밤 깨워놓고 겹소리에 휘감겼네
> 처얼썩 싸아아 사아아
> 그대로 모래가 되는 줄 알았지 그냥그렇게 거듭 바람을 사람의 입으로 중
> 얼거렸어 싸아아 사아 아—모래……모래
>
> ——「나미비아에 당도했을까, 당신」 부분

> 규칙 어딨어!, 잃어버린 걸 지켜줘?, 그 작자……! 타액을 뱉은 층간소음이
> 비 타고 급기야 보금자리까지 울린다 몇채 이불 써도 득실거리는 기억. 낮의
> 일이 여자의 뇌리를 통과할 때 자신을 별난 것으로 만들면서 목구멍에 손가
> 락 집어넣는다 빽빽 소리가 난다 불결하게 아무리 더듬적 거려도 끄집어내기
> 힘든 말들. 뒤적거린 음식물에서 아ー프ー다라는 응고덩일 떼어낸다
>
> ——「지상생활자의 수기」 부분

　　말하자면, 그녀의 언어는 "사람의 입으로 중얼거"리는 "싸아아 사아 아
—모래……모래"의 울음이다. 그녀의 감관을 거친 모든 외부의 풍경들은
하나 하나 조각난 채로 독자의 눈앞에 생생하게 영사된다. 하지만 동시에
우리는 김윤이 시의 화려하고 난발하는 감각의 다발 속에서 아픔의 날 것
("아ー프ー다")을 직관하는 것이 중요하다. 여기에 김윤이 시의 야생성과
수다한 진술이 윤리와 만나는 근원이 놓여 있기 때문이다. 동시에 이 시

집에서 발견되는 무수한 서정적 뉘앙스의 소재와 어조에도 불구하고, 가장 급진적으로 서정의 문법이 해체된 연원 역시 바로 그곳에 있기 때문이다.[4] "부디, 꽃 필 자리에는 앉지 말아주십시오/내내 아프겠습니다"(「꽃 필 자리」)라는 선언에서 드러나듯, 시인에게 중요한 것은 꽃이라는 소위 슬픔과 고통의 무르익음을 대변하는 상징체가 아니라, 그것이 피어나는 자리, 모든 감각을 주관하는 통각("꽃 필 자리")의 영역이다. 그곳에서 시인은 고통의 '영원성'("내내")을 기꺼이 수락한다. 아니, 차라리 그녀의 텍스트 자체가 "하염없이 빠져나가기만 하는/시간의 불야성"(「덕트 테이프」)을 살아버린다고 해야 할 것이다. 그녀의 설익은 서정성은 단순히 서정을 해체하겠다는 미학적 의욕의 소산이라기보다는 타인의 고통을, 아니 스스로의 고통조차 손쉽게 재현하고 표현할 수 없다는 윤리 감각과 그녀의 집요한 관찰력이 결합된 결과이다. 그렇게, 김윤이의 망가진 통각(統覺) 속에서 길어 올려진 아픔들은 그 자체로 이 시대의 통각(痛覺)을 아프게 증어하는 중이다.

그녀의 시들은 이토록 성숙한 서정의 감정들을 동원하여 독자를 섣불리 공감의 지평으로 이끄는 대신, 익지 않은 과일이 그러하듯 "찌릿찌릿

---

4) 김윤이는 소위 한국적 서정시의 재료를 바탕으로 가장 낯선 형태의 서정시를 쓰고 있는 셈이다. 이 글에서는 자세히 분석하지 못하지만, 김윤이 시가 서정성을 내파하는 데는 조사가 최대한 생략된 문체가 기여하는 바도 결코 적지 않다. 김윤이 시의 특이한 리듬은, 이제니의 그것과 달리 사물들을 흐르고 달리게 하는 속도감을 자아내는 데 기여하기보다, 오히려 하나하나의 단어와 이미지 그리고 문장들에 과잉된 독자성을 부여하는 역할을 한다. 이를테면 "종내 고통이 가져다주는 여정의 감 미 로 움 이 빨 로 으 깨 져 혀 휘 감 아 리 드 미 컬 하 게 전 신 으 로 퍼 지 는"(「움」)이라는 진술이 인상적으로 보여주듯, 그녀의 언어가 지닌 리드미컬한 감각은, 오히려 읽기의 리듬, 의미의 리듬을 방해한다. 아울러 방언들과 의고적인 어조들 역시 그녀의 시적 진술들을 낯설게 만드는 요인들이다. 이들이 익숙한 우리의 정경, 고향과 만들어진 자연에 대한 가상적 향수를 불러일으키는 것이 아니라, 오히려 이질감을 극대화시킴으로써 의미화를 방해하는 혼재향(heteropia)의 언어들로 기능하기 때문이다.

하고 야릇한 쓸쓸한 맛"(「어른의 맛」)을 전진 배치시키면서 끝내 정련될 수 없는 '타자의 고통'을 날것으로 체현시키고 있다. 그 맛을 즐기기 위해(아픔의 맛을 즐긴다는 말은 가능한가!) 독자는 "그저 아무 생각 없이 느끼"고 "가장 편안한 자세로 숨쉬"(「흑발 소녀의 누드 속에는」)면 될 것이라지만, 아무래도 그것이 안기는 느낌은 그리 편안치 않을 것이다. 그런데 어쩐지 미묘하게 이 아픔만이 우리에게 "살아 있다는 느낌"(「흑발 소녀의 누드 속에는」)을 주는 것이다. "이제야 제가 보내드린 사진에 왜 그을음 가득한지 아실 겁니다"(「오후의 사진」) 이제야 우리는 그녀의 아픔의 정체를 이해할 수 있을 것이다. 아니, 고통을 이해한다는 말은 가능하지 않다. 어떻게 참으로 생면부지인 타자의 아픔을 헤아릴 수 있겠는가. 그저 그 고통을 조금이라도 비슷하게 살아내고 싶다는 독자의 가없는 열망만이 기약 없이 우러나올 뿐. 시 읽는 독자의 "광활한 동공"(「고갱의 의자는 어디로 사라졌나」) 메말라 애달플 뿐!

전망도 회고도 아닌

지금까지 살펴본 세 시인들은 상상할 수 있는 낙관적인 미래상 없이, 기꺼이 의존할 수 있는 과거의 찬란한 유산도 없이, 저마다의 체질대로 깊이를 알 수 없는 아픔에 시달리는 중이다. 2000년대 미래파 시학이 제기했던 언어와 시의 근본적인 기율에 대한 반성과 의심을 물려받은 가운데, 그들은 미래에 대한 섣부른 전망이나 과거를 향한 퇴행적 회고도 아닌, 그저 고통스러운 반복의 삶을 견디고, 살아내고 있는 것이다.

롤랑 바르트는 문학사의 진행 법칙에 대해 설명하면서 이렇게 말한 바 있다. "스테레오타입은 이데올로기의 주요 형상으로서의 정치적 현실이다. 그것과 맞서는 것, 즉 새로움에서 주이상스가 피어난다."5) 형식상으로든 내용상으로든 전대의 상투적인 미학과 결별하고 새로움을 추구하는 것은 전위의 첫 번째 정언 명령을 이룬다. 오해를 피하기 위해 덧붙이거니와, 문학의 새로움은 그것이 형식적이든 내용적이든 그 자체가 목적으로 존재하는 것이 아니라 삶에 대한 반성을 이끌어내기 위한 (필수적인) 매개항으로 작용하기 때문이다. 그러나 그는 의미심장하게도, 곧이어 이렇게 덧붙인다. "그러나 우리는 정확히 반대 방향으로 주장할 수도 있다. 반복 그 자체가 주이상스를 만들어낸다. (중략) 과잉으로 반복하는 것은 소모의 지대로, 그러니까 시니피에의 영도(零度)로 진입하는 것을 의미한다."6) 문학의 즐거움은 새로움이라는 경로뿐만 아니라 익숙한 것의 반복으로도, 아니 '반복의 과잉'으로부터도 이루어진다. 우리가 지금까지 살펴본 시들을 읽는 즐거움이 바로 그것을 증명한다. 그러나 그 즐거움은 또한 고통이기도 하다. 이들의 시를 읽는 즐거움은 여전히 삶이 고통스럽다는 것을 거듭 확인케 하는 우리의 현실에서 비롯되며, 즐거움은 즐거움 없음을 환기하는 이들의 시로부터 우러나온다. 그러니까, 우리의 삶은 속절없이, 계속해서 괴롭도록 즐거울 것이며, 즐겁도록 괴로울 것이다. 이토록 계속되는 고통이 바로 '문학'이라는, '시'라는 시니피에의 밑자리를 차지하고 있는 영도이자 전위의 두 번째 정언 명령, '전위의 후위'(롤랑 바르트)를 이룰 것이다. 아마도 2000년대 미래파를 통해 우리가 우선적으로 강조한 것이 저 새로움으로부터 비롯된 주이상스였다면, 이제 비평은 어쩌면 정확히 반대 방향의 주이상스를 경험하고, 또 그를 강조해야할 때인지도 모른다. 이 아픔의 이녕(泥濘)을 반복적으로 배회하는 것만이

---

5) Roland Barthes, *The Pleasure of the Text*, New York : Hill and Wang, 1975, p.41.
6) *ibid*, p.56.

미래에 대한 낙관도 비관도 아닌, 전망도 회고도 아닌, 다른 삶을 꿈꾸게 하는 윤리적 태도의 근원을 이룰 것이므로. 작고한 김현이 일전에 바슐라르를 인용하며 자문했듯, 숨을 잘 쉬는 것을 어찌 포기할 수 있겠는가. 이 질문이 포기되지 않는 한, 고통으로 가득한 문학의 "어둠이 빛나는 밤"(정한아, 「로」)은 영원히 끝나지 않을 것이다. 그것은 찬란한 세상의 밝은 낮보다, 한층 아름다울 것이다.

(『문학과사회』, 2011 가을호)

푸리아의 후예들

권 채 린

1974년 서울에서 태어나
2005년 『중앙일보』 신인문학상으로 평론 활동을 시작했다.
현재 경희대 강사이다.

푸리아의 후예들

권채린

노래하소서, 여신이여! 펠레우스의 아들 아킬레우스의 분노를,
아카이오이족에게 헤아릴 수 없이 많은 고통을 가져다주었으며
숱한 영웅들의 굳센 혼백들을 하데스에게 보내고
그들 자신은 개들과 온갖 새들의 먹이가 되게 한
그 잔혹한 분노를!
— 호메로스, 천병희 역, 『일리아스』, 숲, 2007, 25쪽.

1. 태초에 분노가 있었다

호메로스의 『일리아스』는 분노가 빚어낸 장대한 서사시이다. 전리품으로 얻은 여인을 아가멤논에게 빼앗긴 것이 발단이 된 아킬레우스의 분노는 막바지에 이른 트로이아 전쟁을 보복과 살육이 난무하는 참혹한 현장으로 이끈다. 자신의 손상된 명예를 회복하고 복수의 앙갚음을 완수하고서야 『일리아스』의 기나긴 서사는 종결된다. 결국 "아킬레우스의 분노가

어떻게 시작되고 어떻게 방향을 틀어서 어떤 식으로 해소되는지"[1]를 따라가는 과정이 『일리아스』 서사의 요체이다. 이러한 사실은 인류의 역사를 추동하고 원초적인 이야기에의 욕망을 구성하는 데 있어 '분노'가 얼마나 근본적인 위치를 차지하는지를 확인시킨다.[2]

『일리아스』에서 분노란 서사의 배면에 '감추어진 채' 서사를 견인하는 감정의 비가시적인 동력 같은 게 아니다. 그것은 비유나 상징, 알레고리와 같은 이차적 공정으로 포장되지 않는다. 헥토르의 시신을 전차에 매달아 끌고 가는 장면을 보라. 헥토르의 두 발이 소가죽 끈으로 꿰어지고 헥토르의 머리가 온통 먼지투성이가 되는 장면의 묘사는 참혹하지만 정교하고 치밀하다. 어떠한 가감도 없이 분노의 형상은 매우 직접적이고 감각적으로 집약된다. 결코 우회하거나 에두르지 않는 직설성, 어떠한 죄의식과 도덕적 망설임도 담지 않은 무구함이야말로 『일리아스』를 비롯한 고대 그리스의 세계가 분노를 표출하는 방식이었다. 이때 분노는 존재의 내밀하고 핵심적인 욕망일 뿐 아니라, 무엇보다, 금지되거나 억압되지 않은 익숙하고 친근한 정념이었다.

비단 『일리아스』 뿐만이 아니다. 주지하듯이 그리스—로마 신화의 그 방대하고 다양한 에피소드들은 대부분 신들의 복수와 질투, 시기와 저주를 플롯으로 한다. 분노를 드러내는 데 있어 그것을 심문하거나 여과하는 심판관의 매개는 필요치 않았다. 그것은 인간 본능의 영역이며, 살만 루슈디의 말을 빌면 "인간의 영혼이 지니고 있는 가장 순수한 일면, 사회화의 영향을 가장 덜 받은 일면"[3]이다. 예의와 규범, 관습적 잣대 아래 속

---

1) 강대진, 『일리아스, 영웅들의 전장에서 싹튼 운명의 서사시』, 그린비, 2010, 50쪽.
2) 독일 철학자 페터 슬로터다이크는 『분노와 시간』(Rage and Time, 2010)에서 『일리아스』를 언급하면서 대안적인 서양사로서 분노의 역사를 이야기한다.
3) 살만 루슈디, 김진준 옮김, 『분노』, 문학동네, 2007, 71쪽.

박될 수 없는 순결한 열정과 파괴력이야말로 분노가 인간의 여타의 정념들과 차별화되는 지점이다.

그렇다면 오늘날 분노에 대한 인식은 어떠한가. 일찍이 니체가 말했고 최근 페터 슬로터다이크도 지적했듯이, 기독교와 마르크스주의에 와서 분노는 승화되거나 변형되었다. 분노의 직접적 표출은 불경스럽고 미덥지 못한 것으로 여겨졌으며, 자만·시기·탐욕·나태 등과 더불어 수치스러운 '죄'의 목록에 올려졌다. "나를 싫어하는 자에게는 아비의 죄를 그 후손 삼대에까지 갚는다"(출애굽기 20:5)라는 무시무시한 저주와 징벌을 예고했던 구약의 신은, 신약에 와서 "일흔 번씩 일곱 번이라도 용서하라"(마태복음 18:21−22)며 자비와 사랑을 설파한다. 신은 선한 쪽으로 '축소'되고 분노는 '이웃에 대한 사랑'으로 변형되었다. 마르크스주의는 어떠한가. 기독교에서의 '약한 자'에 대한 옹호는 마르크스주의에 와서 세속화된 형태로 계승되어, '잃어버린 자들(프롤레타리아)'의 분노로 변형된다.

분노를 끊임없이 다른 것으로 이전시켜왔던 인류사의 흐름에도 불구하고, 분노를 가장 집요하게 추동하는 방식은 다름 아닌 '용서'이다. 분노를 용서로 바꿀 때 해소되지 못한 분노는 끊임없이 그 에너지를 잠재적인 형태로 가동시킨다. 그것은 용서의 외양을 쓴 착종된 분노이다. 니체는 바깥으로 발산되지 않는 본능이 안으로 행해져 자신을 공격하는 것을 '양심의 가책'이라 불렀다. 양심은 인간의 보편적 욕망을 '감각적 수치'로 만듦으로써 결국 자기 증오를 조장한다. 도덕과 죄의식의 기원이 바로 여기에 있다.

결국 분노는 그 사회의 건강성을 담보하는 감정이다. 분노를 표출하지 못하는 사회란 그만큼의 억압의 기제들에 둘러싸인 사회이다. 그러므로 우리는 이렇게 물을 필요가 있다. 분노는 꼭 여과되거나 승화되어야 하는

가. 분노의 감정은 왜 그 자체로 온당한 대접을 받지 못하는가.

이러한 물음은 2000년대의 한국사회에도 적용된다. 여전히, 분노를 노골적으로 드러내는 것은 일종의 반(反)사회적, 반관계적인 금기이다. 다른 형질의 '필터', 가령 슬픔이나 유머, 불안과 자조 등을 거쳐 표현되지 않거나 종국적으로 용서, 화해, 평화로 귀결되지 않는 분노란 불온하고 적대적인 에너지이며 그릇된 성정의 증명이거나 제거해야 할 잉여의 감정이다. 수많은 명상서와 처세 실용서들은 설파한다. 분노를 멈추라고, '컨트롤' 하라고. 혹은 삶의 창조적 에너지로 '변환' 하라고. 화 내지 않는 '연습'과 화 내지 않는 '기술'은 삶의 안녕과 행복을 약속하는 일종의 처방전으로 통용된다. 평정을 추구하는 이러한 관습적 분위기는 그 연원을 어디에서 찾는가와는 별개로 쉽게 제거하거나 무시할 수 없는 '망탈리테'라는 점에서 문제적이다. 긍정적인 의미에서 그것은 사회의 위험 요소에 대한 개인적인 자정 작용을 하지만, 비판적으로 볼 때 그것 자체가 내면화된 억압 기제이다.

그러나 분노를 둘러싼 이러한 경직된 체제에도 불구하고 또한 명백히 목도할 수 있는 것은 사회적 의제를 통해 분출되는 분노의 목소리들이 존재한다는 사실이다. 예컨대 용산과 강정, 촛불집회와 희망버스가 던진 날카로운 반향들이 있다. 그것은 '정의'의 이름으로, '저항'의 형식으로 전화되는 분노이다. 이때 분노는 정치적인 함의와 환치되는 기호로서, 60년대의 김수영이, 70년대의 조세희가 일으킨 강력한 파장과도 멀지 않다. 기득권과 지배세력에게는 불온한 것으로 치부되어 왔을 그것은 적어도 존재의 결함이나 사회의 잉여로 쉽사리 분류되지 않는, 분노라는 이름에 합당한 대접을 받을 수 있는 하나의 육중한 형식이다. 최근 스테판 에셀의 『분노하라』에 쏠린 선풍적인 관심이 말해주듯, 저항에의 의지야말로 분노의 가장 지고한 동기이자 이유이며, 우리 안의 분노가 향할 수 있는 최대한의 성취로서 받아들여진다. 분노와 저항, 분노와 참여 사이의 이러한 호환 가능성이야말로 한동안 망각하거나 방기했으나 새삼 환기되고 있는 오래된 진실이다.

그러므로 이렇게 정리할 수 있겠다. 한국 사회의 분노를 둘러싼 두 개의 풍경, 혹은 분노를 다루는 두 개의 방식에 대해. 한 편에 '다스려야 할 분노'가 있다면 다른 한편엔 '고양해야 할 분노'가 있다. 전자가 비생산적인 에너지로 치부된다면, 후자는 창조적이며 변혁적인 에너지로 여겨진다. 그 둘은 다른가. 주체의 위치와 주관적 견해에 따라 평가는 달라질 수 있으며, 무정형의 원 질료에 일정한 '변경'을 가한다는 점에서 둘은 공통적이다. 분노에 대해 심성 수련과 사회 정화의 관점에서 다가가는 견해는 억압적이지만, 분노를 저항의 코드로서 정립하려는 시각 역시 불편하다. 분노가 명료한 사회적 발언으로 집약되는 광경은 충분히 유의미하지만 그것은 하나의 국면이며 협소한 일부분이다. 뚜렷한 정체성을 부여받지 못한 채 솟아오르는 무수한 분노의 형상들을 설명하기에 '저항'의 코드는 충분조건이 되지 못한다. 분노가 자신의 원인을 정확히 응시하거나 아니면 대상을 치밀하게 겨냥하기가 결코 쉽지 않다는 사실, 이것이 오늘날 분노를 둘러싼 근본적인 딜레마이다.

김수영은 소시민의 '사소한 분노'(「어느 날 고궁을 나오면서」)를 옹졸하다 했지만, 사소한 분노와 응당 해야 할 분노를 구별하는 것은 더 이상 불가능하다. 사소함이야말로 이 거대한 일상의 유령적 실체와 맞닿아 있으며 우리의 삶을 구속하는 견고한 틀이 아닌가. 차이와 의미를 와해시키는 자본의 등가화된 욕망이 지배하는 세계는, 알랭 바디우의 말대로 어떠한 전망 자체가 사라져버린 '세계없음(worldless)'의 공간이다. '세계'가 아닌 단순한 '장소(place)'에 불과한 이곳에서도 분노는 존재하지만, 그것은 사실상 세계의 폐부에 조응하기보다 의미없는 폭력을 양산할 확률이 더 높다. 그러나 한국문학을 두고 봤을 때 이러한 현상을 다만 비극적이라 단언할 수는 없다. 저항이나 정의라는 '대의'에 수렴되지 않지만 분노 자체가 일종의 행위의 도덕률이 되는 풍경들은 거부할 수 없는 서늘한 매혹을 선사한다. 김사과와 구병모의 소설[4]에 눈길이 가는 이유는 이 때문이다. 추상적인 화해와 용서의 제스처로 흡수되기를 강력히 거부하는, 그러나 명료한 사회적 발언으로 집약되지도 않는 분노의 풍경들은 지극히 개별적이고 모호하지만, 어느 순간 텍스트의 표면에 날카롭고 둔중한 윤곽을 남긴다. 그것은 쉽사리 코드화되지 않는 잔여들이지만, 그렇기 때문에 저항과 비판을 넘어서는 우리 시대 분노의 '다른 가능성들'을 확인하는 일이다.

2. '아무 것도 아닌 자'의 잔혹한 명랑

예를 들어서. 모두가 말하는 것. 예를 들어서. 친구를 짓밟고 올라서라. 숨이 막혀온다. 이런 건 다 비유잖아? 아무런 힘도 없이. 나는 진짜가 필요했어. 예를 들어서. 나는 니 손을 밟아 으스러뜨렸어. 비유가 아니라 진짜로. 그렇게 하면 어떻게 될까?

— 『미나』 부분

그리고 김사과는 그 '진짜'를 실현시켰다. 데뷔작 「영이」에서 악무한의 세계에 펼쳐진 지옥도의 한 자락을 선보인 이래, 김사과의 소설은 폭력과 살인이 난무하고 대상을 가리지 않는 적의와 증오가 들끓는 세계를 창조해 왔다. 김사과 소설에서 가장 선명하게 읽히는 것은 어떤 메시지나 서사, 이미지가 아니다. 거칠고 분방하게 날뛰는 감정들 자체이다. 감정

---

4) 이 글은 주로 최근 나온 단편집 『영이』(김사과)와 『고의는 아니지만』(구병모)을 중심으로 하지만, 전작들(『미나』, 『풀이 눕는다』와 『위저드 베이커리』, 『아가미』)도 함께 다룰 것이다.

의 강렬한 파동은 승화나 변용, 비유나 환상과 같은 제어 장치를 거치지 않고서 정직하고 투명하게 우리 앞에 도래한다. 그것이 김사과 소설의 불온함이며 가공할 파괴력이다.

그 감정의 중심에 놓인 것이 '분노'라는 것은 작품의 면면이 말해주는 바이지만, 그것에 대해 '대상이 불분명'하다거나 '목표를 알 수 없는' 것이라 단언할 순 없다. 김사과 소설의 인물들은 오히려 너무 잘 알고 있다. 그 누구보다 명료하게 현실을 지각하며 자신이 속한 시스템의 속성을 간파한다. 「이나의 좁고 긴 방」의 이나를 보라. 삶을 결정하는 것은 더 이상 학벌도, 문화적 취향이나 기호도 아닌 빈·부의 대물림으로 인식된다. 출세와 성공을 보장해 주지 못하는 대학이란 "겁과 허영심으로 가득한 주도적 계층"을 키워내는 공간일 뿐이다. 고작 칠만 오천 원 때문에 이나는 살인을 저질렀지만 사람을 죽인 공포보다 더 공포스러운 것은 아무리 노력해도 변경할 수 없는 견고한 계급적 분할선이다. 부의 극단적인 편중화로 나타난 신자유주의 시대의 질서에 대해 이나는 뼈저리게 체감하고 절망한다. 그럼에도 불구하고 이나는 결국 누군가에게 책정당할 '가격'이 되어 바코드라는 규격화된 틀―바로 '이나의 좁고 긴 방'에 갇힐 것이다. 그것은 벗어날 수 없는 '악몽'의 세계이며 너무나 투명한 공포에 가깝다.

이나의 분노, 혹은 김사과의 분노란 바로 이러한 현실 인식으로부터 발원한다. 하지만 분노에 이유는 있지만 그것은 과녁이 되지 못한다. 그것을 맞추거나 파괴할 확률은 제로에 가깝다. 아리스토텔레스는 『수사학』에서 분노란 '가능한 것의 욕망'이며 그래서 모든 분노의 감정에는 복수하고자 하는 희망이 주는 즐거움이 뒤따른다고 말했지만[5], 세계는 얼마나 달라졌는가. '가능한 것'을 욕망할 수도 희망을 동반하지도 않는 분노란 애초

---

5) 아리스토텔레스, 이종오 역, 『수사학Ⅱ』리젬, 2007, 16~17쪽.

에 좌절된 분노이며 출구가 막힌 분노이다. 인물들의 분노가 대개 방향을 잃고 즉각적이고 산발적으로 분사되는 이유는 여기에 있다. 방향을 잃은 분노는 결코 종착점을 찾을 수 없다. 그것은 해소되거나 고갈되지 않는다. 사그라지지 않는 분노를 안은 채 불온하고 폭력적으로 세상을 횡단할 수밖에 없는 것이 인물들의 운명이다. 그러므로 김사과의 소설에서 분노가 가리키는 현실의 지표는 왜소하고 빈약한 것이 아니라, 너무 강력하다.

이와 관련해 흥미로운 것은 김사과의 문장 운용법이다. 겨냥할 수조차 없이 강력한 현실의 위용 앞에서 문장이 구사할 수 있는 것은 재현의 방식이 아니다. 매끄러운 서사로 요약되거나 논리적으로 구성될 수 없는 세계에서 김사과의 문장은 그 세계를 닮아간다. 문장은 사실이나 정보, 논리를 집약하는 단위가 아니라 그것을 파괴시키는 단위이다. 주어진 상황에 대한 이유나 원인을 도출하는 데 있어 김사과의 문장은 끊임없이 미끄러지고 비껴나간다. 단적으로 '왜냐하면'이라는 접속사가 등장할 때, 그것은 대부분 본래의 기능을 거의 망실한 상태로 발화된다.

영이의 손은 맥주색 철문을 만나자 모기처럼 약해졌다. 왜냐하면 영이는 문을 열고 싶지 않기 때문이다. 영이의 발들은 돌계단 삼형제를 만나자 깜짝 놀라 움츠렸다. 왜냐하면 영이는 계단을 오르고 싶지 않기 때문이다. 마당에 깔린 푸른 잔디도 엉엉 울고 있었다. 감나무의 구슬픈 목소리가 여기까지 들려온다. 나는 지금 이 풍경을 너절하게 늘이고만 있다. (중략) 왜냐하면 집에는 술에 취한 아빠가 있기 때문이다.

— 「영이」 부분

난 요즘 돼지가 되기 위해 노력 중이야. 왜냐하면 보다시피 다들 나를 돼지 취급하기 때문이지.

— 「움직이면 움직일수록 이상한 일이 벌어지는 오늘은 참으로
신기한 날이다」(이하 「움직이면」) 부분

　영이가 자신의 집에 들어가기를 꺼리는 이유, 혹은 누나가 돼지가 되기 위해 노력하는 이유를 추출하는 데 있어 위의 문장들은 무력하다. 답은 일시적이고 단편적일 뿐 끊임없이 순환하고 앞서 한 말을 반사해 낸다. "술에 취한 아빠가 있기 때문"이라는 설명도 충분하지는 않다. 술 취한 아빠와 욕설을 내지르는 엄마, 혹은 영이가 일상적으로 시달리는 '가정 폭력' 조차 그것을 양산한 거대한 시스템의 문제로 한없이 소급되기 때문이다. 우리가 알 수 있는 것은, 이유를 밝히고 밝힌다 해도 결코 완전하게 이해되거나 충족될 수 없는 현상으로의 세계가 완강하게 버티고 있다는 것뿐이다. 그러므로 김사과의 소설에서 '왜냐하면'은 타당한 원인을 직접적으로 지시할 수 있는 기능이 상실되었음을 드러내는, 매우 역설적인 접속사이다. 논리로서 해명될 수 없는 세계의 '괴물성', 그 비극적 전망의 극대치를 보여주는 불가능의 기호이다. 그러나 동시에 그로부터 김사과 문장 특유의 날카로운 탄성이 발산되는 것 또한 사실이다. 제대로 말할 수 없음으로 해서 말해지지 않은 '공백'이 더욱 강렬하게 환기되는 방식. 그렇게 김사과는 세계의 폐부를 재현한다.

　이러한 세계에서 김사과의 인물들은 어떠한 '성취감'이나 '행복'도 느낄 수 없다고 고백한다. 아니 그것은 오히려 고발과 선언에 가깝다. "삶을 즐긴다는 견해"(「움직이면」)가 요령부득의 클리셰일 뿐이라 말하는 인물들은, 정상 세계를 이탈하여 미쳐버리거나(「정오의 산책」) 본드의 환각에 취함으로써(「나와 b」) 다른 삶의 선택안이 없음을 증명한다. 의미와 꿈이 폐기되어버린 세계에서 삶은 '재미있다'와 '재미없다'라는 양분된 지표로 간략화 된다. 삶은 점점 최소화되어가고 존재 역시 최소화되어 간다. 김사과의 인물들이 보편적으로 앓고 있는 '자아분열'의 증상은 폭압적인 현실의 조건에서 최소단위의 파편화된 존재로서 현실에 대응하는 방식이라는 점에서 주목된다.

가령 「영이」에서 영이는 "혼자서는 견딜 수가 없었기 때문"에 순이를 만들어 낸다. '영이'가 피 흘리고 상처 받는 일상적 자아라면 '순이'는 그러한 상황을 거리화하여 조감하는 메타적 자아이다. 영이가 가정 폭력에 무방비로 노출될 때 순이는 분노하고 저주한다. 순이는 실제의 영이가 하지 못하거나 상실한 기능을 대리한다. 그런 점에서 순이는 영이가 온전한 주체로서 지녔었던 성찰과 비판의 기능을 환기한다. 물론 순이가 현실의 영이를 위해 할 수 있는 것은 아무것도 없다. 순이는 통합적인 자아를 유지하지 못한 채 갈가리 찢길 수밖에 없는 영이의 치명적인 결핍 지점이기도 하다. 그럼에도 불구하고 영이의 무력함을 지켜보는 순이에 의해 영이에게 닥친 엄혹한 현실은 비판적으로 기록되고 성찰될 수 있다. 존재 분할을 통한 역설적인 자기 보존의 전략, 그것이 영이의 자아분열이 갖는 불온한 저항성이다.

이런 점에서 김사과 소설의 정신분열은 상징계의 억압적 질서에 찢겨진 피해망상의 증상이 아니라 전략적인 생존 방식이자 은밀한 모반이다. 미치지 않고 살기가 더욱 힘든 세계에서 미쳐버리는 것은 세계가 무효하다는 것을 온 몸으로 증명하는 것이다. '한'의 '미쳐버림'이 세계의 고통스런 본질을 깨달아버린 자의 월경(越境)(「정오의 산책」)으로 그려지는 것은 그래서 의미심장하다. 김사과의 소설에서 세계는 이미 종말을 맞이한 묵시록적 전조들로 충만하다. "열 개가 넘는 태양"이 뜨는 세계(「준희」)에서 인물들은 "끝은 오고 있다기보다는 오래전에 지나갔다"(「매장」)고 되뇌인다. 인물들은 아무것도 하지 않음으로써 어떤 것도 할 수 없는 세계를 반사해 낸다.

그래서 김사과의 소설은 2000년대 소설을 가리킬 때 흔히 사용되었던 '무중력 공간'의 글쓰기 혹은 '왜소하고 무력한 개인'들의 서사가 아니다. 세계를 구성할 수 없다 해도 개인의 밀실에 갇히지 않으며, 경험을 뛰어넘는 상상이나 자기 미학의 구축에 골몰하지 않는다. 상상은 현실을 지시하고 미학적 자질은 날 것의 거친 느낌에서 나온다. 추상화된 명명으로 고정화될 수 없는 거친 분노와 불온한 명랑을 어떻게 언설화할 수 있을까. 때문에 루저나 마이너리티, 혹은 문제아나 앙팡 테리블, 아니면 호모 사케르와 같은 명명도 그들에게는 적합지 않아 보인다. 그들은 애초에 세계의 배치에 속하는 데 관심과 흥미가 없는 자들이다. 그렇기에 스스로 명명한 "아무것도 아닌" 자(「나와 b」)로서의 정체성이야말로 오염된 세계의 구획을 무력화시키는 새로운 존재론적 공간이 될 수 있다. 세계를 전 존재로써 거부함으로써 명명되지 못한, 그리고 명명되기를 원치 않는 자의 기묘한 생성은 가능해진다.

그리고 그 생성의 가장 지고한 광경은 단지 캐릭터와 세계의 대결을 통해서만 창출되는 것은 아니다. 다시 한번, 아무 것도 아닌 자로서의 김사과의 무기는 어떤 메시지나 서사, 이미지가 아니다. 김사과가 세계와 대결하는 가장 첨예한 방식은 바로 문장 하나하나의 잔혹한 힘에 있다. 김사과가 던지는 단문들은 그 개별적 문장마다의 강도와 무게를 지녔다. "백 문장에는 백 문장의 진실이 있고 한 문장에는 한 문장의 진실이 있"(「영이」)다는 말은 허언이 아니다. 세계의 폭압과 상처를 날카롭게 새기고, 생의 절망적이며 가쁜 호흡을 우리에게 전이시키는 문장들은 그 하나하나가 목적이자 이유이며 문제제기이자 결론이다. 그리고 그것이 겨냥하는 것은 궁극적으로 김사과가 말한 바 "읽는 당신" 아니 "느끼는 당신", "아주 오래 느끼는 당신"이다. 타자에 대한 폭력적인 응시를 철회하고 그들의 고통과 절망을 함께 느끼기를 강력하게 요구하는 소설, 그것이 김사과 소설의 거친 분노들이 지닌 순결한 윤리일 것이다.

3. 악의 없는 폭력의 만화경

두 편의 장편으로 자신의 소설세계를 먼저 열어 보인 구병모는 최근 소설집 『고의는 아니지만』을 통해 색다른 화법을 구사하고 있다. 환상적 모티브가 소설 전개의 중핵을 차지한다는 점에선 공통적이지만, 전작들에서 동화적 색채와 아릿한 서정이 더욱 승했다면 이번 소설집에서는 강렬한 직설과 풍자가 전면화된다. 물론 이러한 차이는 '청소년문학상'이란 레테르를 달고 나온 데뷔작으로부터 점차 성인 일반독자를 대상으로 하는 작품으로 옮겨 온 경로와도 무관하지 않을 것이다. 그러나 소위 청소년문학으로 분류되는 『위저드 베이커리』에서조차 구병모의 환상은 19금의 잔혹한 사건들, 가령 유아 성폭력, 치정 살인, 근친상간에 그 촉수를 뻗고 있었다. 세계의 어둠은 환상의 외피를 통해 보다 절실하게 환기되는 한편 존재들의 고통과 상처로 음각되었다. 밖으로 발산되기보다 안으로 내파되는 어떤 에너지가 구병모 특유의 환상에 스며있었다면, 『고의는 아니지만』에 와서 존재의 통점 어딘가에 아로새겨져 있던 그 에너지는 팽팽히 부풀어 올라 솟구쳐 오르는 듯 느껴진다. 그것을 우리가 주시하는 바와 같은 '분노'로 명명한다면, 구병모의 분노는 고통의 중력으로부터 터져나온 과감하고 날카로운 외침이다.

활달한 환상의 서사에도 불구하고 구병모의 소설은 전통적인 단편 미학에 충실한 듯 느껴진다. 흥미로운 사건을 중심으로 치밀하게 서사가 직조되어 나가고, 그 과정에서 주제의식이 명료하게 드러난다. 이야기의 재미와 힘이 충분히 살아있으며, 묘사와 상징 못지않게 세계의 폐부를 정면으로 겨냥하는 날카로운 입담도 인상적이다. 무엇보다 매우 일상적인 감각에 바탕한 세계의 풍경은 리얼리티의 구체성과 호소력을 확보하고 있다. 심지어 환상조차 그러하다. 「마치…같은 이야기」에서 S시의 '비유금

지법'이라는 기발한 설정은 효율과 성과주의만이 지고한 목표가 되어버린 현 체제의 재현이며 국가행정의 폭압성에 대한 직접적인 풍자이다. 「조장기」는 또 어떤가. '새들의 습격으로 인한 죽음'은 예기지 못한 위험이 아니라 "이미 죽어 있는" 것과 마찬가지인 자들의 '절망'과 포개진다. 자지 않고 보채는 아이를 세탁기에, 오븐에, 냉장고에 넣는 엄마의 행위(「어떤 자장가」)나 신체의 감각 세포를 꿰매어 버리는 남자의 자기파괴적인 선택(「재봉틀 여인」) 또한 일상의 악몽을 재현한다.

그러므로 구병모 소설의 환상은 현실과 배리되지 않는다. 현실의 변용이나 억압된 것의 도래를 알리는 허구적 장치라기보다 현실 위에 요철화된 하나의 증상이다. 현실과 치환될 수 있는 질료와 함량을 가진, 그러나 은밀하게 스며있는 세계의 폭력과 그 메커니즘을 집약적으로 체현하고 있는 예민한 증상. 그래서 환상은 삶의 잔인한 논리를 더욱 섬뜩하게 자각시킨다. 결코 넘어서거나 해소할 수 없는 일상의 난경(難境), 그것이 우리가 최종적으로 확인하는 것이다.

구병모 소설의 분노는 이러한 일상의 구체적인 현실 감각으로부터 분출된다. 생활의 다양한 국면에 도사린 분노는 한 데 수렴될 수 없을 만큼 다채롭다. 공적 권력의 음험한 욕망과 억압성을 정면에서 풍자하고 있는 「마치…같은 이야기」가 비교적 예상 가능한 분노의 계기와 방향을 보여준다면, 대부분의 분노는 돌발적이고 사소하며 우연적이다. 가령 "순백의 공간"인 유치원에서 피어오르는 적의(「고의는 아니지만」)나, 하반신이 인도 한복판에 박힌 남자를 둘러싼 사람들의 혐오와 저주(「타자의 탄생」)를 보라. 미처 예기치 못한 장소와 상황에서 타자를 겨냥한 적대는 불현듯 표면화된다. 모자이크의 한 조각과 같이 주어진 분노의 형상은 소설에 사려깊게 고안된 '극적 사건'―남자가 주물에 갇히거나 새떼가 습격한다거나 하는―의 전개와 파국을 따라감으로써 보다 명료히 구조화된다. 그리고 그 끝에는 거대 세계의 의뭉스러운 폭력성이 도사리고 있다. 결국 구병모 소설의 분노를 응시하는 일은 그것을 일으키는 체제의 폭력과 그것이 작동되는 메커니즘을 묘파하는 일이다.

그렇다면 구병모 소설이 묘파하는 폭력의 속성은 무엇인가. 그것은 단적으로 '악의 없음'으로 정의된다. 타자를 향한 폭력은 예상과 달리 충만한 악의와 계획적인 고의에 의해 유발되지 않는다. 「고의는 아니지만」에서 유치원 교사는 최대한의 성실함으로 아이를 배려했고, 유치원의 '잘사는' 아이들은 어린 아이다운 장난기와 영악함으로 못사는 아이들을 비웃었을 뿐이다. 「타인의 탄생」에서도 애초에 땅 속 주물에 갇힌 남자에게 주어진 것은 선의의 손길이었으며, 그를 주물에 가둘만한 누군가의 어떠한 의도조차 알 수가 없다. 「조장기」의 '나'도 "보육도우미에의 염원을 악의없는 방식으로 착취 당"한다. 그러나 결과는 어떠한가. 교사는 액사체로 발견되었고, 남자를 향한 선의는 무관심과 외면, 적대와 혐오로 바뀌어가며, '나'는 "새들의 무겁고 음산한 날갯짓 소리"를 들으며 죽음과도 같은 삶을 예감한다.

폭력의 스펙트럼은 더 이상 명료히 규명될 수 없이 방대하고 모호해졌으며, 어떻게 발생할지 모를 폭력의 양상에 존재는 더욱 속수무책일 수밖에 없다. 그렇다면, 애초에 악의와 고의가 없는, 그러나 여전히 치명적인 상처와 들끓는 분노를 유발하는 세계의 폭력성이란 대체 무엇인가. 「고의는 아니지만」의 다음과 같은 장면은 개인 혹은 관계의 차원을 넘어 보다 치밀하고 강고하게 존재를 옭죄는 세계의 폭력을 인화한다.

원주민 팀 아이들은 팔꿈치 하나 간격을 두고 원을 그리긴 했지만 서로의 얼굴을 둘러보니 누구의 눈 속에나 이글거리는 불꽃이 점화되어 있었는데 이 불꽃은 그동안 간간이 겪어온 사소한 불편과 불쾌, 그에 따른 불만의 표정과는 비할 바 없는 크기로 타오르기 시작했다. 그들 중 누군가의 할머니는 폐지를 주워 팔았고 누군가의 아빠는 거대한 철제 구조물 아래에서 시멘트 자루를 날랐으며 누군가의 엄마는 아이보리 색 재킷을 입고 요구르트 카트를 끌고 다녔다. F의 말은 그 모든 것이 틀려먹었다는 뜻으로 들렸다. 기분 나빠. 저 여자를 혼내줬으면 좋겠어. 그래, 혼내주자. 골탕 먹이자. 아이들의 시선은 저마다 그렇게 말하며 교차하고 있었다.

—「고의는 아니지만」 부분

　"흠결 없는 순백의 공간"에서 작가가 들여다 본 것은 다름 아닌 계급 갈등과 분리의 문제이다. 아이들조차 이미 세상의 잔혹한 논리를 알고 있다. 선생 F가 치밀어 오르는 짜증을 감당하지 못해 내뱉은 말―"납부를 해야 할 거 아니야! 이것들아!" "너희도 커서 너희들 엄마 아빠처럼 저런 일 하면서 살고 싶어?"―은 단순한 실수로 되돌릴 수도, 신을 향한 고해나 사죄로는 가릴 수도 없는 세계의 질서를 함축한다. F의 죽음은 어쩌면 누구나 알고 있지만 뱉어서는 안되는 치명적인 진실을 누설한 자에게 내려진 징벌이다. 불편한 진실은 최대한 차폐되거나, '자기 계발'이나 '긍정 운동'과 같은 개인의 차원에서 봉합되어야 한다. 그것이 자본의 일상을 무심히 살아가는 생존의 기술이다. 그리고 세계가 악의 없이 우리에게 가하는 폭력이 완성되는 지점이기도 하다.

　자본이 잠식한 세계 안에선 어떠한 '영지'도 '피난처'도 존재치 않는다. 자본은 차별하지 않는다. 모든 존재를 동일한 '욕망'과 '감각'의 구조로 코드화 할 뿐. 그것이 자본의 구사하는 잔인한 '형평성'이다. 구병모의 소설은 주로 사회나 국가가 보호해 주지 않는 틀 밖의 존재들―비정규직, 편부모 가정, 성폭행범, 백수―을 다루지만, 그들조차도 예외는 아니다. 예고 없이 엄습하는 일상의 난경을 온 존재로써 감당해야 하지만, 그들이 결국 맞닥뜨리는 것은 자신의 욕망이다.

자신이 가지지 못했고 앞으로도 가질 수 없는 세상의 모든 것들에 대해 초
조해하면서 습관적으로 볼펜을 돌린다.

―「어떤 자장가」 부분

일찍이 가져본 적 없었고 앞으로도 그럴 일이 없는 자본의 카테고리, 그 안
에 몸을 담는 꿈을 꾸어본 적이 없다.

―「재봉틀 여인」 부분

악의 없이, 세계의 폭력은 욕망의 심급으로 몸을 바꾼다. 아이로니컬하
게도 존재는 자신이 당했던 폭력―차별과 배제와 소외를 욕망한다. '가지
지 못했고 가질 수 없는' 극단적인 결핍이 내 욕망의 꼭지점을 차지하는
전도가 이루어진다. 원하든 원하지 않든, 가질 수 없는 것에 대한 욕망 속
에서만 그들은 다른 누군가와 차별되지 않는다. 결국 인물들이 속수무책
당하고 마는 세계의 폭력은 개인의 실존 깊숙이에서 울려오는 욕망의 목
소리와 구분되지 않는다. "구멍은 어디에나 있"(「타자의 탄생」)으며 나 스
스로가 그 구멍의 자리이기도 한 것이다. 그러므로 구병모 소설이 일종의
경련과도 같이 일으키는 분노들은 자본주의 사회가 난반사하는 차별 없는
욕망을 거쳐 욕망의 숙주이기도 한 '나'에게로 되돌아온다. 그럴 때 우리
의 분노는 순결한가. 순결한 분노란 존재하는가. 시작과 끝을 알 수 없이
마구 섞이고 겹치는 이 만화경의 세계에서, 우리는 어떻게 분노할 것인가.

4. 자기의 테크놀로지

하지만 '싫어'라는 건 반드시 증오를 가리키는 게 아니에요. 달리 표현할
말이 마땅치 않아 싫다는 것뿐이지 그건 차라리 혼돈에 가까운 막연함이에
요. 그 막막함이야말로 사람이 다른 사람을 받아들이는 방식 가운데 가장 범

위가 넓은 거라고 봐요.

— 『아가미』 부분

구병모의 『아가미』에 나오는 위의 지문은 강하가 곤에게 갖는 기묘한 애정을 설명해 주는 문장이지만, 분노라는 것이 실은 얼마나 드넓은 스펙트럼을 지녔으며 그 안에 무수한 변곡점들을 내장하고 있는지를 알려주는 말이기도 하다. 김사과와 구병모의 소설은 동시대 문학이 보여주지 않았던 생생하고 저돌적인 분노의 감각을 통해 한국 문학이 보유하고 있던 몇 개의 변곡점들을 지나온 듯 보인다. 승화와 변용의 형식, 비판과 저항의 코드가 그 뚜렷한 변곡점이라면, 그들은 어떠한 목적이나 뚜렷한 희망이 없이도 충분히 분노할 수 있으며 그것이야말로 가장 타당한 존재의 이유가 될 수 있다는 것을 보여준다. 그런 점에서 그들은 분노와 복수를 자신의 소임으로 하는 신 '푸리아(furia)'의 후예들이다. 그렇다면 이제 그들이 향해 가는 곳, 혹은 당도한 곳은 어디인가.

악무한의 세계를 가로지르는 김사과의 거침없는 언어들이 종착점에서 내뱉는 말은 가령 다음과 같은 것이다.

> 사람들은 꽃이 지는 것을 당연하게 생각한다. 그래서 꽃은 질 수밖에 없는 것이다. 만약 단 한 명이라도 꽃이 지지 않기를 기도했다면 꽃은 영원하고 우리도 진짜 나비가 되었을 것이다.

— 「나와 b」 부분

구병모의 소설에서도 비슷한 울림의 문장이 눈에 띈다.

> 할 수 있는데 안 한다는 말만큼이나 무책임한 변명을 넘어선 허풍은 없어요. 안 하는 게 아니고 못한다는 걸 인정하고 사는 게 차라리 덜 부끄러운 일이에요.

— 「마치…같은 이야기」 부분

비속하고 타락한 현실에 예리한 칼날을 휘두르던 언어는 어느새 우리 혹은 나에게로 되돌아 묻는다. 한번이라도 절실히 '꽃이 지지 않기를 기도' 한 적이 있냐고. '할 수 있는데 안 한다는' 무책임한 말로 자신의 무능을 감추려 들지는 않았냐고. 그렇게 분노는 내 안의 명령, 자기의 윤리로 도래한다. 우리에게 가해지는 억압의 강도만큼 분출하는 분노가 아니라, 체제에 대한 반동으로서의 분노가 아니라, 객체화된 욕망으로 소멸되고 말 분노가 아니라, 스스로를 성찰하고 배려하는 자유 의지로서 분노는 새롭게 쓰여지고 읽혀져야 한다. 그럴 때 원한에 갇히거나 일회성의 감정으로 소모되지 않는 분노의 실천은 가능하다.

권력의 테크놀로지에 회수되지 않는 자기의 테크놀로지(푸코), 이러한 감정의 열정들과 더불어 분노의 상상력은 또 다른 변곡점에 들어설 수 있을까. 분명히, 지금 우리에게 필요한 것은 더 많은, 더 다양한 분노의 고안이다. 그러기 위해 우리에게 필요한 것은 일단 다음과 같은 외침이 아닐까. 분노하라, 희망 없이!

(『내일을 여는 작가』, 60호)

6 · 9 작가선언 이후의 작가들

— 오늘의 문학이 지닌 새로운 정치성

이경재

1976년 인천에서 태어나
2006년 『문화일보』 신춘문예로 평론 활동을 시작했다.
저서로 『단독성의 박물관』 『한설야와 이데올로기의 서사학』
『한국 현대소설의 환상과 욕망』 등이 있다. 현재 숭실대 국문과 교수이다.

6 · 9 작가선언 이후의 작가들

— 오늘의 문학이 지닌 새로운 정치성

이경재

1. IMF 세대의 탄생과 기원

어떤 세대나 자기의 목소리를 내게 마련이다. 오늘날의 젊은 세대를 규정지을 수 있는 기원적 사건이 있다면, 그것은 바로 IMF로 호칭되는 1997년 외환위기이다. IMF란 4 · 19나 5 · 18에 비해 결코 적지 않은 사건으로서의 의미를 지닌 채 젊은 세대의 삶을 규정지었다. 외환위기 이후 한국사회는 신자유주의가 강력한 힘을 발휘하기 시작했고, 청년실업과 비정규직 문제가 본격화되고 구조화되었다. 오늘날의 젊은이들은 양극화가 가져다준 환멸을 깊이 체험한 사람들이다. 더욱이 그들은 정치적 영역에서도 별다른 목소리를 내지 못하는 사회적 난민들로까지 언급되고는 한다.

IMF의 영향을 받지 않은 세대가 어디 있겠냐마는 가장 큰 영향을 받은 이들은 지금의 30대들이다. 사회에 나오자마자 취업 문제에 맞닥뜨렸고, 명예퇴직을 당한 부모의 도움도 받을 수 없어 완벽하게 나 홀로 서야만

했던 것이다. 30대 초반은 감수성이 예민한 중고등학교 시절에 부모가 실직하거나 사업에 실패하는 모습을 지켜봤고, 30대 후반은 대학 졸업 후 극심한 취업난에 시달려야 했다. 이들은 참혹한 경쟁을 거쳐 매단계를 밟아나가지만, 그 참혹함은 결코 끝나지 않는다. 비정규직 600만명 시대의 주요 피해자이기도 하다.

오늘날 이들 세대를 바라보는 시각은 몇 가지로 나뉘어진다. 첫 번째는 소위 말하는 '개새끼론'으로 귀결되는 비판적 시각이 있다. 경쟁 이외에는 배운 것이 없으며, 완전히 단자화된 삶만을 사는 존재들. 정치라고는 강요된 정치허무주의나 우파정치논리 외에는 배운 적이 없으며, 가진 거라고는 높은 학점과 토익 점수 밖에 없는 세대가 그들이라는 것이다. 이러한 발화의 주체는 소위 세계사적 개인이었음을 자처하거나(자처했던) 486들인 경우가 대부분이다. 이들의 이러한 비판 뒤에는 늘 정치허무주의와 강요된 개인주의에 함몰되지 말라는, 그리하여 너의 분노와 불만을 표출하라는 지당한 당부가 뒤따른다.

김홍중은 사회심리적 차원에서 IMF 이후를 포스트 진정성 레짐의 시대라고 말한다. 이 시대에는 극도의 경쟁 속에서 생존 그 자체만이 문제되며, 이 시대의 대표적인 인간상은 속물과 동물이라는 것이다. 김홍중의 속물과 동물은 반성기제를 지니고 있지 않기 때문에 그들에게 자율성과 저항의 가능성을 찾는다는 것은 사실상 불가능하다.[1] 김홍중의 논의에서 이러한 인간상을 대표하는 것은 젊은이들이다.[2] 실제로 몇몇 소설들은 적당히 위악과 허무의 포즈를 취하면서 숨 쉬듯이 술 먹고 담배 피고 섹

---

1) 김홍중, 『마음의 사회학』, 문학동네, 2009, 17~78쪽.
2) 박치현은 김홍중 논의에 등장하는 "속물과 동물은 아마도 스펙 쌓기와 자기 계발에만 몰두하며 탈정치화되어가는 88만원 세대와 대학생들"(「신자유주의 주체성의 사회학」, 『문학동네』, 2010년 봄호, 488쪽)을 의미한다고 말한다.

스하는 것으로 시종하는 경우도 적지 않다.

두 번째는 젊은 세대 내부에서 들려오는 목소리가 있다. 이러한 목소리는 근본적인 시각에서는 첫 번째의 목소리와 크게 다르지 않지만, 속물화와 동물화에 대한 비판보다는 그 원인을 되새김질하려 한다는 점이 다르다. 이들은 자신들의 세대가 현실의 불가능성에 대한 공유된 믿음을 지니고 있다고 본다. 사회 변화에 대한 역사적 전망이 부재하고 대안적 삶에 대한 아무런 희망도 없기에, 이들은 당면한 문제에 대한 실용적 해결에 몰두하게 된다. 다시 말해 20대를 사로잡고 있는 보편적인 주체성의 형태는 보수주의라기보다 "나도 안다, 하지만……"의 형태를 취하는 냉소적 실용주의인 셈이다.[3] 이것은 "'그래 봤자 우린 안 될 거야.'라는 비관과 체념의 조소"[4]와 맞닿아 있는 것으로 이해된다.

마지막으로 지금의 젊은이들이 보여주는 것이 빈곤과 루저의 삶을 보다 긍정적으로 바라보려는 태도이다. 이것은 주로 무기력한 젊은이들을 형상화 한 소설에 대한 비평에서 나타난다. 문학동네에서 기획한 '우리는 누구인가? 2-2010년, 한국문학의 주체'에서 복도훈은 한재호의 『부코스키가 간다』(창비, 2009)와 문진영의 『담배 한 개비의 시간』(창비, 2010), 박솔뫼의 『을』(자음과모음, 2010), 황정은의 『백의 그림자』(민음사, 2010)를 분석하면서 이들 소설의 주요인물들이 무위의 실존을 보여준다고 말한다. 이 때의 무위는 장-뤽 낭시나 바타이유의 개념과 맞닿아 있으며 "목표를 이루는 데 동참하지 않는 것, 시스템의 일부분으로 작동하지 않으려고 하는 것, 거리를 애써 두려는 노력"[5] 등으로 설명된다.

---

3) 최철웅, 「20대, 냉소적 속물들의 인정투쟁」, 『실천문학』, 2010년 가을호, 406쪽.

4) 허지웅, 「20대와 세대론의 결별」, 『세계의 문학』, 2011년 여름호, 290쪽.

5) 복도훈, 「아무것도 '안' 하는, 아무것도 안 '하는' 문학」, 『문학동네』, 2010년 가을호, 388쪽.

"딸리는 스펙과 아무것도 아닌 콘셉트로 세상의 대오에 합류하기 어렵고 합류하지도 않으려는 이들의 조용한 거절"[6]이라는 적극적인 의미를 부여한다. 권유리야 역시 빈곤과 패배를 오히려 새로운 저항의 지점으로 삼고 있는 최근 소설의 모습을 긍정적으로 평가하고 있다.[7]

지금의 30대를 바라보는 시각은 사회성을 몰각한 이기적인 존재들로 비판하거나 거절이라는 새로운 정치성을 보이는 존재들로 의미부여하는 태도가 존재함을 확인할 수 있다. 이러한 시각이 공유하는 젊은 세대에 대한 공통된 인식은 이들이 무기력하고, 직접적인 차원에서는 사회적 존재로서의 기능과 역할에 무관심하다는 것이다. 그러나 최근의 들어서는 이와 다른 모습을 보이는 젊은이가 나타난 작품들이 30대 소설가들에 의하여 창작되고 있다. 이 글에서 살펴볼 장강명의 『표백』(한겨레출판, 2011)과 손아람의 『소수의견』(들녘, 2010)이 그것이다.

2. 역사의 종언을 수리하기

장강명의 『표백』은 망원경으로 IMF 세대를 조망하는 소설이다. 망원경으로 보았을 때 지금의 세계는 모든 시스템이 완벽하게 짜여 어떤 것도 보탤 수 없는 '그레이트 빅 화이트 월드'이다. '그레이트 빅 화이트 월드'는 "너무너무 완벽해서 내가 더 보탤 것이 없는 흰색. 어떤 아이디어

---

6) 위의 글, 402쪽.

7) "따라서 빈곤과 패배자라는 사실을 배짱의 근거로 삼아 더욱 처절하게 실패해 '줄' 의향이 있음을 공론화하는 2000년대 문학의 청춘들, 이들의 능동적인 자학은 많이 가진 자들의 두려움을 이용하기 위한 것이다. 그런 점에서 이들은 인생을 거는 가장 무모한 생존본능으로 자본에 대처한다. '가장 무모한 방식으로 생존을 보장받으려는 본능적인 존재'들. 이것이 2000년대 한국문학에 나타난 신세대의 자화상이다."(「2000년대 벼랑끝 청춘들, 싸구려 커피의 발원지」, 『키워드로 읽는 2000년대 문학』, 작가와비평, 2011, 233쪽)

를 내더라도 이미 그보다 더 위대한 사상이 전에 나온 적이 있고, 어떤 문제점을 지적해도 그에 대한 답이 이미 있는, 그런 끝없는 흰 그림"(77)의 세계이다. 이러한 세계에서 젊은이들에게 주어진 일은 "누가 빨리 책에서 정답을 읽어서 체화하느냐의 싸움", 즉 자신의 고유한 색깔을 잃는 "표백"(77)의 과정을 밟는 것일 뿐이다.

표백 세계에서 벗어나기 위해 젊은이들이 선택하는 유일한 방법은 자살이다. 이 작품은 술, 담배, 섹스에서만 찰나적인 자신을 확인하던 젊은이들이 이제는 자살로밖에 자기 발언을 할 수 없는 끔찍한 모습을 드러낸 것으로 이해할 수도 있다. 이러한 자살은 에밀 뒤르켐이 말한 이기적, 이타적, 아노미적 자살과도 다르다. 얼핏 보기에 이들의 자살은 지속적이고 안정적인 생활을 누릴 수 없어 발생한 결과이기에 아노미적 자살처럼 보이지만, 오히려 실상은 반대다. 아노미적 자살이 개인들에게 조건이나 방향을 정해주지 못하는 혼란 속에서 발생하는 것이라면 이들의 자살은 이 사회가 너무나도 분명하게 이들에게 고정된 길을 제시하기 때문에 발생한다. 또한 이들의 죽음은 김사과의 소설이 보여주는 것과 같은 무지막지한 충동의 세계와도 거리가 멀다. 이들의 죽음은 "삶의 중요한 성취를 이뤘을 때"(160) 이루어지는 것에서도 알 수 있듯이 철저히 계산적이다.

'나'는 "1980년대에는 대학생들이 정치의 상당 부분을 담당했고, 1990년대에는 대학생들이 대중 문화의 중심"(40)이었다면, 오늘날의 젊은이는 어떠한 역사적 진보도 만들어내지 못한다고 주장한다. 자살을 전파하는 일종의 메시아인 세연은 이러한 처지를 견디지 못한다. 그녀는 "아무도 전에 시도하지 못했고, 아무도 생각하지 못한 일. 그 일 이후에는 모든 사람의 생각이 바뀌게 되는 것, 반대하는 사람이라도 무시할 수는 없게 되는 그런 일"(69)을 원하는 것이다. 이들에게 자살이란 보전적 개인이 되는 것에 대한 거부라고 할 수 있다. 그러나 역사 발전에 동참하는 유일한 방법이 자살이라는 점에 이 작품의 미묘한 표정이 담겨 있다.

그러고 보면 이들에게 현실에서의 생존은 이들의 자살과 무관하다. 세연은 거의 로망스에나 나올법한 인물이다. 학교 홍보 모델이며 수능 성적 전국 상위 0.1%에 드는 21세기 장학생이고 삼성전자에도 특채된 인재이다. 그러고 보면 이 작품의 주인공 '나'가 7급 공무원 시험을 준비하며 겪는 온갖 "궁상"(132)들도 하나의 선택에 불과하다. 주인공의 아버지 역시 익산시청 공무원으로 언제든지 손을 벌릴 수 있는 상황이며, 다만 본인이 그것을 원하지 않을 뿐이다.

이러한 젊은이들의 모습은 최근 소설에서는 찾아보기 어려운 형상이다. 가장 근본적인 차이는 이들이 지닌 욕망의 성격에서 비롯된다. 최근 소설의 젊은이들은 대개 개인으로서의 이기적인 활동에 모든 것을 거는 보전적 개인들(das erhaltende Individuen)에 머물렀던 것이다. 주지하다시피 그들에게 가장 중요한 과제는 생존이었고, 그 이상의 문제는 관심 밖의 일이었다. 그러나 『표백』의 젊은이들은 그러한 생존과 일상을 뛰어넘어 역사 발전에 동참하고자 하는, 그리하여 역사진보의 의식적 담지자인 세계사적 개인(das welthistorische Individuen)이 되어야 한다는 강박에 시달린다.

장강명의 『표백』은 세연의 동료 학생이었던 '나'가 서술자로 등장하는 부분과 자살한 세연이 자신을 삼인칭으로 기술한 잡기장의 기록으로 이루어져 있다. 이 작품의 처음에는 세연의 목소리만인 들리는 형국이다. 초인적인 능력을 지닌 세연은 압도적인 힘을 발휘하여 추윤영, 병권, 진호 등이 자살하게 만들고, 이에 영향받은 많은 국내외의 자살자들이 발생한다. 그러나 후반으로 갈수록 세연에게 반대하는 나의 목소리 역시 큰 비중을 차지하게 된다. 차차 세연은 "위인전 목록에 자기 이름을 올리고 싶어 하는 사이코패스"(112), "자신의 목적을 위해서라면 어떤 거짓말이라도 서슴지 않을 인간"(325), "연쇄살인마처럼 다른 사람의 죽음에 대해서는 신경 쓰지 않"(336)는 인간으로 호명된다. '나'는 자존심 때문에 자살에 반대하며 세연에게 반박하는 길은 "멋있게 사는 법을 직접 보여주는 수밖에 없"(314)다고 생각한다. 주인공은 마지막에 세연이를 "적수"(330)로 상정함으로써 자신의 정체성을 확인한다.

아이러니하게도 『표백』의 거의 전부는 그러한 시도가 원천적으로 불가능함을 주장하는데 바쳐져 있다. 이 작품에서는 재벌의 아들도 '그레이트 빅 화이트 월드'에 서 표백되어가는 존재에 불과하다. 표백세대로서의 자기 규정은 이 시대 젊은이들에게 '생의 구경적 형식'에 해당한다고까지 말할 수 있다. 88만원 세대론에서 비참한 젊은이들이 짱돌을 들어 해결할 문제가 낮은 임금과 부족한 일자리라면[8], 이 작품에서는 그러한 해결책조차 통하지 않는다. 설령 일자리가 생기고 적당한 임금을 받는다 해도 그들의 역할은 기존 사회의 유지 보수에만 머물기 때문이다.

이 작품에서 자살 대신 제시하는 "우리시대에 태풍은 곧 몇 번 들이치리라 생각한다. 그때 그 에너지를 이용하면 여러 가지 일을 할 수 있을 것이다."(332)라는 대안 속에서도 오늘날의 젊은이들은 철저히 주체가 아닌 객체에 머물고 만다. 결과적으로 '그레이트 빅 화이트 월드'는 완벽한 이 세상의 전부가 된다. '나'는 생계를 위해 최소한의 시간만 바치고 자유시간을 확보하기 위해 7급 공무원이 되지만, 실제 공무원의 삶은 그러한 기대와는 거리가 멀다. 세연은 일찌감치 "청년 연대니 청년 노조니 하는 단체도 만들지 않기를 바란다. 별 효과가 없으리라는 것이 뻔히 보이는 데 더해, 무엇보다 우스꽝스럽기 때문이다."(182)라고 선언하여, 저항을 가능케 하는 집단적 주체의 가능성을 사전에 봉쇄해 놓는다. 세연을 적수로 설정한 '나' 역시 마지막에 "철저히 보통 사람으로서 생활에 기반을 둔

---

8) 우석훈·박권일, 『88만원 세대』, 레디앙, 2007.

일을 해야 한다는 것"(331)과 "청년 연대니 청년 노조니 하는 단체"(331)
와는 거리를 둘 것임을 분명히 한다.

그러나 이들의 삶을 배태한 역사적인 조건을 충분히 사유하지 않을 때,
그리하여 그들의 상황이 하나의 숙명처럼 자연화된다면 사태는 곤란해진
다. 그것은 스스로를 영원한 쇠우리(iron cage)에 가둬두는 일이 될 것이
다. 이 때 가능한 태도는 대안 없는 소모 내지는 죽음 뿐이다.

모든 언어가 그러하듯이 소설 역시 사실확인적(constative)인 동시에 수
행적인(performative) 진술이다. 이쯤에서 이 작품의 수행적인 효과에 대하
여 고민해볼 필요가 있다. 이 작품에서는 표백 세대라는 선규정이 너무나
도 강력하다. 그리하여 구체적인 현실의 세부를 탐구하여 작가의 인식마
저도 교정시켜줄 수 있는 근대소설의 고유의 힘은 발휘되지 않는다. 지금
의 이 세상은 완벽하고, 세상의 변화가능성은 존재하지 않는다. 가능한
것은 주어진 길을 열심히 걸어가는 것 뿐이다.

이 작품은 후쿠야마식의 역사종언론에 바탕해 쓰여졌다. 작가는 한국
이 "경제성장과 민주화에 성공"(188)하면서 어떤 모순도 근본적으로는 해
결되지 않지만, 어떤 모순도 혁명이 일어날 정도로는 쌓이지 못하는 완성
된 사회로 접어들었다고 본다. 이처럼 완성된 사회에서 자유민주주의와
수정자본주의를 대체할 사상은 존재하지 않는다. 산업화와 민주화를 이
루어서 더 이상 아무런 역사 발전이나 변혁도 생각할 수 없다는 것은 산
업화와 민주화를 인간의 역사가 가닿은 도달점으로 바라보는 역사철학을
선명하게 보여준다. 이러한 상황에서 젊은이들이 나아갈 길은 앞에도 뒤
에도 없다. 이 소설이 제시하는 지도에는 어떠한 좌표도 없이 하얀 공백
만이 가득하다.

3. 작은 결단과 큰 승리

아현동 철거현장에서 철거민과 경찰이 대치하던 중 망루에서 농성하던
16세 철거민 박신우와 20대 전경이 사망한다. 박신우의 아버지는 아들이
경찰에게 폭행을 당하자 흥분한 나머지 둔기를 휘둘러 전경을 살해한다.
검찰에서는 박신우를 폭행하여 죽인 사람이 철거용역인 김수만이라 주장
하며, 아버지 박재호를 경찰을 죽인 특수공무집행방해치사 혐의로 구속
기소한다. 이에 맞서 윤변호사는 박신우를 사망에 이르게 한 것은 철거용
역인 김수만이 아니라 진압경찰이며 박재호는 정당방위라고 주장한다.
이를 두고 양측의 법정공방은 시작된다.

『소수의견』은 서사의 대부분이 법정을 무대로 검사와 변호사가 논쟁
을 벌이는 것으로 되어 있다. 이 때문에 단조로운 느낌을 줄 수도 있지
만, 실제로는 정반대이다. 작품의 대부분은 배심원 앞에서 이루어지는
법정공방으로 채워져 있는데 박진감이 넘친다.[9] 공안 출신으로 악명이
높은 홍재덕 검사는 변호인 측의 수사자료 열람 요청을 거부하고, 집회
에 참여한 것을 빌미로 변호사를 징계위원회에 회부하며, 김수만의 위증
을 교사하고, 이전의 사건을 이유로 변호사가 구한 증거 테이프를 압수
하기도 한다. 이에 대응하는 윤변호사 역시 만만치 않다. 판사기피신청,
재정신청, 항고, 국가배상청구소송, 국민참여재판 신청 등으로 이에 맞
서 나간다.[10]

---

9) 현직 변호사인 차병직은 "세밀한 취재와 공부를 바탕으로 법률용어 구사와 상황 묘사가
   놀랍도록 정확하다."(「유행하는 부정의와 외로운 정의」, 『창작과비평』, 2010년 가을호,
   456쪽)고 말한다.

10) 손아람의 『소수의견』에는 용산참사를 떠올릴 수밖에 없는 대목이 너무나 많다. 일례로
    홍재덕 검사가 수사자료 열람 요청을 거부하는 모습을 꼽을 수 있다. 실제로 용산 참사로
    기소된 철거민들의 재판에서 검찰은 총 1만여 쪽의 수사기록 중에 자신들의 수사 결론에

그러나 이 법정은 하나의 개별적인 사건을 다루는 것으로 끝나지 않고, 한국 사회의 기본적인 정치적 대결이 벌어지는 첨예한 전선이 된다. 윤변호사의 편에는 탁월한 지성을 갖춘 이상주의자 염만수 법대 교수, 법을 믿지 않지만 정의감에 불타는 이준형 기자, 스물아홉 살에 조교수가 된 서른네 살의 이주민, 항의 집회를 하는 법대교수들과 시국성명을 내는 민주시민사회를 위한 변호사 모임 등이 있다. 그 반대편에는 정부와 검찰, 경찰, 재벌, 보수계열 경제연구소, 그리고 악함보다는 무지가 더 큰 문제인 아현동 재개발 조합원들이 있다.

『소수의견』은 첨예한 사회적 문제를 다루면서도 손쉬운 선악의 이분법을 벗어나고 있다. 주인공은 박재호의 변호인이기도 하지만 조직 폭력배 두목 조구환의 변호인이기도 하다. 윤변호사가 박재호를 변호할 때는 법의 형식논리 때문에 고생하지만, 조구환을 변호할 때는 바로 그 형식논리에 바탕해 조구환이 살인죄를 벗어나게 한다. 살인 날짜를 허위진술하게 함으로써 공소를 불가능하게 만든 것이다. 이로 인해 윤변호사는 한 방청객에게 "버러지 같은 놈"(16)이라는 말을 듣는다.

박재호의 재판에서 승부를 결정하는 가장 핵심적인 사항은 철거용역인 김수만의 증언이다. 김수만이 박신호를 살해했을 때와 아닐 때의 결과는 완전히 달라질 수밖에 없다. 검찰에서는 시종일관 박신호의 살해범으로 조직폭력배 김수만을 꼽고 있다. 이런 상황에서 김수만의 행방은 묘연하다. 이 때 김수만의 신병을 확보해 증언대에 세우는 것은 바로 윤변호사의 변론으로 살인죄를 벗어난 조직폭력배 조구환이다. 윤변호사가 거느린 거대한 선은 조구환이란 악의 힘으로 비로소 힘을 발휘하게 되는 것이

반하는 3천여 쪽의 기록은 제출하지 않고 있다. (박래군, 「'용산 참사'로부터 생각하는 인권」, 『실천문학』, 2009년 여름호, 221쪽)

다. 이 작품에서 세상의 선과 악은 마치 뫼비우스의 띠처럼 교묘하게 얽혀 있다.

이 소설의 주인공 윤변호사는 1997년 겨울 법대를 졸업한 후 건설회사에 다닌다. 회사는 자금난에 처해 있었고, 부도설이 떠돌았다. 그 시절 주인공은 "겨울이 지나가는 자리에 눌러앉은 선조와 조국을 저주"(401)했다. 그는 기어이 회사에서 해고되고, 작은 빌라에서 전기장판만 찾던 아버지는 전기장판의 코드가 뽑힌 상태로 죽는다. 20년 동안 철물점을 운영하며 현상유지에만 급급했던 아버지는, "매일 아들만큼은 자신과 다르게 살게 해달라고 신께 기도하는 사람"(403)이었다. 윤변호사가 사법고시를 준비한 것은 그 이후이다. 사법고시에 통과하여 사법연수원을 수료하지만, 늦은 나이에 일류 대학을 졸업하지 못한 그가 선택할 수 있는 일은 국선변호인 밖에 없다.

직장에 발을 내딛자마자 IMF로 해고당한 윤변호사는 IMF의 영향을 직접적으로 받은 세대의 첫머리에 해당한다. 그러나 윤변호사가 이에 대응하는 방식은 기존의 정형화된 젊은 세대의 모습과는 다르다. 무위와 절망만을 반복하기보다는 자기만의 방식으로 주변의 현실에 맞서 나가고 있기 때문이다.

『소수의견』에는 여러 대목에 걸쳐 결단과 행동이 나타나고 있다. 법과 제도라는 테두리에 남아 자신의 이익을 최우선시하는 속물이나 동물이 될 수 있음에도 주인공은 계속해서 보다 나은 진실을 향해 나아간다. 주인공에게는 여러 번 선택의 순간이 다가온다. 국선변호인의 신분으로는 박재호를 변론할 수 없는 순간이 오자 윤변호사는 과감하게 생계의 위협을 무릅쓰고 국선변호인을 그만둔다. 이러한 결정은 "어떻게 사는가, 어떻게 살아야 하는가, 어떻게 살고 싶은가의 문제"(93)와 연결된 것이다. 이후에도 윤변호사는 결코 현실에 타협하거나 포기하지 않는다. 그는 박재호의 삶이 하나의 "역사"(244)라는 신념을 가지고 모든 곤란을 헤쳐 나가는 것이다. 또한 그는 "자신만이 정의롭고, 자신만이 솔직하고, 자신만이 실천주의자라고 공표하는 확신에 찬 얼굴"(383)을 하고 재판에 해를 끼치는 4번 배심원을 보며, "정의의 진짜 적은 불의가 아니라 무지와 무능"(383)이라고 생각하는 냉철함까지 지니고 있다.

결과는 일단 윤변호사의 승리로 볼 수 있다. 윤변호사는 배심원들이 만장일치로 박재호의 정당방위를 인정하는 의견을 이끌어낸다. 재판장은 법의 이름으로 배심원들의 의견을 뒤집어 징역 3년형을 선고하지만, 이어진 항소에서 박재호의 선고형량은 1년 6개월까지 줄어든다. 그리고 양심의 상징인 염만수 교수님은 대법관 후보로 거론된다.

그러나 현실의 권력은 그렇게 호락호락하지 않다. 그것은 작품의 마지막에 등장하는 변호사가 된 홍재덕과의 만남을 통해 나타난다. 이 자리에서 홍재덕은 "내가 옷을 벗어 괴로워할 거 같은가? 전관예우기간이라 벌이가 아주 좋아요."(417)라며 느물거린다. 각종 부정한 방법으로 진실을 은폐하려 했던 홍재덕은 국가적 차원의 음모는 없었으며 모든 것이 자신의 "소신"(418)에 따른 것이라고 당당하게 말한다. 진짜 적은 우리의 내면에 잠복해 있는 자발적인 권력에의 동조와 일상에 만연한 권력의 작용이었던 것이다. 그렇다면 우리의 싸움 역시 보다 정교하고 생활에 밀착할 필요가 있을 것이다. 진짜 싸움은 이제부터인지도 모른다. 손아람의 『소수의견』은 그 싸움이 결코 무용하거나 불가능하지만은 않을 거라는 예감을 준다.

4. 6 · 9 작가선언과 새로운 가능성

문학의 죽음이 심심치 않게 논의되었다. 이것은 단순히 대중으로부터 외면받는다는 의미도 있지만, 근대문학의 핵심적인 성격인 '영구혁명 담당기관으로서의 문학'이라는 사회적 기능을 잃은 것과도 관련된다. 2000년대 소설들은 이를 실증해주는 구체적인 사례이고, 특히 작품 중에 등장하는 젊은 세대들은 정치성 거세의 상징적 존재들로 언급되었다.

이쯤에서 일제 말기 임화의 평론을 생각해 볼 필요가 있다. 당대 현실에 대하여 정면으로 발언한 작품들이 거의 없던 일제 말기에 임화는 "작가의 의도가 의식하지 않고 직관으로 초래한 잉여의 세계, 만일 그것이 의식된다면 작가에 의하여 부정될지도 모르는 새 세계를 작품으로부터 분리하여 그것의 독립적 가치를 승인하고 나아가 그 존재와 성장의 가능성을 증명"[11]하는 것이야말로 비평의 기능이라고 보았다. 임화는 현실에 대하여 정면에서 발언하지 못하는 작품 속에서도 충분히 정치적 가능성은 사유될 수 있다고 본 것이다. 작품에서 희미하게 인식되는 잉여세계를 의식화 하고, 그것을 의미화하여 작가의 창작을 돕는 것이 비평의 기능이자 역할이라고 본 것이다. 물론 이것이 가능하기 위해서는 비평가가 잉여를 낳는 새로운 세계와의 공감력을 가져야 한다고 보았다. 과연 오늘날의 비평은 충분한 공감력을 지니고 지금의 작품들이 담지한 혹은 담지할 수밖에 없는 잉여세계를 간취하고 있는지 심각하게 고민할 필요가 있다. 오늘날의 문학에 대한 대부분의 성급한 진단들은 임화가 말한 비평의 역할을 몰각한 것에서 비롯된 것인지 진지하게 자문해볼 필요가 있다. '과거의 시각'으로 '현재의 작품'을 재단하며, 그 안에 잉여로서 존재하는 '현재의 정치성'을 몰각한 채 가시적으로 드러나지 않는 '과거의 정치성'이 없다고 비판한 것은 아닐까?

---

11) 임화, 「작가와 문학과 잉여의 세계」, 『비판』, 1938.4. 『임화 문학예술전집』 3권, 소명출판, 2009, 569쪽.

　　장강명의 『표백』과 손아람의 『소수의견』은 직접적으로 현재 문학의 정치성을 심문하는 문제작들이다. 『표백』은 작가의 관념이 압도적인 영향력을 발휘하고 있다. 관념에 바탕한 선규정은 현실에 대한 구체적인 탐구마저 제약하여, 작가가 내세우고자 하는 주장의 진정성을 스스로 무너뜨리고 있는 형국이다. 그럼에도 보전적 개인을 넘어선 세계사적 개인에 대한 탐구를 제시했다는 점은 높이 살만하다. 『소수의견』은 비교적 법이라는 한정된 테두리 속에서 이 사회의 진실과 진보에 대한 꼼꼼한 탐구를 하고 있다. 이러한 시각은 작지만 무척이나 소중한 새로운 문학적 가능성을 향한 출발이 되기에 충분하다.

　　최근에는 '예술적 창작'이 아닌 '사회적 실천'이라는 측면에서도 작가들이 구체적인 모습을 보여주고 있다. 일례로 '6 · 9 작가'들이 선보인 정치적 목소리를 들 수 있다. 그들은 2009년 6월 9일에 '이것은 사람의 말'이라는 최초의 선언을 했으며, 같은 해 12월 8일에는 용산 현장에서 '다시, 이것은 사람의 말'이라는 두 번째 선언을 했다. 이들은 그 자체로 하나의 통일된 목소리를 내는 정치조직이 되는 것을 거부했다. 따라서 이들의 단일한 이념이나 지향을 정리한다는 것은 불가능하다. '6 · 9 작가선언'은 '자유로운 개인들의 자발적 연대'를 가장 중요한 자기 정의의 핵심어구로 삼고 있다. 개인과 연대의 동시적 강조는 작가선언의 핵심 정신이다.[12]

　　이 모임의 성격을 보다 개념화한 논의로는 진은영의 「조각의 문학」과 심보선의 「불편한 우정: 어떤 공동체의 발견」을 들 수 있다. 「조각의 문학」에서 진은영은 타자에게 가닿을 수 없다는 금지의 절대성은 진실이지

---

12) 권희철은 "조직하고 골방 사이에 있는 공동체"라는 표현을 사용하고 있다. (박수연 외 4인, (좌담) 「다르지만 같은 사람들의 이야기」, 『실천문학』, 2010년 봄호, 293쪽)

만, 그렇다고 해서 타자에 대한 순정한 언어를 가질 수 없다는 문학적 통찰이 침묵을 제안하지는 않는다고 말한다. 오히려 "끝없는 말을 통해서 타자와 우리 자신을 동요시키고 양자의 내밀성을 파괴하며 접근 불가능한 존재로 변화시켜버린다. 그 불가능성을 만드는 '가능성'이 문학이며 문학적 언어의 고유한 권리이다."[13]라고 주장한다. 여기에는 '불가능한 가능함'으로서의 공동체에 대한 비전을 담고 있다. 심보선의 「불편한 우정」은 최종적으로 자신이 지향하는 공동체가 "어떤 변수, 배경, 원인들의 재현이 아니라 만남 그 자체의 무목적적인, 그러나 신비로운 현현. 첫 번째이자 마지막 매듭, 맨얼굴, 뜻밖의 목소리, 이미 소멸된 추억으로부터 오기도 하고 아직 도래하지 않은 미래로부터 오기도 하는 그것들."[14]이라고 정의한다.[15] 여기서 발견할 수 있는 것은 이들이 공동체에 대한 비전을 결코 포기하지 않으며, 이 때의 공동체는 목적론적인 집단적 주체와는 거리를 둔 채 (불)가능성을 내포한 아포리아로서만 존재한다는 사실이다. 무엇보다 주목해야 할 점은 이들이 새로운 연대와 실천의 가능성을 포기하지 않겠다는 의지를 완곡하게 표현하고 있다는 점이다.

실제로 '6 · 9 작가'는 용산문제와 관련해 구체적이면서도 실천적인 활동을 펼쳤고, 여러 가지 성과들을 남긴바 있다. 이러한 활동은 실제 창작과도 무관하지 않은 흐름을 이루고 있다. 이 글에서 논의한 손아람의 『소수의견』은 한국의 법에 대하여 탐구하고 있는 작품이다. 이것은 『2009년

---

13) 진은영, 「조각의 문학」, 『문학과 사회』, 2009년 가을호, 396쪽.

14) 심보선, 「불편한 우정: 어떤 공동체의 발견」, 『문학과 사회』, 2009년 가을호, 491쪽.

15) 이들이 말하는 공동체는 바타이유로부터 시작하여 블랑쇼를 지나 낭시에까지 이어지는 공동체론과 맞닿은 것이라 할 수 있다. 바타이유, 블랑쇼, 낭시가 제시하는 공동체의 길이란 "어떤 '불가능성'의 길, 어떤 '부재'의 길, 하지만 바로 그러한 불가능성과 부재로부터 비로소 발원하게 되는 어떤 '소통'의 길"(최정우, 「코뮤니즘을 다시 사유하기 위하여」, 『문학과 사회』, 2011년 봄호, 455쪽)이다.

용산참사 헌정문집』에서 신형철이 한 "오늘날 대한민국에서 법은 사랑의 논리화가 아니라 폭력의 합리화에 가깝다. 이제 문학은 법과도 싸워야 한다."16)는 발언에 대한 하나의 응답으로 이해할 수도 있을 것이다. 문학에 대한 애정을 철회하기에 2011년 '오늘의 문학'은 여전히 뜨겁다.

(『문학의 오늘』, 2011 겨울호)

---

16) 작가선언 6·9 엮음, 『2009년 용산참사 헌정문집—"지금 내리실 역은 용산참사역입니다"』, 실천문학사, 2009, 167쪽.

2000년대 노동시의 새로운 가능성 '들'

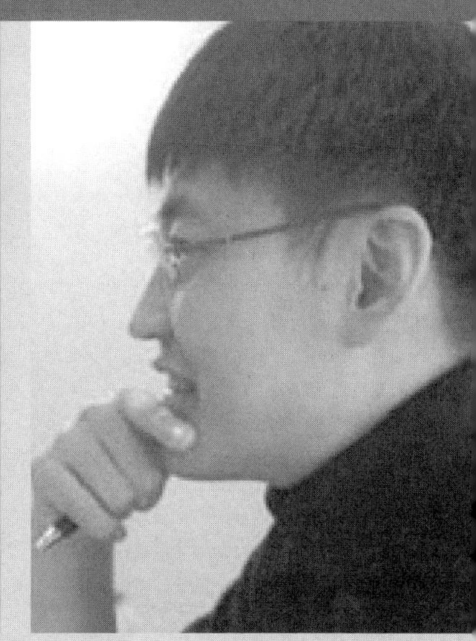

장성규

1978년 서울에서 태어나
2007년 『경향신문』 신춘문예로 평론 활동을 시작했다.
평론집으로 『사막에서 리얼리즘』이 있다.
현재 서울대, 경희대, 국민대 강사이다.

2000년대 노동시의 새로운 가능성 '들'

장성규

1. 시적 리얼리티라는 아포리아를 넘어서기

시적 리얼리티라는 개념은 성립 가능한가? 2000년대 노동시의 새로운 가능성 '들' 을 모색하기 위해서는 먼저 이에 대한 근원적인 성찰이 필요하다. 시의 장르적 특성상 객관 현실을 '총체적' 으로 '반영' 하고, '당파성' 에 기반하여 '전망' 을 제시하는 것은 원론적으로 불가능하다. 시적 형식이 소설의 형식과는 달리 주체와 대상간의 합일의 언어화에 적합하기 때문이다. 시적 형식은 주체와 대상간의 단절을 설정하지 않으며, 따라서 시적 주체와 분리된 객관 현실이라는 개념 역시 성립되기 어렵다.

일찍이 식민지 시대, 임화가 '단편서사시' 라는 형용모순의 형식을 고안했던 것은 이에 기인한다. 시적 리얼리티라는 개념 자체가 지니는 아포리아를 해결하기 위해 그는 단편서사시라는 형식을 제안한다. 그러나 그는 곧 스스로 이 형식을 부정할 수밖에 없었다. 왜냐하면 이 형식은 시적 형식의 근원적인 전복의 미학이 아니라, 시적 형식에 산문적 형식을 도입한 것에 멈추었기 때문이다.

80년대 활발히 창작─유통되던 노동시 역시 이 문제를 미학적 층위로 접근하지 못했다. 물론 다양한 노동시의 형식적 실험이 전개되었으나, 이 실험들 역시 임화의 경우와 마찬가지로 귀결되었다. 이야기시, 시사시, 보고시 등의 형식적 실험은 일정한 성취를 거두었으나 이는 엄밀하게 말해서 미학적 층위의 성과라기보다는 시의 창작─유통과정에서의 문예운동적 층위의 성과라고 해야 할 것이다.

그렇다면 90년대 이후 급속한 노동시의 '붕괴' 현상을 단지 현실에서의 정세적 후퇴와 운동의 몰락만으로 해명하는 것은 편의적이다. 오히려 2000년대 새로운 노동시의 가능성을 논하려는 지금, 우리에게 필요한 것은 임화의 발본적인 고민이다. 주체와 대상간의 합일을 장르적 특징으로 하는 시적 형식에 객관 '현실'의 문제를 어떻게 결합시킬 수 있을까? 비록 임화의 단편서사시의 실험이 시적 형식과 산문적 형식의 절충으로 귀결됨으로써 스스로 부정되었으나, 그가 보여준 시적 형식과 객관 현실간의 미학적 관계맺음의 문제제기는 여전히 유효하다.

시적 리얼리티라는 개념이 근본적으로 성립하기 어려운 것은 주체와 대상간의 합일의 지점에서 시의 미학이 생성되기 때문이다. 그러나 이 정언테제에는 균열이 존재한다. 시적 주체는 단일하게 통일된 존재가 아니며, 시적 대상 역시 중층적이며 비가시적인 형태로 현현한다. 따라서 주체와 대상간의 합일이라는 시의 장르적 특성은 고정된 형식으로 나타나지 않는다. 주체와 대상간의 합일은 결코 주체에 의한 대상의 전유가 아니기 때문이다. 주체와 대상의 끊임없는 충돌과 그 과정에서 새롭게 생성되는 관계의 장면이 바로 시적 리얼리티이다. 임화가 간과했던 것이 이 지점이다. 그는 당파성을 담지한 주체를, 그리고 식민지 근대성의 모순을 내포한 대상을 선험적으로 설정했다. 따라서 주체와 대상간의 충돌과 새로운 리얼리티는 발현될 수 없었다. 다만 이미 선험적으로 존재하는 주체와 대상의 강박적인 재현이 반복되었을 뿐이다. 그리고 이러한 한계는 80년대 노동시에까지 지속되며, 노동시의 급격한 퇴조 역시 이미 내재되어 있던 미학적 한계에 의한 것이었다.

이 글은 여기에서 출발한다. 시적 주체와 대상간의 충돌과 그 과정에서 생성되는 새로운 관계의 장면을 시적 리얼리티라고 할 수 있을 것이다. 그렇다면 2000년대, 과거와는 다른 방식으로 이 시적 리얼리티의 긴장을 복원시키는 징후들을 통해 새로운 노동시의 가능성을 모색할 수도 있을 것이다. 그 징후들을 구체적인 작품들을 통해 살펴봄으로써 임화의 고민을 넘어서는 단초를 마련하는 것. 이것이 새로운 노동시의 미학을 모색하는 비평의 몫이다.

2. 포획되지 않는 '흐름으로서의 노동'—백무산의 경우[1]

백무산의 시적 변화를 살펴보는 것은 곧 우리 시대 노동시의 변화를 살펴보는 것과 같다. 80년대 노동시에서 보고시라는 새로운 형식을 통해 현장적 구체성을 극대화한 『동트는 미포만의 새벽을 딛고』의 세계에서 90년대 치열한 자기 성찰과 철학적 사유를 보여준 『인간의 시간』에 이르기까지 그의 시적 변화는 당대 노동시의 성과와 한계를 정확히 반영한다. 그렇다면 그가 2000년대 보여주는 노동시의 성과와 한계는 무엇인가를 살펴보는 것은 새로운 노동시의 가능성을 모색하려는 이 글에서 핵심적인 비평적 작업일 것이다.

2008년 발간된 그의 7번째 시집 『거대한 일상』을 관통하는 시적 리얼리

---

1) 이 글에서 다루는 백무산의 모든 작품은 『거대한 일상』(창비, 2008)에 수록된 것이다.

티는 노동 개념의 발본적인 내파와 재구의 과정이다. 과거 숭고한 미적
대상으로 형상화되었던 노동은 이제 그 자체가 인간의 구체적인 삶을 훈
육하는, 그리하여 노동 — 기계를 강제하는 기제로 인식된다.

> 시계의 시간은/내 몸을 묵살하고/자기테이프처럼 자화되었네/기계노동이
> 내 몸을 훈육해왔네/훈육되어 스스로 실토해온 시간
>
> —「졸음」 부분

> 내 어미는 기계였지요/나도 훌륭한 기계를 꿈꾸었지요/내 어미의 어미는
> 시계였답니다/(…)//당신의 심장에도 기계가 뛰고 있군요/당신을 낳은 이도
> 시계였군요
>
> —「모가지」 부분

> 사회주의에서도 그는 위인이다/자본주의에서도 그는 절대적 위인이다/근
> 면은 종교다 아니 노동은 인류의 종교다/근면이 탐욕의 다른 이름이 되어도/
> 독점 훼손 파괴 고갈 멸종 착취 전쟁이 근면의 다른 이름이 다 되어도/근면은
> 다 구원된다/모든 근면은 하늘나라의 것이다//한 시대가 가고 새로운 시대가
> 왔노라고 노래하지만/그러나 아직도 그가 승리하고 있다
>
> —「위인전」 부분

그에게 노동은 더 이상 숭고한 미적 대상이 아니다. 나아가 노동은 단
지 주체 외부의 사물을 개조, 변화시키는 것이 아니라 바로 주체 자체를
포획하는 것으로 인식된다. 그것은 '몸'의 차원에서 운동하는 훈육기제
이다. 이윤의 극대화를 위한 "시계의 시간은/내 몸을 묵살하고", 결국
"기계노동이 내 몸을 훈육해"온 것이다. 이 점에서 '모가지'가 비틀리는
닭과 나는 동일하다. 닭은 "시계"로서 "훌륭한 기계"를 꿈꾸었으며, 나
역시 노동의 물신화 속에서 "심장에도 기계가 뛰고 있"는 "시계"일 따름
이다. 이는 단지 자본주의 생산양식의 문제만이 아니다. 생산력주의로 인

해 구체적인 삶과 노동의 패러다임을 변혁하지 못한 "사회주의에서도" 노동의 물신화는 극복되지 못했다. 김수이의 지적과 같이 이 지점에서 백무산은 "노동시는 근본적으로 재편된 현실을 반영해 노동과 노동자에 대한 개념을 재정비해야 하며, 노동시의 영토는 노동현장을 넘어 인간의 삶과 세계 전체로 확대되어야 한다"2)는 문제의식을 보여준다.

그는 이 지점에서 그 자체로 신성화되고 물신화된 노동 개념을 거부한다. 이러한 노동은 삶의 다양한 분기점을 규율화된 생산력의 틀로 환원시킨다. 따라서 문제는 강고한 질서에 포획된 노동을 넘어 주체의 삶을 재구성하는 힘으로서의 노동을 어떻게 재구성할 수 있느냐의 여부이다. 백무산은 주체에 의한 대상의 종속이라는 노동 개념을 내파한다. 이 고정된 노동은 대상에 의한 주체의 재구성을 생성할 수 없기에 죽은 노동이다. 그는 대신 본원적 의미의 노동 개념에 대한 극한적 사유를 보여준다. 본래 노동이 주체와 대상의 충돌을 통한 주체성의 변화와 고양을 가능하게 했다는 것, 그러나 죽은 노동이 집적되면서 대상이 주체에 의해 종속되어 노동이 더 이상 주체와 대상간의 충돌을 매개하지 못한다는 것이 그의 근본적인 문제제기이다. 그는 다시 산 노동을 복원시키기 위해 주체와 대상간의 충돌과 생성을 가능하게 하는 '흐름으로서의 노동' 개념을 표출한다.

> 누구는 나를 민족에 가두려 하고/누구는 나를 국가에 가두려 하고/누구는 또 나를 제국에 가두려 하나//나는 국토로부터 멀리/푸르고 망망한 곳에 있고자 한다/민족은 나를 가두어놓고 차별하였고/국가는 내게 사슬을 채워놓고 착취하였고/제국은 나를 노예로 삼고 전쟁기계로 만든다//나를 누구의 국토라 말하지 마라/어느 누구의 배타적 영토라 말하지 마라
>
> —「생명의 이름으로」 부분

---

2) 김수이, 「푸르른 절연(絕緣)의 시학」, 『거대한 일상』 해설, 166쪽.

노동이 주체에 의한 대상의 포획으로 현상할 때, 그 노동은 흐름을 멈추게 되며 결국 고정된 단일한 중심으로서의 주체를 강화할 따름이다. 본래 주체와 대상간의 충돌을 통해 주체의 재구성을 가능하게 했던 노동은 주체에 종속되는 순간 그 의미를 잃는다. 이런 맥락에서 '독도'를 "누구의 국토"나 "어느 누구의 배타적 영토"로 호명하는 것은 노동의 흐름을 '민족'이나 '국가', 나아가 '제국'으로 가두는 것에 다름 아니다. 민족, 국가, 제국이 죽은 노동의 축적의 다른 이름임을 상기한다면 이 시에서 '독도'는 단지 지리적인 의미뿐만이 아니라, "비주류와/하류계급과/아웃싸이더와/소수자이며/변방의 유민"의 표상이다. 이들은 "한줌 가진 것에 기대 비굴하게 오염되어/열정을 잃어버린" 죽은 노동의 집적물이 아니라, 바로 "희망 없는 '인류의 쓰레기'들과 땅을 잃은/뜨내기들"(「기대와 기댈 곳」)이다. 노동의 흐름은 이들간의 차이에 입각한 연대를 통한 새로운 주체성의 형성으로 나아간다. 이 지점에서 생성되는 시적 리얼리티가 백무산이 새롭게 제기하는 노동시의 가능성이다. 그 가능성은 죽은 노동의 집적물인 중심이 아닌 주변에서, 노동의 규격화에 따른 동일성의 원리가 아닌 이질성의 원리에서, 그리고 주체와 대상의 이분법적 사유가 아닌 흐름으로서의 노동을 통한 이들간의 충돌의 장면을 통해 현상한다. 이를 뛰어나게 시적 언어로 형상화 한 작품이 바로 「비」이다.

나는 내린다/꿈은 언제나 솟아오르지만/쉼없이 쏟아져내린다/처음엔 과열된 꿈을 식히는/존재의 낭만적인 슬픔인가 했더니/속도는 번득이는 모서리들을 허물더니/형체들 알아볼 수 없을 지경으로 낙하하더니/눈물보다 빠른 속도로 추락하더니//난파선처럼 자신을 허물기 시작했네/손에 들린 것 몸에 실린 것/애당초 몇푼어치 되지 않은 것들도/마음으로 들고 있던 억만금도 태산도 내던졌네/내던지고서야 속도가 늦추어지네 멈칫/비눗방울처럼 둥실 떠올랐네//그러자 바닥이 달려오네/사막과 타는 자갈밭이 달려오네 이마에 가까워오네/남은 일은 종말을 기다리는 일 산산이 부서지는 일/뛰어들 곳을 찾

앉으나 아무것도 보이지 않고/안개 속에 어렴풋 잿빛 강이 보이네/안간힘을
다하고 눈을 찔끔 감았네//억겁 시간이 흘렀고 눈을 떴을 때/누군가의 따뜻
한 두 팔에 안겨 있었네/출렁이는 젖가슴 같은 강이었네/송곳 같은 숙명을 둥
글게 감아안는 강 같은 품이었네/하류로 흘러와 생은 기도처럼 숙연해져/낙
하하는 자의 품이 되기고 하고/흘러, 존재는 증발하고 흐름만 남기네/꿈을 꾸
듯 숙명은 다시 쏟아져내릴 것이네/다시 그리고 다시/매번 다르게

—「비」 전문

비로 표상되는 주체의 하강은 단순한 낙하를 의미하지 않는다. 선험적
인 "꿈은 언제나 솟아오르지만", 기실 진정한 '꿈'은 흐름으로서의 노동
을 통한 주체의 재구성을 통해서만 가능하다. 따라서 주체는 하강을 통해
"자신을 허물기 시작"한다. 이때 대상과의 충돌을 가능하게 하는 것이 바
로 "산산이 부서지는 일", 즉 흐름으로서의 노동이다. 이를 경과하며 비
로소 새로운 주체성이 생성된다. 그러나 그 주체는 대상을 종속시킴으로
서 죽은 노동을 집적하는 존재가 아니라 "존재는 증발하고 흐름만 남기"
는 '과정으로서의 주체'이다. 이 주체는 흐름으로만 존재하며 따라서 대
상과의 충돌을 통해 "매번 다르게" 현현하는 시적 리얼리티를 체현한다.
주체와 대상은 흐름으로서의 노동을 통해 충돌하며 새로운 시적 리얼리
티의 장면을 생성한다.

백무산의 『거대한 일상』은 기존 노동시가 보여준 노동의 신성화가 기
실 주체에 의한 대상의 종속으로 이어지고 있음을, 그리하여 결국 노동이
고정된 주체로 집적되어 사물화되고 있음을 날카롭게 인식하고 있다. 이
는 비단 자본주의 체제의 문제뿐 아니라, 그가 과거 지향했던 생산력주의
에 입각한 사회주의적 프로젝트의 근본적인 실패 요인이기도 했다. 그는
이 지점에서 노동 개념을 급진적으로 재구성한다. 주체와 대상간의 충돌
과 생성을 가능하게 하는, 그 현현의 성과를 주체에 집적시키는 것이 아

니라 끊임없이 흐르도록 하는 '흐름으로서의 노동'이 그것이다. 주체 자체를 "다시 그리고 다시/매번 다르게" 재구성하며 대상과의 새로운 관계 맺음을 통한 존재 변이를 모색한다는 점에 그의 흐름으로서의 노동의 시적 형상화의 성과가 존재한다.

그럼에도 백무산의 시적 사유는 좀 더 다듬어질 필요가 있다. 그의 시에서 흐름으로서의 노동은 빈번히 추상적인 선(禪)적 사유로 환원된다. 물론 선적 사유가 흐름으로서의 노동과 일정한 공통성을 지니는 것은 사실이다. 그러나 구체적인 현실 층위에서 전개되는 충돌의 과정을 추상적인 종교적 심급으로 환원시킨다면, 과거 노동시가 설정한 선험적 주체를 또 다른 선험적 주체로 치환시킬 위험이 존재한다. 흐름으로서의 노동이 의미를 지니는 것은, 그것이 구체적인 현실의 층위에서 노동―기계로서의 주체를 전복할 때만 가능하다. 90년대 이후 그가 보여준 일종의 구도론적 시론의 한계를 극복하기 위해서는 시적 리얼리티가 현현하는 구체성에 기반한 시론의 모색이 필요하다. 이 지점에서 백무산은 머뭇거리고 있다. 그러니 그의 시의 구절처럼, 그의 시론 역시 "부지기수의 종말"(「종말론」)을 감행해야 한다. 바로 거기에 흐름으로서의 노동을 통한 새로운 노동시의 가능성이 존재할 것이다.

3. 경계에서 생성되는 연대의 언어―김사이의 경우[3]

백무산이 고도의 시적 사유에 기반한 노동 개념의 내파와 재구를 통해 새로운 노동시론의 모색으로 나아가는 반면, 김사이는 노동시의 과거와

---

3) 이 글에서 다루는 김사이의 모든 작품은 『반성하다 그만둔 날』(실천문학, 2008)에 수록된 것이다.

현재의 존재조건에 대한 핍진한 인식을 통해 새로운 노동시의 가능성을 모색하고 있다. 80년대와 90년대 초반 '가리봉'에서 2000년대 '구로디지털단지'로의 변화로 표상되는 노동시의 존재조건의 현실적 변화에 대한 시적 탐색이 『반성하다 그만둔 날』을 관통하는 주제이다.

> 다섯 갈래 길을 거쳐 모여드는/1994년 여름 구로공단/말로만 듣던 거대한 공단단지엔 마찌꼬바가 하나씩 들어차고/생각을 파는 벤처산업이 슬금슬금 발을 내딛는다/밤에 피는 꽃처럼 가출 아이들의 무법천지/두 평 남짓한 닭장 촌 또는 벌방들은 쉴 새 없이 북새통이고/노동자문학회가 한 시절 숨을 쉬었던 곳/푸른 물결이 출렁거렸던 곳/그 많던 노동조합은 어디로 갔는지/어느 택시기사는 산부인과가 유독 많은 곳이었다고/비릿하게 웃는다/변화가 변화를 일으키는 어느 순간/조선족 거리가 생겨나고 중국유학원이 늘었다/당구장이 줄어들고 커피숍이 사라졌다/노가다꾼들과 아이들 쉼터였던 만화방들이 문을 닫고/동시상영 영화관도 끝내 간판을 내렸다/열기 대신 조선족 도우미들의 노랫소리가 흥청인다/회색빛 공장은 허물어지고 우뚝 솟은 아파트형 공장들/군데군데 높은 러브호텔이 들어서 세련된 거리/구로공단 가리봉오거리에서 하차하지 않는다/술에 취한 무용담이 가끔 놀다 간다//개발에 들뜬 구로/새로운 중산층이 머물면서/들어오던 문으로 다시 떠밀려가는 빈궁한 인생들/야금야금 집값이 오르자 땅따먹기 싸움에 불이 붙고/차이나타운 가리봉시장도/재개발열차에 탑승한다/불온한 구로공단은 서류 속에 보관될 것이다
>
> —「출구」 전문

과거 노동시는 "노동자문학회가 한 시절 숨을 쉬"며 "그 많던 노동조합"들이 운동하던 '가리봉'의 '공단'을 통해 발현될 수 있었다. 그러나 지금 그 역사적 조건이 해체된 시기, 과거의 노동시는 "술에 취한 무용담"을 넘어설 수 없다. 바로 이 지점, 즉 "변화가 변화를 일으키는 어느 순간"에서 새로운 노동시는 시작되어야 한다. 문제는 과거와는 다른 "불온한 구로공단"을 손쉽게 "서류 속에 보관"하는 것이 아니라 그 불온성을

재구성하는 것이다. 이 불온성은 노동과 자본의 이항대립적 구도로 환원되지 않는 새로운 층위의 모순의 담지자로서의 시적 주체의 자기인식으로부터 시작된다. 위의 시에서 나타나는 구로디지털단지 시대 "조선족 도우미"의 형상화는 그녀로 하여금 두 가지 층위에서 불온성을 상기시킨다. 하나는 '조선족'으로 표상되는 이주노동자의 문제이며, 다른 하나는 '도우미'로 표상되는 젠더의 문제이다. 그녀는 이 두 가지 층위의 모순을 담지한 "조선족 도우미"에 대해 손쉬운 연민과 시혜의 시선을 보내지 않는다. 오히려 이를 통해 시적 주체의 근본적인 자기인식으로 나아간다는 점에 그녀의 불온성이 존재한다.

> 쿠르드 필리핀 방글라데시 네팔 몽골 연변 구로/그래도 이 거리가 한국이 좋다고 하는 그이들과/삼삼오오 비켜서서 무관하게 밥을 먹고/아파트형 공장 굴뚝에서 연기가 나는,/십 년 전 꽃무늬 치마 팔랑거리며 저만치 걸어가는/내가 중심에 있었다고 생각하는 순간 아무것도 보이지 않는/찰나
>
> —「이방인의 도시」 부분

> 내 웃음의 이면이다/노동자도 수입하는/갖출 것 다 갖춘 불빛의 地下/지하의 지하/지하도 없는 지하/살아 있음을/한 끼니로 간청하다가/절망도 없이/잠을 청하는 이곳을 지날 땐/순례자의 마음으로 하라/뼈다구만 남은 이상주의자들도 죄를 고백하며/걸어야 하는/카타콤베
>
> —「카타콤베」 부분

많은 문학 작품들이 이주노동자의 문제를 다루지만, 많은 경우 이주노동자에 대한 추상적인 연민과 시혜를 벗어나지 못하고 있는 것 역시 사실이다. 그러나 김사이는 이주노동자를 '주변'으로 인식하지 않는다. 그녀는 가리봉 시대 노동시의 주체를 이들과의 충돌을 통해 성찰한다. 가리봉 시대를 표상하는 "십 년 전 꽃무늬 치마 팔랑거리며 저만치 걸어가는" 시

적 주체는 이주노동자에 대한 인식을 통해 "내가 중심에 있었다고 생각
하는 순간 아무것도 보이지 않는/찰나"로 해체된다. 이는 다시 "뼈다구만
남은 이상주의자들"로 하여금 "죄를 고백"하는 순간에도 동일하게 나타
난다. 과거 노동시가 현실 모순의 극복과 역사 발전의 주체로서 자신을
인식하며 "내가 중심"이라는 대상에 대한 주체의 일방적인 전유를 보였
음을 상기한다면 김사이의 "내가 중심"이 아니라는 "고백"은 이에 대한
근본적인 성찰의 의미를 지닌다. 나아가 성찰이 이루어지는 시적 리얼리
티의 "찰나"가 "떠나야겠다/시가 너무 오래 머물러 있었다"(「머물기 위해
떠나다」)는 '과정'으로 이행되며 그녀의 가리봉 역시 구로디지털단지로
이행된다.

<blockquote>
도시 주택가 골목에 작은 술집 하나 부산하다/동네 아저씨들 가끔 드나드
는 그곳/늙은 아가씨들 달빛 환한 밤에 꽃 따러 나선다/(…)/중심을 돌아 돌
아 오니/먼 곳도 가까운 곳도 아닌/중심으로 와 있는 그녀들에게/달빛은 부
서져 내리고 나무들은 머리카락을 넘겨준다

—「꽃」부분
</blockquote>

　　그녀가 자신이 중심이 아니라는 시적 리얼리티의 "찰나"를 거쳐 인식
하는 것은 '주변'이 바로 '중심'이라는 새로운 사실이다. 이는 젠더의 문
제를 다룬 위의 시에서 단적으로 드러난다. 그러나 이 새로운 '중심'은
주체와의 팽팽한 긴장을 유지한다. 중심은 "먼 곳도 가까운 곳도 아닌"곳
에 있다. 중심이 먼 곳에 있다면 시적 주체는 자신을 주변으로 인식하며
중심을 전복하기 위한 투쟁에 돌입할 것이며, 반대로 중심이 가까운 곳에
있다면 중심을 포획하거나 스스로가 중심에 편입하고자 할 것이다. 김사
이는 이 새로운 중심에 대한 섣부른 동일화나 타자화를 선택하지 않는다.
오히려 "중심을 돌아 돌아"가는 과정에서 생성되는 긴장의 순간이 그녀

가 새롭게 보여주는 시적 리얼리티의 장면이다.

　그렇다면 중요한 것은 김사이의 시적 주체가 이주노동자나 젠더 모순의 담지자들과 같은 타자들과 어떠한 관계맺음을 통한 새로운 언어를 보여주는가의 여부일 것이다. 그녀는 타자를 주체에 의해 연민의 시선으로 포획하는 동일화의 전략도, 반대로 타자의 절대성만을 강조하며 주체와 타자와의 충돌의 가능성을 봉쇄하는 타자화의 전략도 사용하지 않는다. 그녀는 주체와 타자가 마주치는 특정한 순간의 시적 리얼리티에 주목한다. 이에 기반한 연대의 어법이 그녀의 시적 전략이다. 이 연대의 전략은 타자의 고유성을 승인하면서도 주체와 타자가 고통을 공유하고 있다는 인식에서 발현된다.

> 　어머니는 여공을 낳고 나비를 낳고/여자아이를 조선족 여자를 다시 어머니를 낳고//(…)/안간힘 써서 희망의 끝자락이라도 잡고 싶은/쉴 새 없이 움직이는 날갯짓에/찢어지는 나비의 몸뚱이/30년 후에도 나는 내 딸들은/대물림으로 이어받은 몸뚱이 팔고 있겠지
>
> —「달의 여자들」 부분

　나는 "불법체류자로 낙인찍혀도 국경을 넘는 아시아 여성"이 아니며, "조선족 여자"도 아니다. 그러나 "몸뚱이"를 파는 여성 노동자라는 점에서, 그리고 "찢어지는 나비의 몸뚱이"를 가지고 있다는 점에서 이들과 동일한 모순을 공유한다. 따라서 나와 "조선족 여자"의 연대는 가리봉의 구로디지털단지로의 이행 과정에서 소외된 소수자들의 연대이다. 그러나 이 연대는 주체와 타자의 동일화가 아니라 오히려 타자를 통해 끊임없이 주체를 성찰하는 형식으로 나타난다. 따라서 그녀의 시 역시 경계에서 생성되는 연대의 어법으로 나아간다. 연대의 어법은 주체와 타자의 경계, 중심과 주변의 경계, 가리봉과 구로디지털단지의 경계에서 생성된다. 그

러하기에 김사이의 시는 "날개가 찢어지고 쏟아지는 비틀린 언어들"(「나방」)의 언어이다. 그녀의 연대가 선험적인 정언테제가 아니라 주체와 타자간의 시적 리얼리티의 장면에서 획득되는 것이기 때문이다. 이 "비틀린 언어들"이 "서류 속에 보관"된 "불온한 구로공단"(「출구」)을 다시, 그러나 가리봉 시대와는 다른 형식으로 형상화 할 때, 비로소 김사이가 보여주는 새로운 노동시의 가능성은 구체적인 성과로 나타날 것이다. 다만 확실한 것은 경계에서 생성되는 연대의 언어는 "아직 뱉어내지 못한 징그러운 삶이 있는"(「가리봉엘레지」) 지금, 이곳에서 시작될 것이라는 사실이다. 그리고 이를 위해서는 김사이는 경계를 모든 곳으로 확장시켜야 할 것이라는 사실이다. 주체와 타자는 물론 중심과 주변, 한국인노동자와 이주노동자, 죽은 노동과 산 노동, 가시적 현실과 비가시적 가상현실, 저항과 타협 등 그녀를 둘러싼 현실 조건의 모든 층위에서 경계의 극한을 사유할 때, 비로소 경계에서 생성되는 연대의 언어는 새로운 노동시의 어법으로 자리매김 할 수 있을 것이다.

4. '관계' 의 복원과 과정으로서의 시적 주체 — 황규관의 경우[4]

기존 노동시의 주체는 두 가지 층위에서 내파되어야 한다. '노동' 의 층위에서는 선험적으로 설정된 역사발전의 담지자로서의 주체 개념을 내파해야 하며, '시' 의 층위에서는 대상을 포획하여 전유하는 주체 개념을 내파해야 한다. 이러한 모색을 가장 잘 보여주는 시인 중 하나가 황규관이다.

---

4) 이 글에서 다루는 황규관의 모든 작품은 『패배는 나의 힘』(창비, 2008)에 수록된 것이다.

　　십년을 한 곳에서 살기란/여간 불편한 일이 아니다/낯가리는 내게도 이웃
이 생겼고/살구꽃처럼 이사를 왔다가/내가 퇴근 후 주점에서 술 마시는 동안
에/멀리 가버린 이들도 있다/다만 아이들 머리통 크는 것을 바라보며/밥을
먹었단 말이 맞을 것 같다/마음에 생기는 울타리를 깨버리잔 생각에 골똘하
다/그릴 수 있는 몸의 동선(動線)이 협소해진 건/도대체 언제 일어난 일일까/
혼자 볕을 쬐며 걷는 길옆에/피어난 민들레를 보며 쓸쓸했으나/굽이져 흐르
는 안양천 냇물이나/출근길 느티나무 그늘 같은 것, 혹은/종아리가 단단한 미
용실 원장의 웃음만/무연히 바라볼 수 있게 된 거다/비밀을 만드는 심장의 울
음이/문득 사라져버린 일상이/세상을 닮았다는 느낌이지만/내가 변두리 마
을이 되어가는 이 풍경에/울다가 웃다가 하는 일이 가끔 있다

—「변두리가 되어가다」 전문

　　「변두리가 되어가다」는 이러한 문제의식에서 주목된다. 이 시에서 시적
주체는 기존 노동시의 주체와 확연히 다르다. '노동'의 층위에서 보자면
"그릴 수 있는 몸의 동선이 협소해진"채 소소한 삶의 결들을 "무연히 바
라"보는 주체가 그러하며, '시'의 층위에서 보자면 "내가 변두리 마을이
되어가는" 주체가 그러하다. 그러나 황규관의 시적 주체는 단순히 기존
노동시의 주체와 '다른' 주체가 아니다. 황규관의 시적 주체가 중요한 것
은 독특한 미학적 모색을 통해 과거 자신의 노동시의 주체를 '극복'한 성
과이기 때문이다. 그리고 그 성과는 '관계'의 복원을 통해서 이루어진다.

　　살이 말을 녹인다//잎사귀 무성한 나무에서/새는, 아무 형체도 없이 울음
만/바깥세상으로 내보내고 있다/그게 사실은 나무의 살과 새의 살이/녹아 흐
르는 소리라는 것,//말이 녹으면 노래가 되고/살이 살과 섞이면 형언할 수 없
는 리듬이/허공에 가득 찬다//그러므로 이 가냘픈 몸 안에/흐르고자 하는 욕
망이 번득이는 것,

—「흐르는 살」 부분

우리 가족만 먹고살겠다고 죽여야 했던 생명이 있었다//그후로 내 입에 들
어가는 것이/죽은 목숨들의 눈알이며 정강이뼈일지 모른다고/고속도로에 납
작 죽어 엎드린/고양이의 피 묻은 털이 확실하다고/무릎이 시리기 시작했다
—「쌀을 푸다」 부분

「흐르는 살」에서의 발화는 고정된 것이 아니다. "나무의 살과 새의 살
이/ 녹아 흐르는 소리"가 황규관이 새롭게 제기하는 노동시의 어법이다.
이 어법은 시적 주체가 "흐르고자 하는 욕망", 즉 기존의 노동시의 주체
를 내파하고 대상과의 '관계' 속에서 "말"을 녹이고자 하는 욕망에 기인
한다. 이는 「쌀을 푸다」에서도 나타난다. 그는 소소한 일상을 통해 시적
주체가 기실 "죽은 목숨들의 눈알이며 정강이뼈"를 통해 구성된 것임을
인식한다. 나아가 이 시적 주체는 비록 이러한 인식이 현실의 모순을 극
복할 수 없는 "관념 따위"임을 인식하지만, 그럼에도 추상적인 '관념'이
아닌 구체적인 '몸'의 층위에서 "쌀을 푸는 손이 자꾸 헛손질을"하는 관
계를 통해 구성된 존재이다.

그러나 단지 대상과의 '관계' 속에서의 '흐름'으로서의 시라면, 이를
굳이 노동시의 새로운 가능성이라고 명명할 수는 없을 것이다. 황규관의
'관계'에 대한 성찰이 중요한 것은 그것이 구체적인 현실의 모순과 정치
하게 결합되어 있기 때문이다. 예컨대 빚에 쫓겨 가족과 함께 자살한 이
에 대해 "이 말하기 힘든 비극에/우리는 모두 지분이 있거나/혹은 고용되
어 있다"(「자본을 읽자」)라고 발화하는 것이나 미국의 이라크 침공에 대
해 "석유는, 석유는 독배다!/미치광이다 마약이다!/몸 안에 깨진 얼음더
미를 쑤셔넣는 흉기다!/그걸 내가 타고 입고 등 지지고 있으니/밥술 뜨고
있으니/이라크여 절규여,/자욱한 모래바람이여!"(「석유는 독배다」)라고
발화하는 것이 그러하다. 이러한 현실의 모순을 시적 주체가 전유하여 단

일한 언어로 환원시키는 것이 아니라, 바로 그 시적 주체가 이 모순과의
관계 속에서 구성된 것임을 인식하는 것에 황규관의 성과가 존재한다.

　이 지점에서 황규관은 기존 노동시의 인식론을 전도시킨다. 세계관을
담지한 주체가 모순을 인식함으로써 대상을 파악하는 것이 노동시의 일
반적인 인식론이었다. 그러나 누가 세계관의 올바름을 선험적으로 보증
할 수 있으며, 대상에 대한 완전한 사유를 진행할 수 있는가? 오히려 주
체의 틀로 대상을 환원시키는 폭력이 반복되는 것은 아닌가? 그렇다면
노동시의 인식론은 다시 구축되어야 한다. 주체가 타자를 인식할 수 있는
것은 모순이 공통적으로 작용하기 때문이다. 그러나 모순은 각기 다른 방
식으로 작용한다. 주체에게 경험되고 사유되는 모순과 타자에게 경험되
고 사유되는 모순은 표면적으로는 분리되어 있다. 그러나 타자를 통해 재
현된 모순이 주체에 의해 윤리적 감각으로 인식되는 순간 시적 리얼리티
는 주체와 타자의 구획을 넘어선다. 여기서 황규관이 추구하는 ‘관계’의
복원이 이루어진다. 그의 노동시의 인식론은 모순이 경험되는 차이에 따
른 개체의 고유성을 승인하는 동시에, 그 개체들의 고유성이 상호간의
‘관계’를 통해 끊임없이 재구성되는 ‘과정으로서의 주체성’으로 나아가
고 있다는 점에서 중요하다. 더욱이 과정으로서의 주체성의 모색이 구체
적인 모순에 대한 인식을 통해 가능하다는 점에서 그의 시적 인식론은 외
삽적인 해체주의적 시론의 한계를 넘어선다. 그는 새로운 노동시, 즉 “하
늘에 긋는 불립문자들”도 어디까지나 “발목에 쟁여진 대지의 힘으로 쓴
것”(「새는 대지의 힘으로 난다」)임을 인식하고 있으며 “사랑의 노래는/재
개발지역 허름한 주점에서”(「예감」)만 생성될 수 있음을 인식하고 있다.

　그러나 황규관은 더 나아가야 한다. 그는 모순을 통한 관계의 복원 앞
에서 너무나 자주 머뭇거린다. 『패배는 나의 힘』 전체에 걸쳐 나타나는
주체성은, 역설적이게도 종종 소시민으로서의 시적 주체의 자괴감으로

귀결된다. 이로 인해 시적 주체의 내파는 역으로 대상에 의한 주체의 소멸로 진행되는 경우가 종종 발생한다. 시적 주체의 내파는 새로운 주체성의 생성을 전제로 할 때 그 의미를 지닌다. 시적 주체가 소멸된 자리에는 관계 역시 존재할 수 없기 때문이며 관계가 소멸된 자리에는 대상 역시 존재할 수 없기 때문이다. 그가 "먼 길이 내게 허락된다면/단지 적막만 취하고/망각의 강 앞에 혼자 서고 싶다/이제 믿는 건 내 배경밖에 없으므로"(「배경에 대하여」)라고 말할 때, 나만이 망각되는 것이 아니라 배경까지 망각된다. 이 지점을 넘어설 때 비로소 "빈손으로 하는 혁명을 꿈꿀 시간"(「반성」)이 도래할 것이다.

5. 2000년대 노동시의 새로운 가능성 '들'

앞서 시적 리얼리티라는 개념의 아포리아로 글을 시작했다. 그러나 이 글 역시 이 아포리아를 해결할 수는 없다. 다만 2000년대 노동시의 새로운 가능성들을 구체적인 작품을 통해 추출하고 이로부터 아포리아를 넘어서기 위한 단초를 탐색할 따름이다.

다시 임화로 돌아가보자. 그의 단편서사시 형식을 통한 시적 리얼리티의 실험은 결국 실패로 끝난다. 그러나 역설적으로 카프 해소를 전후한 시기, 임화의 시는 시적 리얼리티에 대한 새로운 가능성을 보여준다. 그가 "나는 이들 새 세대의 얼굴을 하나도 모른다"(「다시 네거리에서」)라고 발화할 때, 과거 주체에 의해 포획되던 대상은 새로운 가능성을 획득한다. 과거 절대적인 당파성의 담지자로 대상을 전유하던 시적 주체는 이제 소멸했으며, 그 자리에는 "새 세대의 얼굴"이 들어선다. 그리고 이 대상에 대한 인식을 통해 비로소 임화는 자신의 '해협의 로맨티시즘'을 객관화시켜 인식할 수 있게 된다. 이 지점에서 임화는 주체와 대상간의 충돌과 교감을 통한 주체성의 재구성으로 나아갈 수 있는 단초를 확인한다.

이는 80년대 노동시에도 적용될 수 있을 것이다. 선험적인 노동 개념과 이에 기반한 당파성을 담지한 시적 주체에게 대상은 포획되고 변혁되어야 할 타자로서 설정된다. 이 과정에서 시적 대상은 시적 주체에게 어떠한 영향도 미칠 수 없는 고정된 사물일 뿐이다. 그러나 기실 이 완벽한 시적 주체야말로 고정된 사물이었음이 노동시의 급격한 붕괴와 함께 확인되었다.

2000년대 노동시의 가능성은 바로 이 지점에서 생성된다. 대상과의 끊임없는 충돌과 교감의 장면에서 현현하는 시적 리얼리티와 이를 통한 주체의 재구성. 그것은 백무산이 보여주는 노동 개념의 급진적 내파를 통해서, 김사이가 보여주는 경계에서 생성되는 연대의 언어를 통해서, 황규관이 보여주는 관계의 복원을 통해서 각기 다른 방식으로 진행되고 있다. 그러나 이들이 보여주는 시적 언어의 모색은 시적 리얼리티를 통한 시적 주체와 대상간의 변증에 기반하고 있다는 점에서는 동일하다. 그리고 이들의 작업은 추상적인 주체와 타자간의 이분법을 넘어 구체적인 현실모순의 팽팽한 긴장감 속에서 진행되고 있다. 그러하기에 이들의 시적 언어의 모색을 2000년대 노동시의 새로운 가능성 '들' 이라고 할 수 있을 것이다.

노동시라는 말 자체가 낯선 시대임은 분명하다. 그러나 이 언표가 노동과 자본의 대결이라는 과거의 좁은 개념을 넘어서고 있다는 것 역시 분명한 사실이다. 백무산, 김사이, 황규관의 시적 모색이 지금 우리 시의 장에서 의미를 지니는 것은, 이들이 보여주는 새로운 노동시의 가능성이 단지 정치경제학적 층위의 변화에 따른 현실 추수의 양상에 멈추지 않기 때문이다. 오히려 최근 우리 시의 장에서 핵심적인 화두로 설정된 시적 주체의 문제에 대해 추상적인 심급에 갇혀 공전하는 독백이 아닌, 현실모순과의 길항 속에서 새로운 시적 주체의 모색으로 나아가고 있다는 점에 이들의 의미가 존재한다. 미학적 층위에서 새로운 시적 주체에 대한 논의가 단지 추상적인 언어 유희에 매몰될 때, 시적 주체와 대상 간의 팽팽한 긴장은 소멸되며 남은 것은 앙상한 해체의 폐허일 따름이다. 현실적 층위와 미학적 층위가 결합된 곳에서 전개되는 이들의 작업이, 단지 2000년대 '노동' 시의 가능성에 머무는 것이 아니라 2000년대 노동 '시' 의 가능성으로 이어지는 것은 이 때문이다. 그러니, 아포리아를 반복하는 비평을 넘어서는 것 역시, 이들의 새로운 노동시의 모색이 보여주는 성과를 갈무리하는 것으로부터 가능할 것이다.

(『내일을 여는 작가』, 59호)

관계의 모험을 감행하는 시적 에로스

장은석

1977년 서울에서 태어나
2009년 『중앙일보』 신인문학상으로 평론 활동을 시작했다.
현재 호서대 강사이다.

관계의 모험을 감행하는 시적 에로스

장은석

키스 이후, 사건에서 사태로

고독한 두 개의 우주가 포개지면서 모든 사태가 시작된다. 말이라는 추상적 형상으로 끊임없이 상대를 정탐하던 두 사람의 입술이 마침내 서로 맞닿을 때, 경계는 무너지고 전선은 사라진다. 물리적이고 감각적인 사건의 충격은 두 사람의 인격을 뒤흔든다. 마침내 두 개에서 하나가 된 것일까. 그러나 상상적 낭만에 의해 촉발된 신비는 금방 자취를 감춘다. 언어의 도움을 받아 한껏 치장되었던 시각적 이미지들은 원초적 감각의 마주침 앞에 초라한 속살을 드러낸다. 보이는 아름다움, 화려한 시선이 사라진 자리에는 지저분하고 냄새나는 타인의 살갗만 남는다. 당황스런 표정의 두 사람. 완강하고 비밀스럽던 각각의 우주는 이제 전혀 다른 공간을 낳는다.

어리둥절한 두 사람은 새로운 공간에 다른 것들을 자꾸 채워 넣는다. 타인이라는 근본적 결여의 대상은 상상적 위장과 상징적 보충에 의해 자꾸 부풀려진다. 떨림의 감각은 점점 기억 속의 자취가 되고, 빈자리에는 온갖 종류의 어긋남이 가득하다. 모든 금기가 사라지고 있는 오늘날 '사랑'이라는 말의 외연은 점점 더 확장되는 것처럼 보인다. 그것은 '자유'라는 말과 짝을 이루며 위세를 떨친다. 그렇지만 그것과 떨어질 수 없는 다른 말, 가령 '관계'와 같은 말은 얼마나 위축되는가. 방탕한 표정의 사랑이 으쓱하게 보폭을 늘일수록 관계의 교차점들은 더 줄어들고 새로운 관계의 연속성을 확보하려는 의지도 용기를 잃는다. 사랑의 서사와 이미지들은 도처에 넘치지만 타인의 살갗이라는 날것의 영역을 만지고 느끼면서 관계의 지난한 능선을 넘으려는 모험적 시도는 더 줄어든다.

확실히 애무의 감각을 잃어버리면서 관계는 더 힘이 빠진다. 생산적 활동이 거의 불가능하고 콘텐츠의 소비에 집중할 수밖에 없는 스마트폰이 이처럼 확산되는 것도 유사한 측면에서 이해할 수 있다. 매혹적인 이미지들은 얼마든지 완벽한 형태로 변형이 가능하며 원한다면 언제 어디서나 사람들의 욕망을 충족시켜줄 수 있다. 그러나 사람들은 거의 무한한 욕망이 조합된 이미지들을 보고 듣는 것에 만족하지 못하고 급기야 화면을 만지고 쓰다듬는다. 관계에 관해 여러 가지 방식으로 고민하다보면 그것이 어떤 특정한 표현만으로는 도저히 성립할 수 없다는 사실을 깨닫게 된다. 관계를 구성하는 정신적 자세란 결국 몸이 발산하는 감각을 질료로 삼고 있다.

따라서 이 글에서는 '사랑'이라는 말에 달라붙어 있는 불필요한 잔여물들을 제거하기 위해 '에로스'라는 말에 주목할 것이다. 물론 에로스라는 말을 꺼내놓으면 자칫 사랑이라는 말에 담긴 다른 뉘앙스―우정, 헌신, 존중, 신뢰 등―가 달아나는 것처럼 보일 위험도 있다. 그렇지만 과거의 고정된 관계를 회복하는 것이 아니라 새로운 관계의 모험을 감행하기 위해 이런 위험을 감수하면서 시작해야 한다. 정작 이 글은 낭만적 신화의 반대편에서 출발할 것이다. 오늘의 어떤 시인들은 시를 읽는 일이 얼마나 에로틱한 체험이 될 수 있는지 일깨워준다. 이들이 조성하는 에로틱한 힘은 합리를 재료로 삼고 있는 법이나 신의 말이라는 로고스의 체계를 바탕으로 삼고 있는 종교로는 닿을 수 없는 지점, 그 은밀한 부위를 핥고 쓰다듬고 어루만진다. 애무의 체험을 통해 하나의 물질적 텍스트로서 시는 에로스의 근원적 잠재력에 가까이 다가갈 수 있는 가능성을 체현한다. 이 시인들은 우리가 정체성을 유지한다는 미명 아래 외면하고 있던 모든 종류의 원지적 감각을 꺼내놓는다. 억압된 감각을 뒤흔들어서 편향된 관계에 균열을 내는 힘에 주목하다보면 오히려 앞서 언급한 뉘앙스들이 손상되는 것이 아니라 더 풍성해지고 다채로워지는 경험을 할 수 있을 것이다. 둘이 하나가 되는 것이 아니라 하나라는 사건을 거쳐서 무한한 지경으로 나아갈 수 있는 사태에 한걸음 더 다가가게 될 것이다.

발길질이 음악으로 바뀌는 순간 : 연인 사이의 '나'

황병승의 시는 항상 에로틱한 자질들로 넘친다. 전혀 에로틱할 수 없을 것 같은 단어들도 일단 그에 의해 흩어졌다가 모이면 기묘한 에로스의 힘을 발산한다. 그런데 그 에너지 속에는 어떤 공격적 자세가 있다. 그는 에로스가 공격성과 근원적으로 하나의 관계 속에 묶인다는 사실을 누구보다 잘 알고 있다.

마치 말이 필요 없다는 게 어떤 것인지를 보여주듯이

진하고 빠르게

말굽에 짓밟히듯이

매부리코 흰 콧수염 남자의 불타는 입술이 여자의 입술을 덮쳤고

붉은 조끼의 놀란 여자는 포켓 속의 움켜쥔 두 손에서 쿵쾅거리는 두 개의
심장을 느꼈다

서른 살의 가슴이
뿌리째 흔들렸나보다

창밖에는 때아닌 굵은 눈발이 흩날리고
몰려든 매부리코 흰 콧수염의 남자들이
창가에 서서 카페 안을 이리저리 둘러보고 있었다

마치 혀라는 게 어떤 것인지를 보여주듯이

진하고 빠르게

채찍에 휘감기듯이

— 황병승, 「도둑키스」 부분

일방적인 관계의 매혹을 그려내고 있는 것처럼 보이는 '도둑키스'의
현장은 일단 낭만적으로 보일 수 있다. 남자는 아무 말 없이, 마치 도둑질
을 하듯 "진하고 빠르게" 여자의 입술을 덮치고 급작스럽게 사라진다.
"말굽에 짓밟히듯" 입술을 빼앗긴 여자는 놀라서 뿌리째 흔들리는 심장
을 부여잡고 있다. 이처럼 황병승의 시에서 이질적 관계에 놓인 대상들은
서로를 끌어당기는 강력한 몰입의 힘에 따라 움직인다. 바깥으로 나도는
남자와 부재하는 자리에 홀로 남은 여자라는 주제는 전형적이지만 에로
틱한 힘의 자질은 과거와 다르다.
　질서에 순응하기를 거부하는 에로스의 힘은 자유주의(liberalism)의 관점
과도 차별화된다. 낭만적 신화에 이끌리는 자유주의가 체제를 비판하면

서도 동시에 그것이 인자한 어머니처럼 행동하기를 바라지만, 황병승의
채찍은 혀처럼 부드러우면서도 상처를 낸다. 그렇다고 해서 이런 힘을 새
로운 권력에 대한 욕망으로 이해하면 곤란하다. 남자 주인공은 계속해서
상황을 압도하며 자신의 힘을 뽐내는 것이 아니라 키스 이후 급작스럽게
카페에서 퇴장한다. 대신 강압적인 힘이 빚어낸 상처 또는 흔적을 지속적
으로 지켜보는 '제 삼의 시선'이 있다.

　인용 시에서 밖에 몰려든 남자들이 창을 통해 계속 카페 안의 상황을
둘러보고 있다는 사실을 상기하자. 황병승 시 속의 주인공들은 하나의 체
계로부터 끊임없이 달아나지만 그의 시에는 모든 상황을 지켜보는 일종
의 관음증적 시선이 항상 따라다닌다. 황병승 시의 주체는 늘 "배척된 채
로"(「트랙과 들판의 별」), 기존의 체계에 대해서는 무감하지만, 반대로 그
것과 절연하는 것에는 중독된 듯 집착하며 끊임없이 상처와 흉터를 계속
"긁어대기 시작한다."(「첨에 관한 아홉소ihopeso 씨(氏)의 에세이」) 그에게
"진정한 사랑의 가치란 주어진 모든 시간과 열정을 바쳐 서로에게 치유
할 수 없는 상처를 주고 죽을 때까지 그 상처 속에서 고름 같은 사유를 멈
추지 않는"(「헬싱키」) 것과도 같다.

　초점을 분산시키는 제 삼의 시선 때문에 상처와 고통은 내면화되기보
다 여기저기로 노출되어 작품의 표면을 계속 떠돈다. 갑자기 떠나가는 남
자의 부재를 견디는 여자의 고백을 담은 「진달래꽃」을 떠올려보자. '말없
이' 펼쳐지는 사건이나 '밟히는' 정황은 「도둑키스」와 동일하다. 그러나
소월이 여성 화자를 내세워 고통을 안으로 끌어들이는 것과는 달리, 황병
승은 다른 시선을 창문 바깥에 슬그머니 배치해놓고 그 모든 상황을 "이
리저리 둘러보고 있"다. 침입하는 남자와 침탈당하는 여자는 모두 그 시
선에 노출된 채 자신의 역할을 수행할 뿐이다. 황병승의 주체가 중성적인
것은 '여장남자'를 시에 그리고 있기 때문이 아니라 바로 이와 같이 초점

을 변화시키면서 균형을 유지하고 있기 때문이다.

양미간을 찌푸린 중년의 여자 — 고통을 의지로 이겨내려 한다
슬픔 가득한 눈빛의 소녀 — 고통이 물러가기를 기다리고 있다

이리얀은 사랑하는 마리오의 계속되는 발길질에 얼굴을 일그러뜨렸고

마리오는 굉장히 화를 냈다

트랭퀼라이저(tranquilizer)는 상상력이 멈춘 지점에서 길을 물처럼 흐르게
한다

아버지를 만든 건 상상력이다

물속으로부터 저 깊고 어두운 물속으로부터

아직도 나는 앰프와 스너프 필름을 원한다

소녀와 여자 — 고통에 사로잡혀
거리의 부랑자들 — 고통으로 뒹굴며

마리오는 사나워진 손길로 이리얀의 목을 눌렀다

변사체 — 언제나 얌전한 소녀들처럼

이리얀은 음악에 푹 빠져 있었다.
　　　　　　　　　— 황병승 「내 이름은 빨강 마리오는 여름」 전문

　"중년의 여자"와 "소녀"의 병치에 주목하자. 둘은 똑같이 고통의 상황
에 놓여 있지만 그것을 받아들이는 방식은 전혀 다르다. 찌푸린 표정의

중년 여자가 "의지"로 고통을 이겨내려는 반면 소녀는 그저 "고통이 물러가기를 기다리고 있다." 시의 첫머리만 보면 소녀의 태도는 단순한 '순응'으로 여겨질 수 있다. 그러나 시의 뒷부분으로 나아갈수록 소녀의 태도가 점점 달라진다는 사실을 알 수 있다. 소녀와 연결할 수 있을 것 같은 이리얀은 사랑하는 마리오의 계속되는 발길질에 처음에는 얼굴을 일그러뜨리지만, 마지막에 마리오가 이리얀의 목을 누르는 장면에서는 오히려 음악에 푹 빠져 있다.

학대라는 물리적 충돌을 통해 에로스의 근원적 공격성은 뚜렷하게 노출된다. 병치의 구조는 우선 '아버지/중년여자' 와 '마리오/이리얀' 의 구도를 유전적으로 연결하면서 폭력적인 관계의 구조가 어떻게 이어지는지, 거기서 유발되는 고통이 어떻게 체념을 거쳐 일상 속에 잠재되는지를 선명하면서도 치명적으로 드러낸다. 그러나 우리는 이 시에서 '가학―피학' 이 한쪽에서 다른 쪽으로 흐르고 있지 않다는 사실에 더 주목할 필요가 있다. 가학의 기운은 더 이상 시의 배후에 숨지 않는다. 빨갛게 타오르는 학대의 기운은 마치 "나는 빨강이어서 행복하다! 나는 뜨겁고 강하다. 나는 눈에 띈다. (…) 나는 숨기지 않는다. (…) 나는 나 자신을 밖으로 드러낸다. (…) 나를 보시라, 본다는 것은 또 얼마나 아름다운가!"[1]라고 외치는 것처럼 전면으로 나선다. 피학의 위치에 있는 소녀도 이에 못지않다. 고통을 내면화하려는 의지 따위는 아랑곳하지 않는다. 오히려 소녀에게 고통의 발길질은 음악의 상태가 된다. 타오르는 빨강의 뜨겁고 강한 기운이 절정에 다다를수록 이리얀의 고요와 평화도 극에 달한다. 그 대립적인 구도 사이에 숨어서 그 모든 것을 지켜보는 '나' 를 발견할 수 있다.

창문 밖에서 도둑 키스를 물끄러미 지켜보던 남자들과 유사한 위치에

---

1) 오르한 파묵, 이난아 옮김, 『내 이름은 빨강 1』, 민음사, 2004, 321쪽.

있는 '나'는 "아버지를 만든 건 상상력"이라고 선언한다. 상상력이야말로 미학과 뗄 수 없는 관계에 있는 것이 아닌가. 황병승은 현실의 질서를 추적하는 상상력보다는 현실의 질서를 이탈하는 상상력에 훨씬 관심이 많다. 그는 아름답게 서로를 마주보는 상태로 완벽하게 결합하는 관계의 꿈에 관해 회의적이다. 심지어 그는 "사실 그런 것은 없는지도 모른다"(「부카케(bukake), 춤의 밤」)고 생각하는 것 같다. 그의 에로틱한 상상력은 두 개의 우주가 서로의 내부를 난입하는 순간이 실제 현실 속에서 얼마나 급작스런 힘의 이동과 변형에 좌우되는지 드러내는 동시에 다른 각도로 그 구도를 지켜보게 만든다.

온갖 발칙한 상상력들이 난무하는 정경을 너무 숭고하게 받아들일 필요도 없지만 그렇다고 해서 미리 질겁할 필요도 없다. 차라리 그가 마련해놓은 에로틱한 지점들을 추적해보기를 권하고 싶다. 그러다보면 "삼촌처럼 할아버지를 닮지 않기 위해 빌어먹을 년이 되지 않기 위해 어쩌면 삼촌과는 관계없이 조금 더 세련을 알기 위해"(「트랙과 들판의 별」) 가쁜 숨을 몰아쉬는 여러 군상들을 비로소 '느낄' 수 있을 것이다. 보이는 것으로 자신을 드러내는 빨강, 그 시각의 폭력 속에서 음악이라는 비가시적인 감각을 추적하는 자취를 '만질' 수 있을 것이다.

커브 사이에 숨은 직선의 틈 : 연인에서 이웃으로

황병승의 채찍이 '진하고 빠르게' 상처를 낸다면 김행숙의 채찍은 길게 휘어지면서 커브를 그린다. 『이별의 능력』의 맨 마지막에 있는 "저 휘어지는 채찍이 나의 얼굴을 다른 세계로 돌려놓는다"는 고백처럼 그의 시집 속에서 얼굴을 돌리고 '옆'을 보이는 수많은 '나'들은 똑같이 다른 감각에 눈을 뜨는 '너'들을 다정하면서도 격렬하게 호명하고 비밀스럽게 불러들여서 눈 깜짝할 사이에 '우리'라는 범주로 끌어들인다. 확실히「숲 속의 키스」에는 어떤 정념이 있었다. 그러나 "불꽃처럼 화라락 날아오르는 손"과 "서로의 얼굴을 바꿔 없는" 환희는 뭉툭하고 딱딱한 목이 만들어냈다는 사실도 기억할 필요가 있다. 그가 휘두르는 채찍의 재질이나 위력은 황병승의 그것과 차별된다. 또 스스로를 지저분한 곳으로 던지면서 남성들을 휘감는 팜므파탈의 에너지와도 다르다. 들끓음과 초연함, 뜨거움과 서늘함은 그의 내부에서 섞이면서 더 에로틱한 자질을 탄생시킨다.

『이별의 능력』에서 커브를 이루는 채찍이 낯선 관계를 결합시키는 에너지로 가득 차 있었던 것과 달리『타인의 의미』의 커브는 도저히 근거를 파악할 수 없고 영영 바닥을 가늠할 수 없는, 수수께끼 같은 관계의 둘레를 형성하려는 원환의 자취와도 같다. 그는 이제 "가장 넓은 화분의 둘레를 생각"(「화분의 둘레」)한다. 가장 좁은 둘레인 '포옹'이라는 자세에서부터.

너를 볼 수 없을 때까지 가까이. 파도를 덮는 파도처럼 부서지는 곳에서. 가까운 곳에서 우리는 무슨 사이입니까?

영영 볼 수 없는 연인이 될 때까지

교차하였습니다. 그곳에서 침묵을 이루는 두 개의 입술처럼. 곧 벌어질 시간의 아가리처럼.

— 김행숙「포옹」부분

한마디로 "포옹"은 '한계'를 지각하고 그 한계의 윤곽과 부딪치는 실감의 자세다. 너무 가까워진 연인은 오히려 서로를 볼 수 있는 거리를 상실한다. 완전히 포개져 하나가 된 두 사람 사이에는 어리둥절한 침묵이 남는다. '님은 갔지만 나는 님을 보내지 아니하였다'는 만해의 모순어법은 이 국면에서 정반대의 방식으로 작용한다. 가장 가까이 있는 것 같지만 사실은 한없이 멀 수밖에 없는 모순이야말로 사건 이후에 이어지는 모든 사태의 첫 번째 양상 아닌가.

너의 옆구리를 달리고 있다
멀리 당겨진 허리에서 날개 없이 날아가는 화살처럼
머리를 높이 쳐들 때까지
허리에서 샛길이 마구 쏟아진다 나는 길을 마구 대한다
어디론가
길이 하나가 되는 순간
너의 목을 향하여 직진을 시작한 나의 두 손은
목소리 속으로
비명의 근원에 닿을 때까지
0시의 시곗바늘처럼 조용해지리
오늘을 넘어
1초처럼 뾰족해지리

— 김행숙 「커브」 전문

『이별의 능력』이 낯선 감각에 속한 타인을 불러 모으는 매혹을 지녔다면, 『타인의 의미』에서는 가까워졌다고 생각하는 관계의 틈새, 그 어두운 부분에서 에로스의 자질이 가장 날카롭게 빛난다. 머리를 높이 쳐들고 허리가 화살처럼 휘어지는 절정의 순간, 에로틱한 커브를 이루는 허리에서 "샛길이 마구 쏟아진다." "하나가 되는 순간"에 길이 향하는 목적지는 알 수 없지만, '나'는 알 수 없는 "어디론가"를 향해 "직진을 시작한"다. 상대의 목을 조르는 에로틱한 장면 속에는 서로의 몸을 나누는 긴밀한 순간조차 '너'의 "목소리 속", 그 "비명의 근원"에 닿을 수 없을 것 같다는 기분이 있다. 이런 기분은 조용한 침묵 속에서 한없이 뾰족해진다.

살갗이 따가워.
햇빛처럼
네 눈빛은 아주 먼 곳으로 출발한다
아주 가까운 곳에서

뒤돌아볼 수 없는
햇빛처럼
쉴 수 없는 여행에서 어느 저녁
타인의 살갗에서
모래 한 줌을 쥐고 한없이 너의 손가락이 길어질 때

모래 한 줌이 흩어지는 동안
나는 살갗이 따가워.

서 있는 얼굴이
앉을 때
누울 때
구김살 속에서 타인의 살갗이 일어나는 순간에
— 김행숙 「타인의 의미」 전문

가장 에로틱한 장면에서 오히려 관계에 대한 의문은 증폭된다. 태양은 아주 멀리 있지만 종종 그것은 마치 가까운 곳에 있는 것처럼 살갗을 따갑게 만든다. 마찬가지로 "네 눈빛"은 "먼 곳"을 향해 있지만 '너'의 살갗은 '나'의 살갗의 가장 가까운 곳에서 '나'를 따갑게 만든다. 뒤를 돌아볼 사이도 없는 생의 여정, 그 "쉴 수 없는 여행"의 어느 저녁에 '너'는 한 줌의 모래를 쥐듯 '나'의 살갗을 애무하지만, 마치 너의 손길은 "타인"을 대하는 것과 같다.

이 시가 품고 있는 구도는 '포옹'의 자세와도 닮았다. 서로의 몸이 포개진 포옹의 상태에서 오히려 어긋남의 교차를 발견하는 것처럼, 서로의

장은석 관계의 모험을 감행하는 시적 에로스

살갗이 섞이는 은밀한 경험은 '따가움' 이라는 껄끄러움이 된다. 살갗은 물리적으로 맞닿아 있지만 서로를 어루만지는 부드러움을 촉발하지 못하며 단절의 불편하고 따가운 감각이 시를 지배한다.

전면에 드러나 있는 것은 '따가움' 이라는 감각이지만 사실 이 시의 배후에는 불안함이라는 마음의 움직임이 작동하고 있다. 실제로 모든 매혹적 촉감에는 사이키(Psyche: 정신)의 그림자가 드리워져 있다. 익히 알고 있듯이 '프시케' 라고도 불리는 사이키는 에로스의 아내다. 한편 라틴 문헌에 유일하게 등장하는 그리스어 프시케는 '영혼' 을 뜻하기도 한다고 알려져 있다. 신화 속에서 밤에 나타났다가 날이 밝기 전에 자취를 감추던 에로스는 아내인 프시케에게 자신을 만지거나 자신의 목소리를 들을 수는 있지만 그 얼굴을 보는 것은 허용하지 않았던 것처럼, 관계는 감각의 충돌을 계기로 진전되지만 영혼이 빠진 감각의 향연은 결국 공허한 빈 껍데기일 수도 있다는 역설의 지점에 이 시는 놓여있다. 시인은 지금 타인의 '의미' 에 관해 묻고 있다. 이 의미는 특정한 주체의 정신적 작용에 의해 형성되는 것이 아니다. 그는 지금 몸의 감각과 정신의 운동방식(가령, '잠' 이라는 무의식의 영역에서 불쑥 치솟는 '숨결' 과 '호흡' 같은 것)을 함께 놓는 것으로 관계의 맥락을 분명하게 만들고 그 둘레를 넓히려한다. 피부에 "착 달라붙어"(「소나기」)있는 마음의 움직임을 감각적으로 받아들인다. "마음과 몸이 같이 놀 때. 마음과 몸이 따로 놀 때. 보이는 것과 보이지 않는 것에 대하여"(「찢어지는 마음」) 탐구하기 시작한다.

지금 김행숙은 환희의 열망 사이를 바라본다. 에로틱한 자질들이 품은 힘은 숨결을 잃어버린 몸, 생기를 상실한 피부의 갈라진 틈으로 파고든다. 그는 길게 휘어지는 채찍의 위력을 충분히 알고 있기에 더 조심스럽다. 그는 "잠든 사람들을 깨우지 않으려고 조심하는 발걸음 같은 것" 이 바로 "나의 마음"(「유령 간호사」)이라고 속삭인다. 온갖 애정과 의문이 뒤섞인 비밀스런 타인들은 이런 식으로 그들의 자리를 확인하면서 천천히 범주를 넓힌다. '연인'이라는 말은 이런 식으로 '타인'을 거치면서 '이웃'으로 나아간다.

> 이웃이 바뀌었어요. 딩동댕, 나는 옆집입니다. 새로운 이웃은 망치를 들고 서 있었어요.
>
> —「당신의 이웃입니다」부분

야콥슨이 "나는 사물을 믿지 않는다. 나는 다만 그들의 관계를 믿을 뿐이다"라고 한 브라크의 말을 받아 시에서 의미를 배제하고 그것이 말의 구조물이라는 사실을 확인시켜 준 것처럼, 김행숙은 '타인의 의미'에서 '의미'가 무엇인지에 몰두하기보다 '나'와 인접한 '타인'인 이웃과의 '관계'에 집중한다. 의미라는 것이 결국 서로 인접한 감각의 무수한 교차가 빚어내는 관계 속에서 결정된다면 우리가 이웃의 정면을 바라보면서 정체를 파악하려는 시도에서 얻을 수 있는 것은 별로 없을 것 같다고 그는 생각하는 것 같다. 또 이웃은 언제든지 "새로운 이웃"으로 바뀌지 않는가. 중요한 것은 지금 여기, 내 곁에 있는 이웃이 "망치를 들고 서 있"다는 것. 더불어 가장 친밀한 관계의 타인을 향한 '나'의 몸과 마음이 얼마든지 다르게 움직일 수 있다는 것.

어리둥절한 두 사람 사이의 웃음소리 : 연합의 매혹

심보선은 'Psyche'라는 말의 두 가지 갈래 중에서 주로 '프시케(영혼)'라는 오래된 이름에 훨씬 더 매력을 느끼는 것 같다. 심보선이 '영혼'이라는 말을 그의 시에 자주 동원하는 것은 사실이지만 그것을 옛날이야기

속 정령 같은 것으로 받아들이면 곤란할 것 같다. 그가 탈무드의 한 구절을 인용해 "너의 인생은 아주 보잘것없는 존재부터 시작해야 해./ 말을 끝낸 천사는 쉿, 하고 내 입술을 지그시 눌렀고/ 그때 내 입술 위에 인중이 생겼다."(「인중을 긁적거리며」)라고 하는 것을 보면 천사의 속삭임이 무슨 운명론과 결부되는 것처럼 생각되지만, 결국 '속삭임'이 '인중'이라는 징표, 우리 모두의 몸에 남아 있는 공통의 '자취'로 이어진다는 사실을 기억할 필요가 있다.

> 별은 어둠의 미묘한 순응자.
> 시간이 닦아놓은 밤의 면을 가만히 들여다보고 있다.
> 우리는 젖은 흙 위를 걸어 집으로 돌아온다.
> 잘 익은 사과 맛이 나는 발자국들을 찍으며.
>
> 나의 어느 쪽 귀에 더 많은 속삭임이 고여 있을까?
> 내가 모로 누워 웅크리고 자는 쪽의 반대편.
> 당신이 메마른 숨결의 흰 가루를 떨어뜨리는 그 움푹 팬 곳.
>
> 새벽의 결정, 입술에서 이슬로 옮아간다.
>
> ─「늦잠」 부분

모든 것을 갈아엎고 빨아들이는 밤의 중심, 그 암흑의 늪지로부터 황병승이 "매일 밤 계속될 것만 같은 아름다운 꿈들"(「그리고 계속되는 밤」)을 끝없이 뽑아내는 것과 달리 심보선은 밤이 서서히 물러나는 새벽을 그의 시 속에 자주 들여놓는다. 세상의 사물들이 모두 고요함으로 빠져든 밤, '우리'는 집으로 돌아온다. 밤이슬의 물기를 가득 머금은 흙이 마치 육즙이 가득한 사과처럼 느껴진다. 부드러운 흙을 애무하듯 스치는 발자국 소리도 느낄 수 있다. 고요함 때문에 도드라지는 발자국 소리는 다음 부분에서 속삭임과 연결되면서 두 사람 사이의 다정한 분위기를 단번에 그려낸다.

집으로 돌아와 함께 누운 두 사람. 다정한 속삭임은 여전히 '나'의 귓가에 남아 있지만 '당신'은 "내가 모로 누워 웅크리고 자는 쪽의 반대편", "그 움푹 팬 곳"에서 잠들어 있을 뿐. 연인 사이의 에로틱한 속삭임은 새벽으로 갈수록 "메마른 숨결의 흰 가루"가 된다. 이 시는 깊어가는 밤의 속삭임을 품은 젖은 흙의 물기가 메마른 숨결로 바뀌다가 마침내 새벽의 결정으로 응축되는 과정을 통해 다정함이 어리둥절함으로 바뀌는 관계의 "미묘한" 변화의 순간을 포착한다.

> 우리는 사랑을 나눈다.
> 무엇을 원하는지도 모른 채.
> 아주 밝거나 아주 어두운 대기에 둘러싸인 채.
>
> 우리가 사랑을 나눌 때,
> 달빛을 받아 은회색으로 반짝이는 네 귀에 대고 나는 속삭인다.
> 너는 지금 무엇을 두려워하는가.
> 너는 지금 무슨 생각에 빠져 있는가.
>
> 사랑해. 나는 너에게 연달아 세 번 고백할 수도 있다.
> 깔깔깔. 그때 웃음소리들은 낙석처럼 너의 표정으로부터 굴러떨어질 수도 있다.
> 방금 내 얼굴을 스치고 지나간 미풍 한 줄기.
> 잠시 후 그것은 네 얼굴을 전혀 다른 손길로 쓰다듬을 수도 있다.
>
> ─「새」 부분

정말 우리는 "무엇을 원하는지도 모른 채" 사랑을 나누지 않던가. 관계는 위기의 순간에 가장 선명해지면서 동시에 가장 뜨거운 순간에 불투명해지곤 한다. 긴 밤의 침묵 속으로 반짝이는 달빛을 받으며 사랑을 나눌 때, 그 비밀스러운 순간에도 마찬가지다. 하나로 포개졌지만 여전히 둘인 채로 남아 있는 두 사람. 그러나 정작 심보선이 가장 두려워하는 것은 사랑하는 두 사람 사이에 채울 수 없는 결핍과 차이가 있다는 사실이 아닌 것 같다. 어리둥절한 두 사람 사이에는 웃음소리도 함께 있다는 사실을 기억하자. 오히려 그는 이런 '차이'가 사라지는 순간 더 깊은 존재론적 고독을 느낀다. 작가의 고독과 집단, 엘리트와 대중을 사선으로 구분하지 않고 보잘것없는 생활인의 위치로 끊임없이 회귀한다는 점에서 그는 김수영의 계보에 맥을 대고 있다.

"새 시장"이 "계몽된 도시를 꿈"꿀수록 "시민들은 고독하고 또한 고독"해진다. "친구들과 죽은 자의 차이가 사라지"기 때문이다.(「도시적 고독에 관한 가설」) 단일한 '주체'의 계몽적인 태도가 부각될 때 그의 고독은 가장 심화된다. 반대로 완전한 하나로 결합할 수 있다는 환상이나, 하나로 통합시키려는 여러 가지 힘의 작용에서 벗어났을 때, 그의 시는 가장 에로틱한 자질로 충만해진다.

나의 문디여,
그러나 나는 알 수 없다
너는 지금 어디에 있는가
너의 이마는 자오선을 향해 솟아오르는가
너의 어깨는 대양을 향해 뻗어나가는가
너의 눈은 새벽 두 시인가
너의 입술은 새벽 세 시인가
네 몸의 촉촉한 부분과 뜨거운 부분 사이에서
하룻밤 새 수많은 도시들이 생멸하는가
너의 육신 전체는 가닿을 수 없는 멀고 먼 문명처럼 애달픈데
이 애처롭고 쓸모없는 이방인의 말에 귀 기울여줄

나의 문디여,

세계 중의 세계여,

내가 끝내 돌아갈 미래의 고향이여,

너는 지금 과연 어디에 있는가

―「Mundi에게」 부분

문디는 누구인가. 우리는 문디의 이력과 정체를 정확하게 파악할 수 없다. 다만 지금 어디에 있는지 알지 못하는, 부재하는 연인인 문디는 세계를 향한 '나'의 감각을 일깨운다. 시적 주체가 얼마나 절실하게 문디를 포착하고 있는지, "촉촉한 부분과 뜨거운 부분 사이"를 지나는 손길에 몸을 맡겨보자. "너의 육신 전체는 가닿을 수 없"이 멀리 있지만 그래도 '너'는 언제든 '나'의 말에 귀를 기울여줄 것이다. 심보선은 "매혹 이후"에 "한 사람의 눈빛은 눈앞에 없는 이에 의해 빚어진다"(「매혹」)는 사실을 잘 알고 있다. 그래서 그는 매혹의 짧은 사건보다 차이를 지닌 채 사랑을 지속하는 사태에 더 관심이 많다. 이런 식으로 그는 두 개의 심장을 결합하는 꿈을 꾸기보다 "한 가슴에 두 개의 심장을 잉태한다." "두 개의 별로 광활한 별자리를 짓는다."(「지금 여기」)

보로메오 매듭의 중심점을 채우는 에로스

세 명의 시인이 펼치는 시적 모험은 라캉의 보로메오 매듭처럼 서로 얽히며 '나'와 '연인' 그리고 '이웃'이라 이름 붙일 수밖에 없을 것 같은 어떤 공동체 사이의 윤곽을 그린다.

황병승의 시라는 무대에 오른 주인공들은 때로는 남성의 목소리로 때로는 여성의 목소리로 울고 웃고 춤추고 고함치고 떠들며 한바탕 난장판을 벌인다. 하위문화의 여러 코드가 등장한다거나 저속한 것들이 날것으로 노출된다는 사실은 황병승의 시를 주목하게 만드는 동시에 외면하게 하는 것 같다. 그러나 중요한 것은 그러한 요소가 노출된다는 사실 자체가 아니라 그가 연인 사이에 들끓는 에너지를 누구보다 정연한 언어와 에로틱한 구도로 배열하고 있으며 또 각각의 주인공들은 제 삼의 시선에 의해 조절되면서 미학적 균형을 확보한다는 사실이다. 그는 엿보는 '나'를 내세워 가학과 피학의 대상들에게 똑같은 자리를 마련하고 힘의 흐름에 집중한다. 그는 폭력으로 치닫는 세계, 그 거대한 들판의 한가운데에 트랙을 설치해놓고 끊임없이 그 주변을 맴돌면서 소외된 지점에 내몰린 지저분한 잡동사니들에게 에로틱한 자질을 불어넣기를 멈추지 않는다. 높은 곳에서 바라보는 자의 동정이나 연민과는 전혀 다른, 이 무한한 애정이야말로 대지에서 비롯된 에로스의 원천적 에너지와 꼭 닮았다.

황병승과 김행숙은 과거 서정시의 자아에서 물러서서 분열된 주체의 새로운 감각을 개발한다는 점이 닮았지만, 황병승이 '나'와 '너'에게 강렬한 에너지를 불어넣고 제 삼의 시선을 통해 그들의 범주를 넓히려고 시도한다면, 김행숙은 '나'와 '너'라는 관계의 바닥까지 내려가려는 시도를 통해 역설적으로 공동체 자체의 범주를 넓힌다. 연인인 동시에 타인인, '너'라는 모순적 존재에 대한 탐구는 에로틱한 자질에 힘입어 날카롭고 예리해진다. 한편 '나'와 '너' 사이에 자꾸만 생겨나는 틈은 심보선 시 속 '차이'의 자질과 닮았다. 김행숙이 틈을 낼 때 에로틱한 자질이 충만해지는 사태와 유사하게 심보선의 시도 둘 사이의 '차이'를 인식하고 거기에서 웃음이 드러날 때 가장 아름다워진다. 더불어 심보선이 '차이'를 감각하는 과정은 다시 황병승이 세계의 폭력을 우회적으로 드러내는 것과 유사한 효과를 발휘한다. 심보선의 시에서 '나'와 미지의 타인 사이를 옮겨 다니는 힘의 흐름은 부드러우면서도 대단히 미묘하지만 결핍된 두 연인은 여전히 함께 손을 맞잡고 세계의 중력에 몸을 맞기기를 주저하지 않는다. 심보선 시 속의 연인들은 여전히 어리둥절한 표정으로 광막한 외로움의 심해로 뛰어든다. 홀로는 결국 불가능하다는 사실, 언제나 누군가와 함께 걸어야 한다는 인과적 운명에 우리 모두가 처해있다는 현실을 인식하는 것이야말로 심보선의 에로스가 지닌 위력이다.

　이제 이들이 만드는 에로스의 자기력이 겹치는 지점을 어루만지면서 관계의 모험에 동참해보자. 비록 거기에서 금방 뚜렷한 것이 보이지 않을지라도, 또는 그곳이 그저 텅 비어 있는 것처럼 느껴질지도 모르지만, 우리가 연인을 애무하는 손길이 어떤 실용적인 목적을 지닌 것이 아니듯이 손끝으로 그들의 글자라는 낯선 살결을 어루만져보자. 새로운 무늬를 이루는 감각의 흔적들을 충분한 여백을 감안하면서 혀끝에 올려놓고 이리저리 굴려보자. 정리하려고 할수록 점점 더 막막하게 꼬이는 우리 사이의 절박한 매듭을 위하여. 그 한없는 의문을 향하여.

(『세계의 문학』, 2011 여름호)

『엄마를 부탁해』를 둘러싸고

— 신경숙과 장정일

조영일

1973년에 태어나 2006년 『문예중앙』으로 평론 활동을 시작했다.
저서로 『가라타니 고진과 한국문학』 『한국문학과 그 적들』 『세계문학의 구조』 등이 있고,
옮긴 책으로 『근대문학의 종언』 『세계공화국으로』 『문자와 국가』 등이 있다.

『엄마를 부탁해』를 둘러싸고

— 신경숙과 장정일

조영일

1. 한국문학의 첫눈

아직 4월이니 결산을 말할 시기는 아니지만, 아마도 올해 연말에 문학계 결산이라는 것을 한다면, 반드시 신경숙의 『엄마를 부탁해』가 입에 오를 것이다. 2008년도에 나와 국내에서만 무려 170만부나 팔려나간 이 소설이, 올해는 미국에서도 출판되어 현재 꽤 좋은 반응을 이어가고 있기 때문이다(방금 확인해 보니 아마존 베스트셀러 종합 62위다). 초판만 무려 10만부를 찍었는데, 그것도 모자라 현재 추가인쇄를 거듭하고 있다고 한다.

다른 것은 차치하고 이번 성공을 인해 적잖은 한국인(특히 문학인)들이 고무되어 있는 것 같다. 우리도 할 수 있다는 자신감 같은 것을 주었다고 할까. 물론 긍정적인 의견만 있었던 것은 아니다. 미국의 한 영문학교수가 한 라디오에 출현하여 『엄마를 부탁해』를 혹평했고, 이에 대해 일부 독자와 재미교포, 그리고 네티즌들의 항의가 있었다. 그 경과는 다음 기사가 잘 요약해 주고 있다.

> 한편 지난 5일 미국 공영 라디오 방송 NPR에서 모린 코리건 조지타운대
> 교수가 『엄마를 부탁해』에 대해 "김치냄새 나는 크리넥스 소설의 싸구려 위
> 안"이라고 혹평한 사실이 알려지면서 NPR 홈페이지를 중심으로 네티즌들 사
> 이에 논란이 벌어졌다.
> NPR 홈페이지에는 이 서평에 대한 비판 댓글이 이어지고 있다. 일부 네티
> 즌은 "'김치냄새'라는 언급이 인종차별적"이라고 분노하며 사과를 요구했다.
> 좋은 쪽으로든 나쁜 쪽으로든 미국 전역이 『엄마를 부탁해』의 신드롬에 빠져
> 들고 있는 것이다.[1]

여기서 우리는 우선 '김치냄새'라는 표현을 문제삼을 수 있을 것이다.
물론 이런 특정표현에 상관없이 위의 지적에 수긍한 사람도 적지 않았다.
하지만 그럼에도 불구하고 여전히 우리에게 중요한 것은 비판의 정당성
이나 의미보다는 한국을 대표하는 여성작가가 미국에서 거둔 성공이 아
닐까 한다. 3년 전 『엄마를 부탁해』가 처음 나왔을 때도 그렇지만, 상업적
성공은 문학적 평가에 적잖은(아니, 지대한) 영향을 미친다. 판매가 신통
치 않은 무명작가의 작품이었다면, 엄밀한 잣대를 들이댔을 평론가들도
유명작가의 이 작품에 대해서는 침묵을 지키거나 애매한 태도를 일관했
고, 어떤 이들은 명백한 문제점까지도 과감한 해석으로 덮는 무모함을 발
휘하고(이런 비평가들은 대부분 평소에는 매우 소심하다) 흐뭇해하는 표
정을 짓기도 했다.

그래서 논란의 여지가 충분히 있었음에도 불구하고 모처럼만에 나온
밀리언셀러를 반기는 분위기가 대세를 이루었고, 그로 인해 작가 신경숙
은 제2의 전성기를 맞이하면서 국민작가로까지 부상하게 되었다. 그리고

---

1) 「'엄마를 부탁해' 시애틀 사인회장 책 품절」, 『조선일보』, 2011년 4월 17일 (인터넷판)

그런 흐름은 그녀의 다음 작품 『어디선가 나를 찾는 전화가 울릴 때』에까지 그대로 이어졌다. 나는 일찍이 방금 든 신경숙의 최근작 두 편에 대해 나름대로 입장을 표명한 바 있다.[2] 그러므로 같은 이야기를 되풀이 하는 것보다 일찍이 『엄마를 부탁해』에 대해 가장 신랄한 비판을 한 장정일의 논의를 곱씹는 시간을 가져보고자 한다.

2. 『엄마를 부탁해』를 비판하는 두 가지 방법

먼저 그의 글을 읽어보자.

> 한 평론가의 평론집 속에서 "결론부터 말하자면 『엄마를 부탁해』는 잘 씌어진 소설"(조영일, 『한국문학과 그 적들』, 도서출판b, 2009, 273쪽)이라고 쓴 걸 봤다. 이게 무슨 '병신 인증'이란 말인가? 그는 위 문장에 뒤이어 "이긴 하지만, 어디까지나 통속소설로만 그러하다"고 덧붙여 놓았다. '잘 씌어진 소설'이면 잘 씌어진 소설이지, '통속소설'이기 때문에 아니란 말은 또 뭔가? 소설은 '잘 쓴' 것과 '쓰레기'가 있을 뿐이다.
>
> 신경숙의 『엄마를 부탁해』(창비, 2008)는 잘 씌어진 소설이 아니다.[3]

장정일은 먼저 내가 작품을 평가하는 방식을 '병신 인증'으로 보고, 소설은 '잘 쓴 소설'과 '쓰레기'로 나뉜다고 주장한다. 물론 나는 그가 어떤 의

---

2) 『엄마를 부탁해』는 졸저 『한국문학과 그 적들』, 도서출판b, 2009, 5장 5절을, 『어디선가 나를 찾는 전화벨이 울리고』는 「신경숙 코드」(『내일을 여는 작가』, 2010년 겨울호)를 참조하기 바란다.

3) 이 글은 그의 최근 독서일기인 『빌린 책, 산 책, 버린 책』(마티, 2010)에 수록되어 있지만, 웹진 『나비』에서도 읽을 수 있다.

미에서 그런 말을 하고 있는지 짐작이 가지 않는 것은 아니다. 하지만 바로 그렇기 때문에 나의 평가방식 또한 이해해주었으면 하지만, 그렇지 않은 것을 보면 그와 나의 차이가 생각보다 큰지도 모른다는 생각이 들었다. 간단히 말하자면, '잘 쓴'이라는 말을 사용하는 방식이 다른 것 같다.

그의 관점에서 보았을 때, 『엄마를 부탁해』는 한마디로 '잘 쓰지 못한 소설' 즉 '쓰레기'이다. 따라서 당연히 그의 글은 『엄마를 부탁해』가 쓰레기인지를 논증하는 데에 대부분의 지면이 사용되고 있다. 그런데 만약 그의 말이 사실이라면, 한국 에이전트의 실력도 꽤 발전한 것 같다. 왜냐하면 쓰레기까지 미국에 수출할 정도가 되었으니 말이다(조만간 한국은 문학수출 강국이 될 것이다).

그렇다면 장정일은 어떤 근거로 이 작품을 쓰레기로 보는 것일까? 이와 관련하여 그가 가장 우선적으로 문제삼는 것은 '복수화자'이다(주지하다시피 『엄마를 부탁해』는 장마다 화자가 바뀌고 있다). 왜 복수화자가 문제인가? 그것이 '그가 생각하는 역할'을 하고 있지 않기 때문이다.

> 소설가가 복수(複數)의 화자를 필요로 하는 까닭은, 우선 어느 화자도 완전한 정보를 갖고 있지 못하기 때문이다. 작가는 복수의 화자가 모아온 정보를 모아 완성된 조각보를 만든다. 그게 이 형식의 1차적인 목표라면, 서로 **상충하는 기억과 정보가 부딪쳐서 아이러니 효과를 자아내거나 독자를 열린 결말로 인도하는 것이야말로 이 기법의 특징**이다. (이하 강조는 모두 인용자)

장정일에 따르면, 작가가 특정 기법을 구사할 때는 그 나름의 이유가 있어야 한다. 쉽게 말하면, 형식과 내용 사이에 내적 연관성(필연성)이 반드시 존재해야 한다. 하지만 신경숙은 그것의 모양새(형식)만 빌려오고 있다는 것이다. 어느 정도 일리가 있는 말이다. 하지만 정작 우리의 흥미를 끄는 것은 오히려 그런 '빌림'(차용)의 효용(효과)이다.

하지만 『엄마를 부탁해』에는 그런 **아이러니가 없다**. 큰딸·큰아들·남편이 한 입씩 보태서 완성한 것처럼 보이는 어머니의 상(像)도 그렇다. 세 사람이 내놓은 어머니의 상은 마치 기계로 찍은 주물처럼 똑같다. 어머니는 가족에게 헌신했을 뿐 아니라, 세상에 두루 보시를 하시고 가셨다. 각기 다른 화자가 어머니에 대한 새로운 관점을 보충하는 것도 아니고, 동일한 사실을 두고 상충하는 것도 아니면서 **억지 동원된 이 형식은 『엄마를 부탁해』를 수준 높은 문학 작품인 양 현혹하는 위조술이다.**

장정일은 신경숙이 도입한 아이러니 없는 복수화자는 『엄마를 부탁해』를 '수준 높은 문학인 양 현혹하는 위조술'이라고 명명하고 있다. 그런데 이것은 약간 이상한 말이다. 왜냐하면 그것은 결국 어떤 기법의 도입만으로 그런 위조가 가능하다는 이야기이기 때문이다. 그런데 과연 그럴까?

위조라는 것이 성립하기 위해서는 적어도 세 가지를 고려할 필요가 있다. 첫째는 위조하는 자의 능력(?)이고, 둘째는 속는 자의 무능력이고, 셋째는 속이고 속는 행위가 성립할 수 있도록 뒷받침해주는 배경(분위기)이다. 하지만 장정일은 오로지 첫 번째만 언급하면서, 그것도 속이는 자의 능력보다는 속임수(기술/기법)만을 '겨우' 지적하고 있을 뿐이다(형식주의). 따라서 우리는 쓰레기를 '수준 높은 문학'으로 만든 연금술(위조술)의 정체는 전혀 알 수가 없다.

그건 그렇고, 그렇다면 그런 위조를 통해 '인양'하는 '수준 높은 문학'이란 도대체 어떤 문학을 가리키는 것일까? 바꿔 말해, 장정일의 구분법(잘 쓴 소설과 쓰레기)에서 그것은 어디에 위치할까? 당연히 쓰레기 쪽은 아닐 것이다. 왜냐하면 여기서 지금 문제가 되고 있는 것은 '위조물'(쓰레기가 아닌 것으로의 변신한 것)이지 '수준 높은 문학' 자체가 아니기 때문이다. 그렇다면 다음과 같은 공식은 가능한 것일까? [**수준 높은 문학 = 잘 쓴 소설**] 이에 우리가 선뜻 고개를 끄덕이기 힘든 것은 그 전에 먼저

"잘 쓴 소설은 전부 '수준 높은 소설' 인가?"라는 물음에 답할 수 있어야
하기 때문이다.

하지만 그는 이에 대해 별다른 말을 덧붙이지 않는데, 그것은 아마도
자신의 기준(잘 쓴 소설이냐 쓰레기냐)에 위협이 되기 때문일 것이다. 즉
수준 높은 문학을 인정하는 순간, 그는 그 반대 역시 설정할 수밖에 없는
데, 그것은 결국 자신이 제시한 판단기준과는 전혀 다른 기준을 스스로
인정하는 꼴이 되기 때문이다. 이를 도표화 하면 다음과 같다.

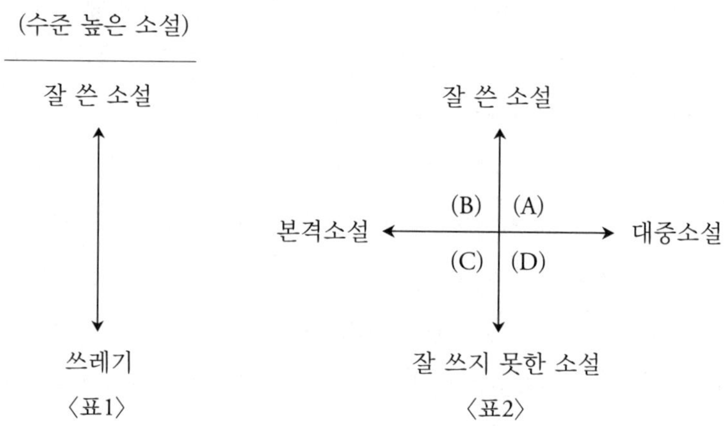

장정일이 작품을 구분(평가)하는 방법이 〈표1〉이라면, 나의 방법(그러
니까 '병신 인증')은 〈표2〉이다. 내 경우 『엄마를 부탁해』를 비판한 요점
은 잘 씌어진 대중문학(통속소설)에 불과함에도 불구하고(A면) 잘 쓴 본
격문학인 척하고(B면에 위치하려고 하고), 또 적잖은 평자들이 그에 호응
하고 있다는 것이었다. 그러나 장정일은 잘 쓰지도 못한 소설에 특정 기
법만 덧칠하여 '수준 높은 문학' ('잘 쓴 소설' 이 아니다) '인양' 한다며 그
책임을 온전히 작가(의 작법)에게 돌리고 있을 뿐이다.

3. 엄마는 도대체 왜 등장한 것일까?

『엄마를 부탁해』에 대해 이야기할 때, 항상 빠짐없이 등장하는 것이 바로 '죽은 엄마의 등장' 이다. 사실 이 부분을 어떻게 받아들이느냐에 따라 작품에 대한 평가가 극단적으로 나뉠 정도이다. 그렇다면 장정일은 이 부분을 어떻게 받아들이고 있을까? 예상대로 매우 비판적이다.

> 그런데 이 장면은 참 우습다. 원래 그 비밀은 아이러니의 형식인 '복수의 화자' 가 조금씩 조금씩 모자이크 하듯 밝혀 보였어야 할 거였다. 그런데 아무도 밝히지 못했으니, 슬그머니 망자가 와서 한다. '나 바람피웠노라고.' (물론 이 표현은 과장이다. 이 어머니는 '바람' 까지 갔을 리 없다!) 이 지점에 와서 『엄마를 부탁해』는 그야말로 무너져 내린다.
> **한 편의 소설이 완성된 후, 최초로 교훈(각성이라도 좋고, 반성이라고 좋다)을 얻는 사람은 누구일까? 작가도 독자도 아닌, 작중 인물들이다.** 『엄마를 부탁해』의 경우, '어머니도 욕망을 가진 여성이다' 라는 진실과 대면하기 위해서는 남편과 큰아들과 큰딸이 그 사실을 알게 되었어야 했다. 하지만 죽음신이 된 어머니가 혼잣말을 하다 갔으니, 누가 그 말을 들었으랴? 사실 제대로 된 작가고 소설이라면, '어머니도 욕망을 가진 여성이다' 라는 놀라움과 직면한 가족들의 반응과 수용의 양상을 놓치지 않는다.

신경숙은 사자(死者)를 화자로 등장시킴으로써 엄마의 비밀(좋아하는 남자가 있었다는 것)을 오로지 독자들하고만 나누고 있다. 그런데 장정일이 보기에 이것이야말로 그녀가 제대로 된 작가가 아닐 뿐만 아니라 『엄마를 부탁해』가 쓰레기라는 증거라고 주장한다. 왜냐하면 소설에서 어떤 깨달음을 최초로 얻는 것은 '작가도 독자도 아닌' 작중인물이어야 하기 때문이라는 것이다.

나는 이와 같은 비판에 대해 딱히 시비를 걸 생각은 없다(물론 동의하는 것도 아니다). 그러나 이런 질문을 던지고 싶다. 그렇다면 신경숙은 왜 귀신을 등장시키고 엄마의 비밀을 가족들에게 알리지 않았던 것일까? 이에 대한 장정일의 추리는 다음과 같다.

> 작가는 왜 어머니의 비밀을 불문에 부쳤을까? 왜 귀신으로 하여금 말하게 했을까? 첫 번째 질문은, **신경숙이 소녀이기 때문이다.** 저 질문이 드러나면 한바탕 가부장적 세계와 말싸움을 벌이지 않을 수 없는데, 소녀는 지금 이 세계를 고스란히 보존하고 싶은 것이다. 두 번째 질문은, 전략적이고 상업적으로 **오리엔탈리즘에 부역하고자** 해서다. 서양 사람들이 '귀신'을 동양적으로 간주하기 때문에, 외국에서 한 건 올리고자 하는 한국 작가들은 즐겨 귀신을 차용한다. 유럽의 인정을 받기 위한 이런 부역 행위를 나는 황석영의 근작에서 자주 봤다.

정리해 보자. 먼저 핵심적인 질문은 "왜 신경숙은 귀신을 등장시켰는가?"가 될 것이다. 이에 대한 이유로 그가 제시하는 것은 두 가지다. 1) 등장인물에게 어머니의 비밀을 알리지 않기 위해. 2) 동양적인 것을 표현함으로써 유럽의 인정을 받기 위해. 물론 1)의 경우는 한걸음을 더 진전시키고 있다.

Q: "왜 작가는 어머니의 비밀을 등장인물들에게 밝히지 않은 것일까?"

A: "소녀인 신경숙이 이 세계를 고스란히 보존하고 유지하기 위해서 (즉 가부장적 세계와의 충돌을 피하기 위해서)이다."

하지만 이런 문답은 제대로 된 질문과 답이라고 할 수 없다. 왜냐하면 답변 자체가 또 다른 질문만 유발시키고 있기 때문이다. 그의 말에 따르면, 이 세계를 고스란히 보존하려고 하기 때문에 신경숙은 소녀이다. 그런데 소녀란 과연 어떤 존재인가? 세계를 고스란히 보존하려는 존재? 그렇다면 소녀는 왜 세계를 보존하려고 할까? 默默不答.

2)에 대해서도 우리는 그가 유발시킨 질문을 나열할 수 있을 것이다. 신경숙이 유럽(서구)의 인정을 받기 위해 귀신을 등장시켰다고 한다면, 애당초 그녀는 왜 유럽(서구)의 인정을 받으려고 한 것일까? 왜 아시아(일본이나 중국)는 아니었을까?[4] 한국문학의 세계화를 위해서는 무엇보다도 서구에서의 성공이 필요하기 때문에? 默默不答.

따라서 장정일의 신경숙 비판은 결국 다음과 같이 요약될 수 있을 뿐이다.

> 소녀 신경숙은 수준 높은 문학처럼 보이기 위해 형식적으로만 복수화자를 도입했고, 이 세계를 그대로 보존하고 유럽의 인정을 받기 위해 엄마귀신을 등장시켰다. 고로 『엄마를 부탁해』는 쓰레기다.

이런 주장에 공감할 수 있는 사람이 과연 얼마나 될까? 그러므로 우리는 정확히 장정일이 멈춘 지점에서 더 나아가 볼 필요가 있다. 먼저 그는 작가가 엄마의 비밀을 등장인물에게 공개하지 않는 이유로 가부장적 세계와의 대결 회피를 든다. 그럴 듯한 해석이기는 한데, 과연 그럴까? 엄마의 오래된 '불륜'(그가 설명하듯 불륜이라고 할 것도 못 된다)을 가족들도 알았다고 하자. 그렇다면, 그의 말처럼 정말 '한바탕 가부장적 세계와 말싸움'이 일어났을까?

나는 그렇게 생각하지 않는다. 아무리 생각해도 그것(비밀)은 이 작품의 전체적인 정조(죽음: 죄책감을 부여하는 최고형태)와 나란히 놓을 수

---

4) 그녀는 쓰시마 유코 등 적잖은 일본작가와 친분이 있으며 소위 대표작이라고 이야기되는 『외딴방』은 오래 전에 일본어로 번역된 바 있다. 반응은 신통치 않았는데, 이런 것은 언론에 전혀 보도되지 않는다.

있는 대상이 아니다. 따라서 『엄마를 부탁해』에서 중요한 것은 비밀의 '공개/비공개'라는 차원이라기보다는 비밀의 '성격' 자체가 아닐까 한다. 엄밀한 의미에서 그것은 작품구성상 사족에 불과하기 때문이다. 이는 일찍이 추천사를 쓴 백낙청 역시 우회적으로 표현한 바이다.

　백낙청은 『엄마를 부탁해』라는 소설은 '멸종위기에 처한 희귀종 소설'이라고 부른다. 묘한 명명이지만, 어찌 됐든 그 역시 이 소설이 기본적으로 멜로드라마(크리넥스 소설/신파극)라는 것을 인정하고 있다. 단 그는 그녀가 그것을 '촌티 없이 멋지게 해냈다'는 점을 높이 평가하는데, 여기서 '촌티 없음'이란 주지하다시피 '엄마의 비밀'과 관련이 있다. 즉 그가 '마지막 한방'이라고 표현한 바로 그것(엄마의 욕망)이 멜로드라마인 『엄마를 부탁해』를 '온전히' 멜로드라마 수준으로 떨어지지 않도록 붙들고 있다는 것이다. 사실상 그 역시 나와 마찬가지로 〈표 2〉를 기준으로 평가하고 있는 셈이라 하겠다.

4. 한국문학의 마지막 눈, 혹은 저항

　정리해 보자. 장정일과 백낙청은 한 작품을 놓고 첨예하게 대립하고 있다. 『엄마를 부탁해』가 '수준 높은 문학'(본격문학)에 속할 수 있는 이유로 장정일은 '복수화자'라는 기법을 들고, 백낙청은 '엄마유령'의 고백(대중문학에서 흔히 제거되기 마련인 욕망)을 지적하는데, 주지하다시피 장정일은 그것을 '위조술'이라며 부정적으로 평가하는 반면, 백낙청은 '마지막 한 방'으로서 긍정적으로 평가하고 있다. 아마 장정일의 눈에 백낙청은 '위조에 능한 비평가'로 비칠 것임이 분명하다. 왜냐하면 그는 엄마의 욕망이 등장인물에게 비밀로 감추어져 있다는 점을 문제 삼고 있지 않기 때문이다.

확실히 이것은 접근방식(또는 입장)의 차이라 하지 않을 수 없다. 백낙청은 일단 『엄마를 부탁해』를 통속소설로 본다. 하지만 '그럼에도 불구하고' 통속소설의 한계를 일정 정도 극복하고 있다는 수준에서 평가한다. 그런데 장정일은 주위를 돌아보지 않고 오로지 본격소설의 기준으로 『엄마를 부탁해』가 가진 문제점을 공격한다. 그런데 따지고 보면 이런 대립도 본격문학(문단문학)에 대한 공통의 믿음에서 나온 게 아닌가 한다. 즉 『엄마를 부탁해』의 문제란 본격문학과의 거리와 관계가 있다. 그렇다면 우리는 이 문제를 약간 다른 방식으로 접근할 필요가 있을지 모르겠다.

김영하는 올해 초 나와 논쟁하면서 다음과 같이 쓴 적이 있다.

> 베스트셀러 작가의 출현은 자석처럼 지망생들을 끌어들인다. 세간의 높은 평가를 받는 스타 작가의 출현도 마찬가지다. 상징자본도 현금 못지않은 유인이다. 그러니 돈도 못 벌고 언론의 조명도 못 받는 장르소설로 지망생이 몰릴 이유가 없다. 그들은 대체로 본격문학 쪽을 노린다. 즉, 등단의 꿈을 품는다. **일단 본격문학 작가가 되면 나중에 질이 떨어지는 대중문학을 써도 그럭저럭 넘어가주지만** 그 역은 어렵다. 그러니 그들의 선택은 합리적이라고 할 수 있다.[5]

이 부분은 한국문학계에서 나타나고 있는 수요와 공급의 불균형을 다루고 있다. 먹고 살기 힘든 데도 왜 그렇게도 지망생은 많은지를 나름 설명하고 있는 것이다. 여기서 우리가 주목하고 싶은 문학지망생들이 대중문학보다 본격문학을 선호하는 이유에 대해 서술하고 있는 부분이다. 상식적으로는 대중문학을 선택하는 쪽이 돈이 되고 본격문학은 그렇지 않아야 한다. 하지만 이상하게도 한국에서는 그 반대현상이 두드러진다.

---

5) 김영하, 「낭만주의자는 어떻게 현실을 보는가」, 2011년 2월 1일. 지금은 폐쇄된 작가의 홈페이지에 게재되었음. 강조는 인용자.

　대중문학(장르문학 포함)보다 문단문학 쪽에서 안정적으로 베스트셀러가 생산되고 있는 것이 현실이다. 왜 그럴까? 그것은 아마도 문학의 소비 형태가 다른 나라(예컨대 미국이나 일본)와 다르기 때문일 것이다. 한국 독자들은 소설을 통해 단순히 재미 이상을 얻으려는 경향이 있다. 수준 높은 문화소비를 원한다고나 할까. 따라서 본격적으로 재미를 추구하는 소설보다 도리어 그와 같은 '재미가 일정 정도 억압되어 있는' 소설에서 만족감을 얻는 것 같다.

　그럼 그와 같은 억압은 어떻게 부여되는 것일까? 일차적으로 그것은 제도적 권위(문단적 권위)와 관계가 있을 것이다. 하지만 이것보다 더 문제가 되는 것은 이런 제도적 권위가 세속화된 형태인 교양주의라 하겠다. 장정일이 자신의 구분('잘 쓴 소설'과 '쓰레기')을 끝까지 밀고 나가지 못한 이유도 정확히 이와 관련이 있다. 뿌리 깊게 박힌 그의 교양주의가 제도 자체에 대해 화살을 날리는 것은 허락하지 않은 것이다. 애당초 교양주의로 제도에 저항한다는 것 자체가 어불성설일지도 모른다.

　장정일은 글의 마지막을 다음과 같이 마무리하고 있다.

> 베스트셀러는 2류다. 그건 누대에 쌓은 문학사를 봐도 알 수 있고, 현재도 그렇다. 그런데 연이어 베스트셀러를 날린 작가치고, 이 사실을 인정하는 사람은 없다.

　내가 생각하기에 이런 주장은 오류이다. 왜냐하면 그의 말처럼 '실제로' 문학사를 들추어 보면, 모든 베스트셀러가 후대에 살아남는 것은 아니다. 하지만 그렇다고 해서 그 역이 참인 것도 아니라는 것을 알 수 있기 때문이다. 문학사는 도리어 당대에 널리 읽힌 작품들이 이후에도 살아남는다는 것을 증명하고 있다. 당대에 독자를 찾지 못한 작품이 이후 문학사에 등재되는 경우야말로 매우 드문 것이다.

그가 이를 몰랐을 리 없다. 따라서 '그럼에도 불구하고' 이런 주장을 할 수밖에 없었던 이유가 있을 텐데, 그것은 아마 『엄마를 부탁해』를 둘러싼 독서계나 평단의 열광적인 반응과 관련이 있을 것이다. 따라서 우리는 장정일이 정작 비판하고자 한 것은 『엄마를 부탁해』라는 소설이라기보다는 '문학과 쓰레기' 조차 구분하지 못하는 독자들 내지 한국문학의 소비구조라는 생각이 든다. 이렇게 생각하면, 그가 '수준 높은 문학' 의 모범적인 예에 기반하여 『엄마를 부탁해』를 강하게 비판한 이유를 알 듯도 하다. 즉 그의 비판은 어떤 의미에서 본격문학의 순수성을 지키려는 몸부림이었던 것이다.

그런데 바로 그런 의미에서 그는 오늘날의 한국문학계에서 엄마유령(순도 높은 문학성)과 같은 존재인지도 모른다. 그는 애써 자신의 비밀(문학이란 이런 것이다)을 이야기하지만, 정작 그것에 관심이 있는 가족(문학가들)은 없는 것 같다. 모두가 '인양' 하는 것으로 충분하다고 생각하기 때문이다. "문학성? 아이러니? 팔리기만 한다면야, 그런 것쯤 적당히 덧칠해줄 사람은 얼마든지 있다." 그러므로 『엄마를 부탁해』에 대한 장정일의 날선 비판은 어쩌면 '한국문학의 마지막 눈' 일지도 모른다. 은혜[6]를 원수로 갚는 것은 쉽지 않는 일이다. 그것이 가능한 것은 오로지 상대방이 배신을 했을 때뿐이다.

(『황해문화』, 2011 여름호)

---

6) 장정일은 글을 마친 후, 다음과 같이 '사족' 을 달고 있다. "신경숙은 이 독후감 본문에도 나오는, 나의 서울구치소 시절에 내 '뽀르노' 를 변호해 주는 칼럼을 어느 신문에 썼고, 나는 그것을 당일 오전에 읽을 수 있었다. 그때 내 마음에 비치던 햇살이란! 지금도 감사하게 생각한다. (아, 그런데, 영, 은혜를 못 갚는군. 그럼 다음에…)"

2012 오늘의 문제 평론

인쇄 2012년 3월 5일 | 발행 2012년 3월 10일

엮은이 · 맹문재 · 장성규 · 홍기돈
펴낸이 · 한봉숙
펴낸곳 · 푸른사상사
주간 · 맹문재 | 편집 · 지순이 | 마케팅 · 박강태

등록   제2-2876호
주소   서울시 중구 초동 42번지 아시아미디어타워 502호
대표전화   02) 2268-8706(7) | 팩시밀리   02) 2268-8708
이메일   prun21c@yahoo.co.kr / prun21c@hanmail.net
홈페이지   www.prun21c.com

ⓒ 맹문재 · 장성규 · 홍기돈, 2012

ISBN 978-89-5640-899-6 93810
 값 17,000원